红颜恨

古隐之月 著

敦煌文艺出版社

图书在版编目（CIP）数据

红颜恨 / 古隐之月著 . — 兰州：敦煌文艺出版社，
2025.3

ISBN 978-7-5468-2491-8

I. ①红… Ⅱ. ①古… Ⅲ. ①长篇小说—中国—当代
Ⅳ. ① I247.5

中国国家版本馆 CIP 数据核字 (2024) 第 034501 号

红颜恨

古隐之月　著

责任编辑：张家骝
封面设计：马　佳

敦煌文艺出版社出版、发行
地址：（730030）兰州市城关区曹家巷 1 号
邮箱：dunhuangwenyi1958@126.com
0931-2131579（编辑部）
0931-2131387（发行部）

三河市龙大印装有限公司印刷
开本 710 毫米 × 1000 毫米　1/16　印张 18　插页 1　字数 300 千
2025 年 3 月第 1 版　2025 年 3 月第 1 次印刷

ISBN 978-7-5468-2491-8
定价：78.00 元

目 录 CONTENTS

引 子

渐渐地，我有些迷离，恍惚间不知自己身处何地。热乎乎的水汽夹着一股子边地玫瑰的香气，使每一寸肌肤都恰到好处地舒服。

"小主，小主，时辰不早了，您可千万不能误了吉时。"只见蓉儿浅笑着唤我，我方才不情愿地把思绪拉回这沉沉的红墙之中。

这一刻，是多少宫中女子的心中期盼，但却只有自己品尝内心的苦楚无奈。我勉强对蓉儿笑了笑，示意她将我扶起，侍女们一个个鱼贯而入，伺候我出浴、更衣、梳妆。

"小主，今日可是您的册封典礼，小主想着什么发髻？"

"小主，您看是选这件芙蓉粉的还是这件鹅黄？"

看着蓉儿一遍遍地询问，好似比我都紧张，我不禁笑出了声，轻叹一口："蓉儿，今日虽是本主册封，但还是要顾及中宫主子和各宫娘娘，梳寻常发髻即可，衣服选那件冰丝蓝的吧。"

"回小主，这会不会太素净了？"蓉儿不放心地问。

我略想了想："那就把皇上赐给本主的翡翠镯子拿出来戴上。太素净了，反而让人嚼了舌根，说本主不满皇上赐的位分。"

一番梳妆打扮后，我渐渐在菱花镜前看清了自己的脸，虽然还是那么美丽，却藏不住淡淡哀伤。

蓉儿熟练地在我头顶绾过一缕青丝，从额头处往侧编下垂，又用发髻固定住两边

的蓝珀水晶流苏发钗，最后服侍我穿上冰丝蓝的宫服。

"小主，一会儿传旨太监就要来了，您且先歇着，奴婢去殿外候着。"蓉儿笑道。我颔首示意她退下。

入宫十年，谁承想会有这样的际遇。

年少时总想着二十五岁便可出宫与家人团聚，凭着在宫里学到的手艺，找户好人家嫁了，夫妻恩爱。

如今，念想皆为泡影。

曾经深深眷恋过的那抹身影，也成了我心里永远挥之不去的痛。命运似翻云覆雨之手，活着已无可能离开这囹圄，一切都不可收拾地向未知撵去。

"奉天承运皇帝，诏曰：采女林清浅蕙质兰心，谦恭和顺，甚得朕心。今封为美人，钦此。"传旨太监不疾不徐地宣完旨。

我忙下礼道："谢主隆恩。"

"林美人，恭喜您了，皇上说今晚宫里会为美人举办晚宴。小主，您可要好好准备着。"传旨太监献媚着说完，便匆匆离开。

"林美人万安。""林美人万安。"宫人们一个个恭贺着。

"蓉儿，扶本主进去吧。"我极力地掩饰着自己复杂的心情，转身进入内殿。

摘星楼上张灯结彩，帘飞彩凤，人声鼎沸。

我强装出高兴的表情，缓步入殿就座。

第一支舞曲还未毕，神情肃穆的男子就在太监们的随侍下步入殿中，虽穿着常服，却在举手投足间流淌出金尊玉贵，他便是当今圣上。

跟随而入的女子，绾着朝阳九凤挂珠钗，身着缕金百鸟大红裙。只见那女子对我温婉一笑，我忙报以谦恭的回礼，这便是后宫之主。

只听得席间有人温柔地说道："今日妹妹可要一醉方休，大家可别让妹妹跑了。"绵里藏针的话音来自当朝最得圣上青睐的淑妃，她拉着我的手，却只让我感到一阵阵寒凉。

我强笑着回道："妹妹酒量虽浅，可今日但凭姐姐们高兴。"

话音刚落，大家就笑成一片。

"今日不必拘束，尽兴为好。"皇上举杯一饮。

歌舞声、嬉笑声伴着杯酒碟影，把刀光剑影的战场粉饰成了其乐融融的家宴。

不知喝了多少杯，我醉了，多年来从未深醉的我半梦半醒间被宫娥们扶上了撵轿。

从摘星楼回拾音殿的路上，夜色已深，蒙胧间我感觉难受异常，忙拉起帷幔，想吹吹风。恍然间，迎面见两个小太监匆匆抬着一具尸体走过，那尸身上盖着裹尸布，看身形分明是个女子。

"停轿，停轿。"我努力睁眼，想看个清楚。

"小主，您这是怎么了？"蓉儿忙探身来问。"停轿，扶本主下轿。"我示意蓉儿过来扶我。

待我下轿，不过须臾间，那两个小太监就没影了。

"人呢，蓉儿，人呢？"

"回小主，不知小主问的是谁？"

"刚才不是有两个小太监抬着一个已经故亡的宫女走过吗？"我用手指着前方问。

"小主，哪里有人啊，小主许是喝多了，今天是大吉大利的日子，小主可不许说这不吉利的话。"蓉儿似被吓了一跳，连声安慰。

"怎么没有！"我有些恼了，又询问了抬轿的小太监，"你们都没看到吗？"

小太监们面面相觑道："回小主，没有。"

"小主，您许是喝醉了，奴婢扶您回去吧。"

我用力推开蓉儿，走到另一侧，又仔细看了好一阵，见真的没有人迹，才死了心。

我漫不经心地问："出了这门，是哪里呀？"

"回小主，是顺意门。"

"哦，原是这样。"

我惨笑一声，突然感到身子一沉，意识便毫无知觉地散开了。

第一回　几处早莺争暖树

玉虚山峦起伏不绝，终年云雾缭绕，难见天日，每到春天，山脚下总有开不尽的白色野花，听家中老人说这种花叫作荼蘼。

少时，我总喜欢和同龄的孩子们去那儿玩耍。

"今日我们来玩捉迷藏吧。"

"这回就让清浅来抓我们。"

大家都附和着说好。

不知过了多久，我睁开眼，周围早已没有任何人的踪影。

我兴高采烈地去寻了许久，以前常躲人的地方都无人迹。也不知怎的，我竟鼓起勇气走向了玉虚山的深处，虽然村中长辈从不让我们去。

我越走越深，渐渐被雾气包裹缠绕起来，周围也越来越安静，山涧的流水声越发响亮。我有些害怕，想转身离开，却见涧溪边有一白发老者在垂钓。

"老人家，您怎么一个人在这里？天都快黑了。"我怯怯地问道。

"哈哈哈，小女娃你不也是一个人？老头儿我的家就在这里。"那老者转头看向我，顿了一下，"也罢，你我也算有缘，我且为你算上一卦，怎样？"

不待我回应，老者便以迅雷不及掩耳之势抓起我的右手，细细看了好一会儿，时而点头，时而摇头，最后轻叹一口气说道："小女娃，你将来的富贵又岂是你今日可

以想象的！可惜呀，世事两难全，你最珍视的东西却始终得不到，天家富贵，终究是一捧尘土罢了。"

我听不太懂，只是一脸茫然地看着他。

"你人生的变数就快要出现了，切记世事莫要强求，俗世尽后，了却前缘。"老者叮嘱道。

我点点头："老人家，我去叫大伙儿都来算算吧。"

"哈哈哈，回去吧，老头儿我只见有缘人，一度相逢一度愁，三度之后缘终了。"老者起身挥手道。

"清浅，你去哪儿了？我们找你很久了。"二蛋他们不断摇晃着我的身子，焦急地问道。

我茫然地睁开眼睛道："我怎么睡在了这儿？我记得仿佛进了玉虚山里，还在涧溪边遇到了一位垂钓的白发老者，说了好一阵子的话，不知怎的就睡着了。"

"怎么可能，那里从来没有人敢进去。"

"就是，就是。"二蛋他们扶起我，将信将疑地七嘴八舌道。

入夜，我回到家中，娘亲早为我准备好了吃食，都是我最爱吃的。

娘亲温柔地看着我，却突然掉下眼泪。

"娘，您怎么了？"我显然被吓了一跳。

"清浅，今日我去镇上给你爹抓药，看到了皇榜，宫里要广征宫女，家里已经揭不开锅了，你爹又病着，你大哥没钱读书，只能去给潘员外做工，"娘亲说着更伤心了，"娘也是没办法，宫女俸禄多，你又喜欢读书习字。"

"娘亲，别说了，"我忍着眼泪，"我喜欢宫廷，那里肯定很漂亮，好玩好吃的又多，还能读书习字，我愿意去。"

第二日，天色微明，娘亲给我换上了过年才能穿的红绸子衣服，我告别了病中的爹爹、大哥和从小一起玩的伙伴们，跟着娘亲去了镇上——这个我只在爹爹身体尚好时去过一次的地方。

一路上，娘亲走得很慢，还不断地问我想吃什么想买什么。待到县衙，已经有四五十个和我差不多大的小姑娘正等着，娘亲只能送到门外。她含泪塞给我一只素银镯子，便再说不出一句话。

我坚定地向娘亲点点头，旋即走入内殿。

内殿中几个来自宫廷的老嬷嬷逐一检查过我们，包括形体、气味、谈吐和脾性，最后在所有的姑娘中优中选优，留用不超过三成的人。

初看留用只是第一关，留下的女孩会被正式写入花名册送往宫廷，而这些姑娘们的家人则会拿到一大笔钱并签下生死契约，此后女孩们的身家性命便不再和家人有关。

正因如此，朱门大户和官宦小姐是不会来选宫女的。

入宫后，姑娘们会面临两年的训育期，只有经过考核、被各个宫所再次留用的人才会最终留下成为宫女，未被留用的人将遣送回各个州县。

由于我长相清秀可人，爹爹又从小教我习字，我很顺利地入选了。

关山一梦遥，十四岁的我就这样懵懵懂懂地成了小宫女，从顺意门跟跟跄跄地走入了金碧辉煌的皇城中。

宫女，在皇宫中生活和服劳役的女子，每隔两年从民间十二至十六周岁的女子中甄选。她们中有官职者被称为女官，没有官职的被称为女婢，当女婢年满二十五周岁时，她们就可以带着自己的积蓄离开宫廷开始新的生活，女官们则可以自己选择继续留在宫廷或离开。

清晨朝阳似血，当宫墙城楼传出第一通报晓鼓时，层层叠叠的宫门依次打开，此时李魏王朝新征的三百名小宫女正无比兴奋地在训育宫女的带领下东张西望，这一年是成德十年。

在训育阁，她们会待上两年的时间，学习宫廷礼仪，读书习字及尚宫局的基本技能，最终通过宫女考核，决定留用或离开。

训育姑姑认真教导："李魏王朝，从开国皇帝到当今圣上已经三百余年，当今圣上虽少年即位，但文韬武略皆可比先皇。"

她润了润喉咙，接着道："宫中妃嫔宫女制度严明。除太后娘娘、中宫娘娘，下有皇贵妃一人，位同副后，秩正一品；贵妃二人，秩从一品；妃四人，秩正二品；贵嫔六人，秩从二品；嫔八人，秩正三品；其后，人数不定，分别是：婕妤，秩从三品；贵人，秩正四品；美人，秩从四品；御女，秩正五品；采女，秩从五品。"

"服侍主子是你们的本分，你们一定要尽心竭力，绝不能懈怠……那在打盹的是谁？"训育姑姑突然厉声叱问。

原来是小宫女常瑛正犯着困。

"起来，把我刚刚说的再背一遍。"

"姑姑，昨日做晚课迟了些，今天身子才有些倦怠，奴婢……"

"好了！犯错就是犯错，到偏殿去抄写《女则》吧，抄不完不能用晚膳。"

训育姑姑毫不留情。常瑛杏眼带泪地被带了出去，我心中暗自一惊，训育姑姑已然这般严厉，将来主子娘娘们又会如何待我们。

晚膳时，我心想着常瑛怎么还没来，就偷偷藏下一个肉馍，扒了几口饭，去了训育阁偏殿。

身子小小的常瑛趴在长桌上，一边流着眼泪一边抄写《女则》。

"常瑛，给，吃吧，一会儿我来帮你磨墨，能快些。"

常瑛抬起头，破涕为笑回道："清浅，你真好。"

"吃吧。"我把肉馍塞给她。

入夜后，两个小人儿手拉手，一同回到寝阁。

"清浅，以后你想去哪个宫所当差？"

"我想去内侍监，听说那里有看不完的书。"

"听着就头疼，我想去尚宫局，去司珍房做漂亮首饰。"

"那我们可要一起用功了。"

偌大的宫廷有条不紊地运转着，没有人会留意有一个小宫女受了罚，也没有人会留意两个小宫女各自做着自己少年的美梦。

　　沉水香销日影斜，流年飞度无踪迹。

　　当年的小宫女们渐渐长大，她们学习了必要的生存技能，也了解了同伴们各自的秉性。

　　两年的训育期眨眼即过，这两日，训育阁的气氛逐渐紧张起来，小宫女的考核就要开始了，届时尚宫大人将携各房掌事姑姑、内侍监监正大人、掖庭局首领太监等一众宫中官员到场，挑选各宫需要的宫人。

　　各宫所中内侍监因地位崇高，又侍奉在主上身边，因而最为难入。

　　尚宫局的宫女们则更容易获得晋升，即使不能晋升，到出宫年龄也能凭一项技能而在宫外生存。

　　掖庭局主管宫中杂务，是宫女的最末之选，但如果跟了富贵主子则可一日飞升，反之则前途暗淡。

　　如果所有宫所都未留用的宫女就只有遣送返乡。

　　因此小宫女们夜以继日地练习各种技能，生怕被遣送返乡的命运落到自己的头上。

　　"常瑛，我好害怕，你知道宫中流传，非富贵莫登内侍监，历年入内侍监的都是些在宫中有根基的宫人。"我抚了抚额头的虚汗。

　　"没事的，清浅，你诵书过目而不忘，下笔又能生花，倒是我进尚宫局才难。"

　　两个小宫女在偏殿里做最后的准备。

　　"常瑛，你听，有人在哭，听到了吗？"

　　"好像是，我们去看看。"

　　常瑛壮着胆，拉我走到偏殿后墙，见一小宫女正蹲在墙边抽泣。

　　"是敏柔，你怎么了？"常瑛忙问道。

　　"我姑姑说我定要进内侍监，可我害怕无法中选。"敏柔回道。

"你姑姑是宫中女官，自然对你要求高些。我们回去吧，亥时已过，要回寝阁了。"我试图安慰她。

见敏柔还是不肯起，我使了个眼色，与常瑛连拖带拉地把她扶了回去。

天冷得似乎比想象中更快，一转眼就入冬了。宫中规矩，宫女考核必须在正月前完成，因此，相关考核人员正在马不停蹄地忙碌着。

训育阁被打扫得焕然一新，三百名小宫女都等待着各自的归属。

考核共分为五天，第一日考核宫中基本礼仪，所有小宫女都必须参加。

第二日是内侍监的作文考核，小宫女们也必须全部参加，以便优中选优。而历年内侍监选中均不超过五人，最终得以入选的宫人将有机会走到御前，服侍陛下和各位娘娘。

第三日和第四日是尚宫局的考核，宫女们可以选择自己擅长的一种或几种技能参加考核，尚宫局内各房均选录十人接受进一步学习。

第五日是掖庭局的考核，也是所有宫女都会参加，以防自己因未被内侍监、尚宫局选用而遣回，掖庭局的考核相对简单，而且选录人数不限。

考核结果将在十日内宣布，十日之后，曾经朝夕相处的小宫女们，前途命运将大不相同。

第一日的宫中礼仪早已在训育姑姑的反复操练下毫无疏漏。

第二日内侍监的考核，常瑛本来就不擅长，所以不以为意，我却十分在乎。那是我入宫以来最向往的地方，不知为何，我除了舞文弄墨尚有些突出，尚宫局的技能我怎么学都天资不足，如不能进入内侍监，那么就只能去掖庭局，甚至遣返。

内侍监每次选录不超过五人，为了进入内侍监，多少人想尽办法找门道，期望将来有机会飞黄腾达。

我虽紧张，却不及敏柔脸色惨白。敏柔天资平庸，却努力上进，我真希望能和她一同入选。

须臾，内侍监监正裴敏月淡然从容地走入考场，笑吟吟道："各位，本官是内侍监的监正，裴敏月，本次考录大家不必太过紧张。"

貌美出众的裴大人是当朝最传奇的女子之一，她本是罪臣之女，没入掖庭，却因文思敏捷而被太后选入内侍监。其后更是凭借整个李魏宫廷无人可出其右的文才，在二十三岁就成为监正，官居正四品，她是所有宫女羡慕的对象。

至于我，想入内侍监，很大一部分原因也是想一睹这位传奇女大人的风采，向她学习立文之道。

经过裴大人的一番安慰，我慢慢缓和下来。

"今年就以《陛下之圣德》为题写一篇文。"裴大人宣布了考题，场内顿时寂静无声。

我认真构想，缓缓下笔道："彩凤鸣朝阳，元鹤舞清商。蔼蔼王多吉士，维君子使，媚于天子。蔼蔼王多吉人，维君子命，媚于庶人……"不知写了多久，我的文章一气呵成，通读一遍，甚为满意。

我偷偷看了敏柔一眼，见她时而皱眉，时而抬头凝思，真替她捏把汗。

而常瑛则是写了几笔就草草了事，此时正轻快地冲着我微笑。

"好了，时候不早了，大家收笔吧，本官会认真阅读你们每个人的文章。现下本官还有要事在身，就先走了，司记大人、司言大人，这里就交给你们了。"裴大人起身道。

"是，大人。"司记大人和司言大人回道。

第三日、第四日是尚宫局的各房考核，我参加了司仪房和司寝房的考核。

常瑛从小就心灵手巧，参加了所有的考核，自然，她最在意的是司珍房的考核。

这两天我却轻松多了，一方面自觉内侍监的考核答得还不错，另一方面各房的技能我本就不擅长，考核时已然发挥很好了。

最后一日是掖庭局的考核，多以杂务为主，做了两年小宫女的我们早已驾轻就熟。

考核终于落下帷幕，所有的小宫女将迎来最开心的十日。

这十日她们再也不用上课、干活，也正因为她们即将离开，训育阁上至姑姑下至

宫女都对她们前所未有地友善温柔。

其实这也有另一层含义，一旦出了训育阁，她们当中的大多数人将面临更艰辛的前路。

只是，小宫女们尚不清楚自己的命运，高兴得整天叽叽喳喳，憧憬着未来。

十天，转眼而过，决定各人命运的名册终于被贴在了训育阁的大殿前。

"怎么可能，清浅的名字呢？"常瑛惊异地看着，小声地嘟哝道，"连训育姑姑都说清浅的文章是我们中最出彩的。"

我有些傻愣地看着这份名单——我落选了，内侍监的名单上没有我，却出现了敏柔的名字，这怎么可能？

尚宫局的名单上自然也没有我的名字，我忙找常瑛的名字，居然也没有。

最后，终于在掖庭局的留用名单上，找到了我俩的名字。

"怎么可能，清浅，我们都没有入选。"

我也不知怎么安慰她了，只因我自己也难受得说不出话，许久才勉强道："起码我们还在掖庭局，还在这里。"

有留用就有落选，年少时见过华彩非凡，今后去到哪里都会失落吧。

落选的小宫女们抱在一起痛哭，久久不愿离开。

"常瑛，快把东西拾掇好，明天就要去掖庭局了。"我边收拾东西边催着常瑛。

常瑛一动不动地坐在地上，望着一轮明月发呆，不愿接受这个事实。

"常瑛。"我起身扶她。

"清浅，你难受吗？敏柔的文采远不如你，为什么你没有入选？"常瑛面无表情地说着。

"可能，真人不露相吧，"我轻叹一声，"常瑛，我们从来都无法选择。"

第二天天微亮，我们就被训育宫女叫醒："你们把东西拿好，掖庭局的公公来接人了。"

我们茫然地跟在公公后面，一步一步离开了我们生活了两年的地方。

我回头想看看敏柔有没有来送我们，却没有看到任何身影。

掖庭局位于宫廷北角，由首领太监萧奇总管。我们被领入偏殿，等待进一步安排。

白日将尽的时候，大部分宫女都被安排去了各个主子的宫殿。

一个胖脸太监走了过来，坏笑道："这宫中的规矩想必你们也知道不少了，别看公公我安排你们的去处，可也是极辛苦的工作，你们明白吧。"

"自然明白，公公。"一个小宫女说完，忙奉上两个金元宝。

"好，这么乖巧，去伺候公主王子最妥当，就去育嗣宫吧。"胖脸太监说话间随手在花名册上一画。

"谢公公。"

胖脸太监又转身问下一个宫女："那么你呢，乖巧不乖巧？"

我附耳常瑛："这里的去处原来是要好处的，怎么办？"

常瑛苦笑一声："我与你一样，出身贫苦，哪里有那个。"

我心想着怎么办，突然想起娘亲在我入宫前曾给我一只银镯子，兴许值几个钱，但这是娘亲留给我唯一的念想了。算了，听天由命吧。

正出神间，胖脸太监转瞬已到，一脸坏笑道："你呢？"

"回公公，奴婢知道公公辛苦，没有其他，唯有一颗祈福之心，愿公公身体安康。"

"哈哈哈，挺乖巧的嘛，哼，和本公公来这套，去御膳房烧火吧。"

"谢公公。"我早已一头冷汗。

"下一个。"胖脸太监走到常瑛跟前。

"公公，奴婢只会干活，其他都不会。"见常瑛一脸的不屑，我下意识地扯了扯常瑛。

"好，公公我喜欢你的个性，会干活是吗，去浣衣局吧。"胖脸太监的话中明显带着恶毒。

"谢公公。"常瑛也不示弱。

我心里一沉，没想到我们姐妹俩就这般轻易地被决定了命运。

在掖庭局造册后，我便被安排到了御膳房干烧火的工作。

御膳房，乃天下珍馐美味所在，由司食房掌管。司食房的司食姑姑总管整个司食房，官居从四品。下有司膳二名，掌膳四名，女史八名。

考入尚宫局的小宫女们自然也需进入御膳房学习，看着不久前还平等无间的伙伴们，想到如今我只是一个供她们使唤的烧火宫女，顿时心里五味杂陈，很不是滋味。

常瑛则更辛苦，每天起早贪黑地给所有的主子、宫女洗衣服，我难得能挤出时间去看她，她却累得除了干活就是倒头大睡。

除了烧火干活外，每日听训也是必不可少的。

"林清浅，不是我说你，你会不会干活，真没用。"

"就是蠢丫头一个。"

老宫女们总是大声训斥我。以前觉得训育姑姑最是可怕，现在想来根本没什么。训育姑姑只是在你做错时才训你，在这里，任何宫女不高兴都可以随便打骂你。

因为是新来的烧火宫女，老宫女们经常安排我值夜。

一日我刚睡下，"小丫头，快起来，去御膳房烧火去。"一个老资格的宫女使唤我道。

"回姐姐，今日不是我当值，我可刚回来哪。"

"那又怎么了，我身子不爽，让你替下都要顶嘴，整天偷懒，小心我去找掌事姑姑。"

我顿时不敢回嘴了，恨恨地拖起疲惫的身子走向御膳房。

三更天都过了，抬眼望去，繁星如坠，旖旎多姿。

强烈的思乡之意涌上心头，不知家乡亲人可安好，我一时心里阵阵发酸。

这个时候不知哪位主子要用宵夜，我赶去御膳房，急急烧起火来。

一位掌膳带着几个宫女忙碌着，闻着香气满室，我猜是红豆蜜汁羹和塔清如意糕。

等宫女们都忙完，我灭了火，由于太累，竟靠在火墙边睡着了。

也不知多久，一声打破杯碟的尖锐声音惊醒了我。

"是谁？"我忙起身张望，见一小宫女因急着偷吃蜜汁羹而打破了碟子。

"是桐方呀，吓我一跳。"

原来是以前一起受训留用司食房的桐方。

桐方看到我，也放下心来："清浅，你才吓死我了。"

"你如何能偷吃御膳，小心被掌膳看到了受罚。"

"你可不能说呀。"桐方一脸央求。

"那你还不快收拾呀。"说着我忙帮她收拾起来，要赶在掌膳回来前弄干净。

自那以后，我渐渐和桐方走得近些，也常放哨帮着桐方偷吃御膳，桐方也乐得教我些御膳的做法。

日子一天天过着，这一日我正忙着烧火，一个我未曾想到的人居然来找我。

"清浅，快出来，有人找。"一个小宫女叫道。

"哦，来了。"我来不及擦去脸上的汗水，就走出房外。

居然是一身华服的敏柔在等我。

我先是一愣，继而有些尴尬地笑道："是敏柔来了，找我有事吗？"

敏柔看到我一脸的灰尘，竟心疼得落下了泪："清浅，你怎么这个样子了？"

"没事，我习惯了。"我更窘迫了。

"对了，清浅，前段时间刚到内侍监，不方便来看你，我知道你喜欢作文，我现在跟着裴大人习文，这是我的心得，拿来给你看看，想必你是喜欢的。"

我没想到敏柔居然如此心细，忙感激道："我都快不会作文了，谢谢你，敏柔。"

在这么辛苦的环境下，我的确把立文之道都抛诸脑后了，如今想来，再苦也不能放弃自己所长。

此后，只要得空，我就研究敏柔的习文心得，敏柔也常来问我意见。

"今天，裴大人让我们作《贤能之道》，清浅，你会怎么作？"

"我吗，会这样写……"

"清浅，你可真聪明。"

"没有，你才厉害，进了内侍监。"

对敏柔，我内心里总是无比羡慕。

渐渐地，我觉得敏柔的心得越来越不够我学的。

想阅书，除了内侍监有大量的宫廷藏书，剩下的只有司仪房的司籍库里有一些，可是我既不是内侍监的宫人，也不是尚宫局的宫人。

为此，我犯愁了很久。内侍监在皇宫的中央，日夜有侍卫把守。但司籍库就不同了，每夜只有一个宫人守夜，我如果偷偷从偏门进入，应该没有人会发现。

每日都被这个执着的念头缠绕着，终于一天下值后，我鼓起了勇气走向司籍库。见当值宫女趴在桌上呼呼大睡，我轻轻地从偏门入内，点一支烛火，随手读起一本书来。不知读了多久，见天快亮了，忙熄灭烛火，从偏门偷溜出去。

有了第一次，我越发大胆起来，从隔几日去一次到隔日就去一次。

一日，我故技重施偷溜入房中，想那宫人应该已睡下，便点起烛火读了起来。

正聚精会神地读着，突然被人从后面一拍，我吓得叫出了声。

"不许叫，哪有做贼的会吓成这样。"一个威严的声音说道。

我回头一看，是一位银发苍苍的老宫女发现了我。我沮丧地放下书，跟着她走到正房。

银发宫女又点亮了几支烛火，正房顿时通明起来。她抬头看了我一眼，见我被吓得动弹不得，稍稍缓了口气道："说吧，是哪个局所的？怎么夜里来，似做贼的。"

我怯声回道："回禀姑姑，奴婢不是尚宫局的宫人。"

"哦，那你是在哪当差的？"

"奴婢是掖庭局派往御膳房烧火的宫女，因喜读书，故而偷入司籍库。"

"原来是这样，"银发宫女的神色已缓了许多，"我说嘛，司籍库里可没什么贵重物，哪能招来贼。"

宫女想了想又道："也罢了，这么多年，像你这样的丫头，我也只见过一个。这回就罢了，我也不回禀尚宫大人了。"

"多谢姑姑。"我忙谢道。

"不过，私入司籍库之罪可不能免，你可知罪？"

我忙躬身行了大礼："奴婢知罪，但请姑姑发落。"

"那好，我老眼昏花了，以后你就负责在我当值的时候来帮我读书吧，可愿意？"姑姑问道。

我简直不敢相信自己的耳朵，愣在那都不知该如何回话了。

在宫中，有数不尽的主子，当然也有数不尽的姑姑。如果你遇到一个心善的姑姑自是你的福气，遇到一个心恶的，那日子便苦不堪言。

有时，司籍大人也会从内侍监借来一些书，叫我给她读。

有时，我也常常弄点好吃的，偷偷带给常瑛。

每个小宫女在那时都是快乐的吧，因为都还有希冀自己美好未来的机会。

转眼到了成德十四年，那年我十八岁，正是亭亭玉立的年纪。

又是天朗气清的一天，我刚忙完，带着点心像往常一样去找常瑛，见常瑛还没洗完衣服。

"常瑛，我来帮你吧。"

"清浅，你别上手，这不是你的活儿。"

"没事，我帮帮你。"

常瑛感激地冲着我笑笑："对了，你知道六王爷吗？"

"当然知道，吴王可是这京城里所有官家小姐都想婚配的对象，听说六王爷风流倜傥，待人更是温柔得很。"

"哈哈，清浅，你也知道这些。"常瑛嘲笑我道。

"你不是也一样。"我忙不甘示弱地回嘴。

"哎，六王爷虽然是京师王，但入宫多是觐见皇上和太后，再怎样风流倜傥，像我们这种低级别的宫女也根本看不到。"常瑛幽幽叹了口气。

"不知敏柔见过吗？下次我们去问问她，这六王爷究竟长啥样？好了，我们去御花园看荷花吧，听小太监们说今年花开得可好看了。"我兴致很高地拉着常瑛去御花园赏荷。

我们在御花园拉着家常，竟差点儿把我还要去御膳房当值的事都忘了。

思及此，我急急告别常瑛，快步走向御膳房，突然在宫殿的拐角处撞上了一个人，我"扑通"一声摔倒在地，那人也应声倒地。

我心里想着是哪个小太监这么毛躁，抬头一看，见摔倒在地的人根本不是小太监，而是一个身着四爪坐龙白蟒袍的主子。

我害怕得把疼都忘记了，忙行大礼道："奴婢该死，奴婢急着去当值，不小心冲撞了大人，请大人恕罪。"

那人缓缓起身，显然没有回过神，好一会儿，才轻声道："没摔着吧。"

我忙回话道："没有。"

"也怪小王不好，急着去找平乐公主，冲撞了姑娘，你且起来吧。"

我顿时明白，此人自称为王，身着蟒袍，必定是当今六王爷无疑。

先帝六子，只有六王爷贵为京师王，留在京中。

我实在忍不住好奇，抬头看了一眼，他的眼睛透着明亮，干净异常，眉如墨画，嘴角含春，就好像神仙画片上的人物。

想着想着有点儿出神，见六王爷突然看了我一眼，我忙低下头去，脸早已羞得绯红了。

"没事就好。"六王爷冲我温和一笑，便匆匆走了。

我终于回过神来，感觉就像做了一场美梦。

我起身准备离开，突然感觉脚上踩到东西，顺势望去，原来是一枚随身携带的翡翠玉牌，只是已摔坏了一角。应该是王爷的，我回身想追，才发现王爷早已走远。

我只得将玉牌揣入衣内，着急赶往御膳房。

第二回　山有木兮木有枝

转眼间，已经到秋红初肃的时节。

皇城之秋独具一格，满眼尽是红彤彤的枫叶和秋花。

我日复一日地打发宫中时光，除了当值，就是跟着桐方学习御膳的做法，或是跟着司籍大人读书学文。

直到圣上最宠爱的吉嫔娘娘诞下皇长子而母凭子贵成了吉贵嫔娘娘，我的生活才有了波澜。皇长子的百日大宴，是现在宫廷中最重要的事，各宫所忙得不可开交，御膳房也在其中。

百日宴近在眼前，除了皇上、太后娘娘、皇后娘娘、各宫的主子娘娘，连皇亲国戚、外邦使节都纷纷来到皇城，皇城一时间多了很多人与事。

但于我而言，除了外面闹哄哄的声音外，只有不停地烧火和干活儿。直到三更天，喧嚣退去，才终于能停手。

帮着小宫女们收拾好御膳房，我极其疲惫地准备回寝阁，"啪"的一声，司酝房中传出异响。

我强压着睡意，走近一瞧，只见一人喝得烂醉如泥，瘫倒在地。

我本能地想去扶，惊见居然是六王爷，忙道："王爷，您怎么一个人在这里，喝得这么醉？奴婢扶您起来吧。"

六王爷的确是喝得太醉了，蒙胧间拉起我的手喃喃道："皇兄，臣弟对您是一片忠心，您怎么就不相信。"

他的手冷得像二月里的露水，我从来没想过有一天能与他如此亲近，我尽量让自己冷静下来，轻声道："王爷，您醉了。"

王爷仍紧紧抓着我的手："皇兄，如果您不相信臣弟，臣弟愿意离开京师，从此归隐山林……"

我顾不得礼节，忙伸手去捂住王爷的嘴。在这宫中，无论身份多贵重，都可能因为一句话而丢了性命。

我从没想过他贵为皇亲，又是身份无比尊贵的京师王，居然也会有苦恼。

过了好一会儿，我听到一声又一声的轻唤："王爷，王爷……"

我抬眼去看，见一小厮正由远及近。

我压低声音回道："王爷在此。"

小厮匆忙赶来，掰开王爷抓着我的手，我脸上顿时又起了一片绯红。

小厮道："多谢姑娘，我们王爷今天是高兴极了，被皇上、各位大臣灌得醉了，他说去醒酒，不让我跟着，不料却醉倒在此，多谢姑娘了。"

我忙回礼道："不打紧。"

"对了，姑娘，王爷刚刚有没有说什么？"小厮突然问我。

"没有，王爷醉了，什么都没有说过。"我强装出自在的表情。

小厮用力把王爷扶起："还是谢谢姑娘，宫里的规矩，没有皇上的御准，皇家贵戚也不可留夜，我们先回府了，改日必酬谢姑娘。"

"不必了，皇宫是非多，王爷若念奴婢的好，就不必记挂此事，免得徒生是非。"我摆手拒绝。

"小的明白了。"说完小厮就将王爷扶出了司酝房。

我正准备离开，突然想起王爷的翡翠玉牌还未归还，但转念一想，我居然有些隐隐窃喜，可能那时我就有了自己的心思吧。

烧火的活儿干久了，也能操练得非常娴熟，常常能忙中偷闲。

天气开始转凉，即使干活儿时都需要披上过冬的衣物了。

这天，我正低头忙碌着，突听得宫女喊："陈女史来了，给陈女史请安。"

"哈哈，一群坏丫头，竟来取笑我了。"一悦耳女声娇嗔道。

"清浅，清浅。"女声已至跟前。

我抬头看到，敏柔居然穿上了藕荷色的女史官袍，冲着发愣的我直笑。

好一会儿，我才反应过来："奴婢给陈女史请安。"

"好啦，都是自家姐妹，快起来吧，"敏柔忙来扶我，"我问过了，今天晚上你不当值，我叫了常瑛，你们来我的寝阁吃个饭，说说话吧。"

"多谢陈女史。"我自然下礼，我知道此刻起我们之间已经有一道鸿沟了。

我和常瑛生平第一次进入内侍监，偌大的书阁，宽敞的书桌，每张书桌还设有一只文王鼎，点一炷清香，伏案而书，哪里是我们一个烧火宫女一个浣衣宫女所能想象的。

步入后殿，内侍监本来就不多的宫女居住在这个闹中取静的清秀之地，一般宫女为两人一间房，女史则可以一人一间房，内侍监原本的一位女史满二十五岁选择离宫，于是便从下级宫女中擢升一名为女史，便是敏柔。

敏柔的房间宽敞明亮，连那江南丝绸织的宫袍都闪烁着熠熠光芒。

那天夜里，敏柔兴致很高，说了很多话，也喝了很多酒。

常瑛渐渐支撑不住，趴在桌上睡着了。

敏柔也醉得不浅，拉着我亲昵地说道："清浅，谢谢你，我知道自己天资平庸，以自己的能力根本升不到今天的位子，如果不是你一直帮我作好文章，不是姑姑在宫中的地位，我怎么可能成为女史。"

我有些不是滋味地笑道："不是这样的，你也很努力，这位子本该属于你。"

那天不知道喝了多少，也不知道我和常瑛是怎么回到各自的寝阁的。

我想我们在为敏柔高兴的同时，也是在为自己悲伤吧，不能左右悲惨的命运，只能在酒香里沉沦。

在这种复杂的心情中，新的一年又到来了。

正月里，整个皇城都张灯结彩。

我常常去帮常瑛，她在这个时候总是最忙的，大量主子宫人的衣服等着她洗，天寒地冻的，她的双手早已生满了红疮。

我抢过一些衣物，帮忙洗起来。

常瑛幽幽道："清浅，你猜敏柔现在在干吗？"

"不知道，大概在吟诗作对吧，也可能在侍候主子。"

"清浅，你说从小你的天资就比她高，又那么勤奋好学，为什么今天做女史的那个不是你？同样是宫女，为什么我们只能在这里洗脏衣服？"

我被她突然一反常态的话给说愣了，好一会儿，才平静地说道："常瑛，你别这么想，敏柔是个勤奋的人，她只是得到了她应该得到的。至于我们，你应该明白这皇城中处处有关系，时时要银两，像我们这种贫家女，在哪个宫所会擢升呢？想多了只能徒增伤心，不如存点家当，二十五岁出宫时才不至于流离失所。"

只是这个新春我注定要失去更多。如往常一样，我在司籍大人当值的晚上去帮她读书，烛火通明，我小心诵读，门被轻轻推开。

我回头一看，竟然是尚宫大人，我忙跪下行大礼道："尚宫大人万福金安。"

尚宫大人看了我一眼，面无表情地回道："起来吧。"

司籍大人也起身准备行大礼，尚宫大人忙俯身去扶，温和地说道："司籍大人，没有外人时，不必行此大礼。"

司籍大人笑道："那可不行，在宫中这么多年，礼数早改不了了。皇后娘娘已经恩准了奴婢离宫养老的请辞，回想起来，奴婢竟在这儿活了一辈子了。"

"是呀，当年我也只是个小宫女，拜入大人的门下，如今……时间过得真快。"尚宫大人叹了一口气道。

"快别这么说，尚宫大人如今身份今非昔比。奴婢老眼昏花了，私自让掖庭局宫女帮忙读书，望大人恕罪。"司籍大人道。

"哈哈，如果没记错，司籍大人可不是第一次了。"说到这里，尚宫大人这才仔细打量了我一眼。

"尚宫大人，奴婢离宫之前，希望您念在当年的师徒情分上，他日这小宫女若是闯下祸来，大人能帮就帮一把。这宫中，如临深渊啊。"司籍大人不放心地说。

"司籍大人，我答应你。"尚宫大人想了想，点头同意了。

"多谢大人了，"司籍大人示意我道，"还不多谢尚宫大人。"

我几乎还没有想明白，忙下礼道："多谢尚宫大人。"

随后尚宫大人和司籍大人又在内室说了好一会儿话，尚宫大人这才离开。

司籍大人慈爱地拉起我的手："清浅，我要离开了，等新的司籍大人到任后，你就不要再来了。你虽富有才华，却心地善良，注定会失败，一定要好好活下去，明白吗？"

司籍大人的眼里闪烁着泪花，又道："那么多年，我只看到了两个人，一个是你，一个是敏月。"

敏月，难道司籍大人口中的是监正裴大人？我不敢多想，自己又怎么能和监正大人相提并论。

天亮前，我离开了司籍房，此后终其一生，再也没见过这位告老还乡的司籍大人。

后来，我有时也会回到司籍房外，望着那通明的烛火，想着自己还在为司籍大人读书的那段时光，久久不愿离开。

司籍大人离宫后，我的生活更平淡无趣了，连敏柔都因为升为女史而忙得没时间来看我们。

夏天如期而至，草木繁盛，蝉声不绝，我常常凝望着御花园里的荷花，想起去年夏天的人与事。

这年，皇后娘娘的堂妹，十岁的玉婵郡主入宫伴驾，御花园里热闹非凡，郡主和宫女们的嬉笑打闹声，常让人忘记了身处深宫。

一日我刚下值，见一纸鸢挂在小树枝上，忙去取下来。

纸鸢做得精巧轻盈，燕子形状的布面上画着鱼戏莲花，在阳光下熠熠生辉，只是骨架已经损坏。

只一会儿，就听得身后一人厉声道："好你个大胆的奴婢，竟然弄坏了玉婵郡主最喜爱的纸鸢。"

我忙回身，见一使唤宫女瞪着我，我忙下礼道："奴婢只是碰巧捡到，郡主的纸鸢已经损坏，望姐姐说明情形呀。"

不容我分说，宫女便差左右两个宫婢抓起我："和我去见郡主，郡主自会给你公道。"

十岁的小郡主在宫人的簇拥下显得格外骄纵，我忙跪下行了大礼："禀郡主，奴婢偶尔经过御花园，见郡主的纸鸢挂在树上，拿下时已然损坏，请郡主明察，奴婢怎敢弄坏您的心爱之物。"

"我可不管，反正东西已经坏了，你说怎么办。"郡主一脸的不高兴。

一旁的宫女七嘴八舌："郡主，量她也赔不起，还是拉下去打个四十大板，让郡主出出气。"

"郡主，四十大板会打残这个奴婢的，毕竟我们是客。"

我早已满头大汗，深知郡主的一句话将决定生死，我的命绝没有主子的爱玩之物重要，此时只恨自己多管闲事。

"纸鸢已经坏了，我不管，拉她下去打板子，狠狠打。"郡主一声令下，宫人们就来扯我。

我苦苦求道："郡主饶命，真的不是奴婢……"

"怎么了？"一男子循声而来，原来是六王爷。

我忙道："王爷饶命，奴婢是无辜的。"

玉婵郡主见到王爷已是喜从中来，火气也消了大半。

王爷了解事情原委，哈哈笑道："玉妹妹，不就是个纸鸢嘛，爱玩之物我府里有许多，都是这些年来京中的稀罕物，玉妹妹去挑些就是了。"

郡主道："六哥可不能骗我呀。"

"哈哈，本王怎么敢骗玉妹妹，至于这个宫人，见她也吓得够呛，就算了吧。"六王爷为我说着情。

"那好吧，你下去吧，看在六哥的面上，本郡主就放过你。"郡主终于松了口。

我深呼一口气，忙谢道："多谢王爷，多谢郡主。"

王爷温柔地示意我快退下，我匆匆离去，心里却无比委屈。皇城之凶险，我今日总算真正见识了。

此后我深居简出了许久，除了当值我哪里都不去，直到一天常瑛来寝阁看我。

"常瑛，你怎么来了？"我有气无力地问道。

"今日活不多，我见你很久不来，就来看看你。"常瑛关切地看着我。

我深深叹了一口气，把在御花园发生的事告诉了常瑛。

常瑛安慰我道："我们做奴婢就是这个命，清浅，你可要想开点呀。"

"对了常瑛，我记得你娘曾是苏州绣娘，教了你一手好刺绣。能教教我吗？"我问她。

"怎么突然想学这个了？我记得以前你最不喜欢的就是女红了。"

"没啥，我听说民间女子出嫁，都要带一幅自己的刺绣嫁入婆家，以显示自己的贤惠，我想学学，以后总要出宫的。"我心虚地说道。

"哈哈，原来清浅有心上人了。"常瑛立即明白了。

"哪里呀，只是想学学，你不教就算了。"我佯装不高兴。

"刺绣中最难的便是苏绣中的双面绣，女子出嫁当然要绣鸳鸯戏水，若是双面绣则更佳。你女红从小就不好，能坚持吗？"常瑛故意激我道。

"我试试吧。"我嬉笑着，心里像吃了相思蜜一样甜。

常瑛见我心情开怀多了，也放下心来。

我知道我喜欢上了一个人，但我甚至连他的影子都没资格喜欢，只能把这份心事深埋在这一针一线里。

入秋后不久，后宫虽然平静如常，但前朝却出了大事。

边境八百里加急的军报被送入紫宸殿，西胡大军在西北边陲集结滋事，大有入侵我朝之势，朝中大臣分为两派，为开战还是求和吵得不可开交。

皇上圣意不决，致使人心惶惶。

一日，六王爷被急召入宫，往紫宸殿议事，到了晚膳时分，御膳房接到皇上口谕，王爷将留下陪皇上用膳，故命御膳房加做两道王爷爱吃的菜，蜜汁牛肉和百参炖老鸭。

那日我当值，心里特别高兴。

第二日，我刚到御膳房，桐方就来找我，偷偷摸摸地说："清浅，你知道了吗？"

"什么？"我一脸茫然。

"皇上询问王爷对西胡主战还是主和，王爷建议主和，怎料圣意难测，皇上心里是主战的，王爷争辩了几句，皇上便将他留在内侍监，草拟国书一封，既要向西胡汗王求和，又不能失了天朝威严。此番稍有不慎，王爷就将获罪。"

"可是，听闻六王爷并不善文辞之道。"我有点儿着急。

"谁说不是，裴大人突然称病，只派了两个女史给王爷，这不是明摆着皇上要拿王爷向主和派大臣示警。"桐方说着摇了摇头。

"你们两个，不干活在干吗？"一个女声厉声说道。

我们忙转身，见姚掌膳正凶神恶煞地看着我们。

我忙推开桐方，各自干活去了。

我虽忙着手里的活，心情却十分沉重，皇上对王爷素来有嫌隙，这次岂不是误会更深。

想必，王爷是以天下黎民为重，才冲撞了皇上。

我该怎么办？想到敏柔在内侍监当女史，不如下值后去她那儿打听一下。

"你找陈女史呀，她去西暖阁，伺候王爷拟国书去了。"一个内侍监的宫女趾高气扬地说。

"多谢姑娘。"我忙回礼。

我退身走向西暖阁，见敏柔正在阁外候着，便轻声唤她："敏柔，敏柔。"

敏柔见是我，四顾无人，忙把我拉到一侧。

我急切问道："敏柔，听说六王爷在这拟国书，向西胡求和，可有此事？"

敏柔轻叹一口气："这宫中，就是消息传得最快。裴大人称病，你看这里只有我和宋女史在轮流伺候着，王爷在里面正恼着呢。"

我接着问："裴大人病了，内侍监的其他宫人呢？"

敏柔苦笑道："清浅，你是知道的，如今是皇上要做给主和派大臣看，谁还敢帮衬着王爷。至于我，想帮又没这个能力，我的文辞你素来知晓，要不清浅你来试试？"

"我能有什么办法，我就是个烧火宫女。"我摇头回道。

"清浅，你素来善于作文，不如你试试，将来我一定向王爷禀明你的功劳。"敏柔央求道。

"敏柔，这不是求不求功劳的问题，我实在是怕自己能力不足，反而害了王爷。"我迟疑道。

"清浅，你就试试吧。"敏柔不断鼓励。

我勉强答应，心里着实没底，但想着王爷于我的大恩，无论如何我都要冒险试试。

我请敏柔偷拿了点笔墨纸砚，返回寝阁。

从未进入内侍监学习的我，写了又撕，撕了又写，反反复复到了二更天，才终于写下了尚为满意的建言书："奉天承运皇帝，诏曰：我泱泱大魏与西胡素来交好，岁月优游，民安国泰。今汝为一时之恩仇，战火一起，必致万民于水火……"

我悄悄将写好的建言书塞给敏柔："希望对王爷有些许裨益。"

敏柔笑道："一定会的，到时王爷一定会奖赏你的。"

我不好意思地笑笑，在夜色里转身离开。

西胡汗王接到国书后不久就退兵了，其实西胡此番前来无非是为了讨点封赏，并无真正挥兵进犯之意。

大魏一封国书加上丰厚的绫罗绸缎、牛羊马匹，西胡汗王就趁势退了兵，危机重重的边境困局就这样烟消云散了。

转眼已是清寒初冬时节，大伙儿开始准备过年的年货。

这天，我刚到御膳房当值，桐方便兴冲冲地对我说道："清浅，你猜我给你留了啥好东西？"

"什么呀？"我笑道。

"你看，好看吗？"桐方举起一只精美的红玛瑙手钏。

"真漂亮，这可贵重，你哪儿来的？"

"清浅，你也不知情吧，六王爷要纳侧妃了，宫里事先一点儿风声都没有，这不是现在打赏后宫，我们尚宫局的稍好一些，有多的我就给你留了。掖庭局稍后也会赏的。"桐方一脸笑意。

"六王爷纳侧妃，是谁？"我心里像挨了一记闷棍。

"六王爷的这位侧妃，就是你在内侍监的好朋友陈敏柔，陈女史。"桐方说道。

"什么？敏柔从来没有和我说过这些呀！"我一脸不可置信。

"这次王爷的国书因为陈女史才有了头绪，王爷本来就欣赏有文采的人，陈女史这样一个大才女，王爷怎么可能不喜欢。据说陈女史当年就是入内侍监的文魁，她那篇《凤凰吟》连裴大人都觉得好。"桐方话音未落，我突然感觉头上一重。

《凤凰吟》这个名字我怎么可能忘记，原来当年并非我能力不够，而是有人顶了我的名次才入了内侍监。

我不知道自己是怎么从御膳房走到内侍监的，心里只有一个念头，我要去找敏柔问个清楚，为什么当年她会顶了我的名次，为什么我草拟的建言书成了她的？太多的为什么快要把我吞没了。

好不容易走到内侍监，见一群宫女都围着敏柔的房间想要恭贺，不同的是敏柔的房门口多了两个侍卫，高声呵斥道："去去去，未来的陈妃娘娘，岂是你们说见就见的？等着传召吧。"

我呆呆地望着，眼泪渐渐模糊了视线，如同行尸走肉般走着，什么都不知道，也什么都不想知道，我的心不停地在抽泣。

　　当终于回到自己的寝阁前时，常瑛早在那儿等我多时了。

　　她见到我失魂落魄的样子，急忙拉着我到无人处："清浅，我知道你挺喜欢六王爷，但是事已成定局，你不能怪敏柔。"

　　"敏柔。"我听到这个名字哈哈大笑起来，终于忍不住把心中的痛苦统统告诉常瑛。

　　常瑛惊了好一会儿才道："怎么会这样，那敏柔就是顶了你的职位，更顶了你的恩宠。不行，我去找她。"

　　我忙拉住常瑛，眼泪又不争气地落下来："常瑛，一切已成定局，她将是陈妃娘娘，你能见得到吗？再说了，见到了又能怎样，我今天失去了一个朋友，不能再没有你了，你明白吗？我没事，一切都会过去的。"我强挤出笑容，抬头望着夜空，那天的月色无比苍凉。

　　由于六王爷从未娶亲，没有正王妃，所以这次纳侧妃，太后娘娘郑重其事，排场铺张，黄金白银，御辇华服，让尚宫局忙得不可开交。

　　我上次失仪冲去内侍监的事，因桐方帮我周旋而免了罚。

　　我更努力地干活儿了，从早到晚，干完自己的活儿就去帮别人干。我不能停下来，停下来我就会心痛。

　　过了正月，我便年满桃李之岁。我想，就是在这一年，我才开始真正融入宫廷生活。这里熙熙攘攘，我却再也没有快乐的时候了，偌大的皇城好像都安静了。

　　成德十六年春天，喜鹊在枝头叫个不停，果然好事就这样传开了，吴王侧妃陈氏有喜，这对皇室子嗣凋敝的魏王朝是天大的喜事。

　　太后娘娘开了金口，如果陈妃生下王世子，将晋封为吴王妃。

　　于是陈妃进宫谢恩，太后恩赐她可以回她长大的地方看看。今时不同往日，她如今已是身份无比贵重的陈妃娘娘了。

　　我听到这个消息时，仍埋头在繁重的粗活儿中，却不想陈妃居然宣我觐见。

我不得不整理衣妆，梳洗妥帖，前往陈妃曾居住的内侍监宫房。

"快点，娘娘正等着你。"一个小宫女催着，急忙将我推入房中。

只见敏柔，不，如今是陈妃娘娘端坐在桌边，她看到我笑吟吟道："清浅，你来了。看，这都是太后娘娘赏我的宫廷糕点，我知道你肯定没吃过，作为好姐妹，我第一个就想到找你分享。"

我忙下跪行了大礼道："多谢陈妃娘娘，奴婢与娘娘云泥之别，怎能相提并论，您这是折煞奴婢了。"

"清浅，你多虑了，"陈妃挥挥手说，"你们都下去吧，我要和清浅单独聊聊。"

房中奴婢遂一一退下。

"不知陈妃娘娘到底想说什么？"我不甘示弱。

"哈哈哈哈哈。"陈妃笑着抬手就是一记重重的耳光。

我顿时摔倒在桌边，嘴角有血隐隐渗出。

"我想你再蠢钝也知道了吧，没错，当年我就是用你的《凤凰吟》进入内侍监的，我求姑姑陈司判买通司记大人将我们的考卷对调，姑姑开始还不敢做，真是个不成事的女人。"

陈妃接着道："可是，内侍监才女众多，我只好再来利用你，经常帮我出主意作文章，力求拔得头筹。对了，上次王爷的事还要多谢你，否则王爷怎会对我青眼有加。"

"娘娘，天下事自有因果，望你好自为之。"我恨恨地说。

"哈哈，我的因果，如果是成为王妃，为王爷孕育王世子，这样的因果我自是接受。至于你嘛，宫廷中本来就不应该存在你这般蠢钝的女子，这种事毕竟不是好事，我定不能让王爷将来知道，更不能留下你这个祸害。"陈妃突然神色一变。

"你想干什么？"我不自觉向后退了一步。

"哈哈哈，"陈妃突然惨叫并顺势佯装摔倒在地，"救命呀！"

一众宫女闻声冲了进来，将我按倒在地。

"娘娘您怎么了？"

"她，她要谋害王世子！"陈妃一脸痛苦。

"没有，奴婢没有……"还没等我说完，陈妃的近身宫女就一拥而上抓住我，押我跪在殿外。

我被迫跪在院中，天空突然下起雨来，我狂怒的心情此时却开始变得平静，这样活着太痛苦，就这样结束也好。

我看到太医急急赶来，掖庭局首领太监萧奇急急赶来，最后王爷也赶来了。

不知过了多久，宫女押我进入内殿。

王爷关切地将陈敏柔拥在怀里，眼神愤恨地看着我。

我麻木地跪倒在地，首领太监萧奇开口道："怎么回事？你这个奴婢太不小心了。"

我努力说道："奴婢没有。"

说完我抬头看了王爷一眼，王爷却极厌恶地瞪着我，陈妃的近身侍婢立刻说道："大胆奴婢，还不知罪，谋害王世子，其罪当诛。"

"奴婢没有。"我努力不让自己掉下一滴眼泪。

"好了，"王爷突然开口，"萧公公，这是掖庭局的人，你自己看着办吧。"

"这……还是王爷来定夺吧。"萧奇不敢做主。

陈妃的近身侍婢马上接口："不如剁掉这奴婢的十个手指，让她长长教训。"

我心中惨笑，陈妃呀，你真是恶毒至极，我没了十指自然不能再作文，你的秘密就永远守住了。

没了十指比杀了我更让你舒心吧，我最后绝望地看了一眼王爷，最后一眼。

我等待这可笑的命运将迎来怎样的结局，等待我心之所向的男人给予我的结局。

第三回　锁衔金兽连环冷

"陈妃的身子无大碍吧？"王爷焦急地询问着身边的太医，并未在意我的目光。

太医回道："回王爷，娘娘虽受惊吓，但母子均未有损，待微臣开几服药，服用后担保无碍。"

王爷长舒了一口气："那就有劳宋太医了，丁香，送宋太医出去吧。"

宋太医心有不忍地看了我一眼，欲言又止地走了。

王爷温柔地看着陈敏柔，说道："敏柔，这件事还是你自己定夺吧。"

"王爷，我想清浅是一时失手才会差点酿下大错，妾身不想孩儿未出世，就沾染血腥。"陈妃一脸无辜道。

"敏柔，你总是这么善良，不枉本王对你一番疼爱，"王爷转头冷冷对萧奇说，"死罪可免，活罪你自己看着办吧。还有，今日皇后娘娘正陪着太后娘娘在云岩庵为龙嗣之事上香，此事不必惊动两宫娘娘。"

"是，小的这就将这个大胆的奴婢贬入恶气房，以赎其罪，王爷看可否？"萧奇一脸谄媚。

二十岁这年，我离开了御膳房，被贬入恶气房。

恶气房，是宫中负责粉刷殿阁、清除恶气的宫所，隶属于掖庭局。

历年，只有犯大错的宫女、太监才会被贬入此。由于恶气伤身，久吸药石无灵，被贬入恶气房的宫女很少有活到出宫的，即使出了宫，不久也会百病缠身而痛苦离世。

我整理着并不多的衣物，默默离开了自己的寝阁，进入了掖庭局另一个极偏僻的寝阁。

还未走近，便能闻到一股恶气，我掩面而咳，带路的公公冷眼道："放心吧，时间久了，你就一点儿都闻不出来。"

在恶气房的工作，根本不需要学习，都是简单的体力活。由于我是新来的，经常被熏得两眼通红，呕吐不止。

这里的宫女、太监也极少说话，好像多说一句，便会吸入更多的恶气。

就这样到了夏至，由于我身体天生羸弱，又吸了太多的恶气，一直在发高烧，但恶气房的宫人都是犯错宫人，没有人会去请太医或准许他们休息。

我病得迷迷糊糊，自觉快要不久于人世了。

这天夜里，我刚忙完躺下想休息，掌事姑姑又命我去粉刷摘星楼，我忙央求道："姑姑，奴婢病了好多天，一直不见好，能否休息一天？"

"你是什么东西，这摘星楼可是皇上为合宫家宴而建，拖了进度，你担待得起吗？"掌事姑姑回绝道。

"姑姑，能否多派一些人一起干？"我不死心地祈求道。

"新来的还偷懒，你再多说一句，看我不把你往死里打。"掌事姑姑已不耐烦。

我强忍着委屈，拿着家什，拖着沉重的身子慢慢走向摘星楼。

夜晚的皇宫，比白天安静了许多，夏虫的鸣叫也格外清晰。

我缓步走过御花园，看着满池的夜荷，可惜我已经闻不出花香。

不知不觉，眼泪唰地流了下来，走到与王爷初次见面的地方，我更是情难自控。

如今，人事已非，他拥娇入怀，我却来日不多。想到这里，不禁悲从中来，与其在恶气房里病死，我宁可选一种干干净净的死法。

我终于下定决心，缓步走向荷花池，放下家什，周围空无一人。我闭上眼睛，一步一步走下荷花池，脑海中仿佛回到了初遇王爷的那个夏天，又看到了拐角处的

温柔眼神……

冰冷的池水倒灌入喉，我开始喘不上气，我想我终于要解脱了，常瑛、桐方珍重，我已等不到出宫之日。

好难受，我挣扎着想抓住点什么，不想死，我拼命地拍着水，人却越来越糊涂，身子不住地向下沉去，一切就要结束了。

就在我将要放弃挣扎时，突然听到岸上有人大喊道："有人落水了，快来救人！"

说话间一人跳入水中游向了我，一只有力的手紧紧拉住了我，之后我的意识便散开了。

待我缓缓睁开眼，迷糊地看着周围，一个关切的眼神看着我，说道："宋兄，姑娘醒了，你快来看看。"

另一男子应声而来，替我把起脉来，轻声道："溺水之事已无大碍，只是这姑娘高烧似乎已有几日，怎么不见来诊治，如此下去恐有性命之虞呀。"

我强撑着抬头看了眼太医，这个人面相好熟悉，却不记得在哪里见过。

男子见我疑惑的表情，笑道："姑娘，不记得在下了？也难怪，当时你冒犯陈妃，吓得不轻，自然记不住在下。"

我这才如梦初醒，想起身行礼，却被两人按下。

我勉强说道："奴婢林清浅，是掖庭局宫女，今日得蒙两位大人相救，实在无以为报。"

"哈哈哈，姑娘不必谢我，你的命是韩侍卫所救。"宋太医笑道。

我忙转身想行礼，见那韩侍卫年纪虽轻，却仪表堂堂，眉眼深邃，冲我微笑时竟还有些憨直。

他急忙止住我，眼中充满关切，说道："姑娘不必多礼，宫女安危本就是在下的职责。只是，在下多嘴问一句，姑娘真是失足落水吗？"

我顿感为难，宫中规矩，上至妃嫔下至宫女，自裁是重罪，更可能牵连母家。

如果我说实话，可是重罪。如果我不说实话，如何面对救命恩人。

正当我犹豫不决时，年长一些的宋太医温和地说道："自然是落水，否则还能怎样。林姑娘，当时之事本官多少看出一些端倪，但别人没做到的事你却自己成全，才是你的糊涂。"

"奴婢明白了。"我再一次委屈地忍住了眼眶中的泪。

"对了，今晚你本来想去哪？"韩侍卫问道。

我才想起还要去摘星楼粉刷，便一五一十地说了。

韩侍卫想了想道："方才我与丘明巡查时，见你落水，把你救起送来太医院，但你不能久留这里。一会儿本官送你回掖庭局，告诉恶气房掌事你落水之事，她多少有责，必不会为难你。"

宋太医和声道："就这么办吧，只是你高烧不退，终究不善，你且回去休息，明日开始，亥时本官会让小张子煮好你的药，你自来服用就是了。"

韩侍卫带着我回到恶气房，掌事姑姑早已气得脸色发白，见有侍卫在，不便发作，忙堆出笑意，悻悻道："清浅，怎么这个时辰才回来，去哪了？"

不等我开口，韩侍卫不温不火地回道："你就是恶气房掌事？敝姓韩，是御前侍卫，刚刚见这宫人体力不支跌入荷花池，特将她送回。"

掌事姑姑假意来扶着我，问道："清浅，你身体不适可要告诉姑姑我呀，怎么这么倔强，快去休息吧。多谢韩大人了，奴婢一定好好照顾她。"

韩侍卫回道："姑姑你身为掌事，可别再发生宫人身体不适而跌入荷花池这种事。你知道的，这种事如果传到皇上耳中，终究不善。"

"哈哈哈哈，那是自然，多谢韩大人。"掌事姑姑尴尬地回道。

"那本官就先走了。"韩侍卫说着便离开了。

可能是韩侍卫的话震慑住了掌事姑姑，也可能是掌事姑姑真的起了恻隐之心，我被准许休养了好几天，加上宋太医的药，我的身子渐渐有了起色。

由于病了多日，我始终吃不下东西，缓步来到御膳房，想着今天正是桐方当值，见桐方她们正在忙碌，我忙唤她："桐方，桐方。"

"是清浅呀，你怎么……怎么都成这个样了……" 桐方摸着我已然瘦骨嶙峋的手哭了起来。

我笑笑道："哭啥，没到那时辰。到了时辰，你再流你的金豆子吧。"

桐方还是止不住泪，我忙转开话题："桐方，我近日总是吃不下，你这可有啥开胃的东西？"

桐方想了想说："等我下值，我亲手做道山楂豆皮卷，加点醋，定能开胃。晚点我给你送来吧。"

"不用了，我那里味不好闻，又人多眼杂，还是戌时我来找你吧。"

"那好，一言为定。"桐方心疼地看着我。

从御膳房出来，我本想去看常瑛，又怕她看到我现在的样子伤心，于是便漫无目的地闲逛着，不知不觉地走到了祈华殿，见一女子正磕头跪拜，虔心礼佛。

她身着素色宫服，发髻上插着一支别致的蝴蝶簪子，一看便知道不是宫女身份。

看着看着，我不觉有点出神。

那女子突然起身回头，我躲避不及，与她四目交接，见她年龄比我稍长一些，却满脸的宁静平和，不食人间烟火，我忙行大礼："小主，万福金安。"

她缓步走出殿外，轻声回道："起来吧。"便匆匆离去。

"清浅，你去哪儿了，我做的山楂豆皮卷都快凉了。"桐方佯装着生气说道。

"多谢桐方。"我拿起一个尝了一口，顿感一阵清爽，酸甜的口味与老醋配合得正好，我忙不迭地一通猛吃。

"慢慢吃，没人和你抢。"桐方见我吃得欢，很是高兴。

"桐方，我很久都没吃过这么好吃的东西了。"

"是吗，这个是我自己做的，你喜欢就好。"

"好吃，"我满足地抹着嘴问，"对了，我刚刚在祈华殿看到一位礼佛的小主，你知道是谁吗？"

"怎么会不知道？廖采女。你说她美貌品行皆全，偏偏皇上从未临幸过她。如今她芳龄都二十四了，如果明年皇上还不临幸，她只有两条路，出宫或留下成为我们这样的宫女。宫里都知道，她每日都要去礼佛，可惜佛从来没让她如愿，不知道多少人嘲笑她呢。"桐方说着摇了摇头。

"都是可怜人呀。"我叹了一口气。

"清浅，你说啥呀？"

"没啥，真好吃，我还要吃些。"

"没有了，小时候你还嘲笑我贪吃。"桐方指指空了的盘子笑道。

没过几日，我又遇上了这位廖采女。

那日我刚忙完一天的活，从摘星楼回来的路上，在御花园的凉亭边见廖采女做着女红，我忙下礼道："廖采女万安。"

只见她微微一笑，回道："起来吧，你已经知道本主是谁了呀。"

她又轻叹一口气，看着手中的女红，问道："不知怎的，这蝴蝶扑花本主怎么都绣不好，不如你来帮本主看看。"

我忙回道："奴婢隶属掖庭局，不善女红，小主为何不询问尚宫局的宫女呀？"

"尚宫局，宫里还有多少人真心待本主，"她挥挥手说道，"罢了，你退下吧。"

我准备退下，却突然有了主意："禀小主，奴婢有一好友，虽属浣衣局宫女，但做得一手好女红，特别是擅长双面绣，或可解小主之愁。"

"真的吗，那太好了，改日你请她来指教一二吧。"廖采女高兴地说道。

"是，奴婢遵旨。"

我将常瑛引荐给廖采女，常瑛也很高兴能和喜欢女红的人在一起切磋，此后常瑛经常被召去伺候。

只是，我偶尔会想起好不容易绣好的鸳鸯戏水，想起那个形同陌路的人，不，比形同陌路更糟。

那个厌恶的眼神，我怎能忘记。

夏天快结束的时候，宫中出了一件大事。

皇后娘娘的堂妹玉婵郡主突然病倒了，太医院人心惶惶，治了好久才稍有好转，只是郡主的胃口一直不见好转，御膳房为此伤透了脑筋。

皇后娘娘便颁下懿旨，谁能让郡主的病情有所好转，皆可封赏。

长期的体力活，使我的腰都直不起来，粉尘折磨得我话都说不了。

这天终于下值，回到寝阁，只见掌事姑姑破天荒地来迎接我，笑道："清浅，你终于回来了，首领公公正等着你呢。"

"萧公公，奴婢不知哪里又做错了。"

"哈哈，哪是做错了，是赏，快进去吧。"

赏？我更是丈二和尚摸不着头脑，见到首领太监萧奇，忙下礼道："奴婢林清浅，给公公请安了。"

萧奇一脸献媚："起来吧，你可大喜了，皇后娘娘口谕，明日你便可离开恶气房去坤宁宫伺候了，还不谢恩。"

"奴婢叩谢皇后娘娘。"我忙下礼。

说是在谢恩，心里却不知道中宫娘娘怎么会突然调我一个奴婢去中宫伺候，忐忑不安的心情伴随着我一夜。

第二日一早，坤宁宫的宜霏姑姑来接我离开恶气房，临走时我回头望了眼那些曾一起当值的宫女、太监。我们很少说话，但那一刻他们痛苦而绝望的眼神深深地刻入了我的内心，多少年后我也忘不了那种眼神，是人对求生的渴望。

我一步一步走向这座皇城后宫的中心，坤宁宫，中宫所在，由远及近，处处雕梁画栋，金碧辉煌，我兴奋地东张西望，直到被宜霏带入小厨房。

宜霏对着正在干活的几个宫女说道："你们都辛苦了。"

宫女们忙下礼道："宜霏姑姑好。"

姑姑接着说："这是新来的使唤宫女林清浅，以后就在小厨房烧火，再帮着你们打点下手。冬柯，你就负责带着她吧。"

那个叫冬柯的宫女忙回道："知道了，姑姑。"

皇后娘娘宫中的小厨房不比御膳房煮尽天下珍馐，因此当值起来轻松许多。

除了一天三餐与使唤丫头蓉儿一起烧火，再就是帮着姑姑们打打下手。

日子长了，我的身子竟也养好了许多，虽从没见过皇后娘娘，但小厨房的姑姑、宫女都待我很好，主事冬柯是个直性子的姑娘，是皇后娘娘当年的陪嫁丫头之一，待我们很是亲厚。

一日，烧完火见冬柯还在忙，我赶紧搭了把手："姑姑，奴婢来帮你洗菜吧。"

"不打紧，你去歇着吧。"

我不等冬柯说完，就洗起了菜。

"哈哈，你倒是个勤快的姑娘，不枉皇后娘娘提拔你一回。"冬柯笑着说。

我终于忍不住问道："姑姑，奴婢来的日子也不短了，斗胆问一句，当初为何皇后娘娘会调我来中宫？"

"你真不知道吗？"冬柯疑惑地看着我，我重重点头。

"前段时间玉婵郡主久病初愈，胃口一直不开，御膳房送来的各种食物，郡主就是什么都不爱吃。皇后娘娘正着急呢，哪想郡主被一道小点心给吸引住了，终于是开了胃口。那道点心是御膳房宫女王桐方做的山楂豆皮卷。"冬柯缓缓道来。

"那点心我倒也吃过，的确是开胃的小食。"豆皮卷的滋味一点点儿涌入我的脑中。

"所以，皇后娘娘想给那宫女赏赐，不想那宫女硬是推辞，只是求娘娘遂她个心愿，就是把你调出恶气房。你本是得罪六王爷和陈妃娘娘才去的恶气房，但娘娘金口已开，正为难着。正好尚宫大人也在，她说想着你也差不多赎了己罪，中宫这儿也缺个使唤宫女，就劝娘娘把你给调来了，你也算是有福气呀。"冬柯笑着说。

没想到竟然是因为桐方我才得以离开那恶气之房，之前桐方却从未对我提起过此事。

下值后，我急忙赶到御膳房，桐方正在忙，我轻声唤道："桐方，你快下值了吗？我有事找你。"

"哈哈，今日可不行，皇上要宴请六王爷，过两日我来找你吧。"

听到六王爷的名字，我的心突然咯噔一下，胸口闷闷的，有气无力地说道："那好吧，我先回去了。"

几日后，桐方来看我，高兴地说："清浅，你看上去身子好多了，太好了。"

"还恭喜呢，我都不知道我命中的那个贵人是你。"我心里一阵难受。

桐方一如既往地憨厚地笑道："哈哈，你知道了呀。我也只是凑巧，你知道除了美食，金银我向来不爱，娘娘赏赐我金银还不如帮你一把。"

"桐方，谢谢你。"我笑着笑着却流下了眼泪。

"哭啥，大不了将来出宫，我们一起搭伙过日子。"桐方安慰我道。

"对了，桐方，你的山楂豆皮卷御膳房里的姑姑、宫女都会做，为什么玉婵郡主独独吃了你的就开了胃口？"我有点好奇。

"哈哈，这你就不知道了。豆皮卷要配上老醋才最为美味，我在考入司食房后就埋了一坛在清水阁的老槐树底下，那老醋自有了土地的清香之感，也就对了郡主的脾胃。不对，是你林清浅命不该绝，哈哈。"桐方道出了原委。

"不论如何，桐方，谢谢你。"我心里还是无比感动。

"哈哈，那你以后报答我好了，"桐方亲热地敲着我的肩，"对了，中秋要到了，那天下值后，我们一起吃暖锅子吧。"

"好呀，叫上常瑛。"我忙说道。

"嗯。"桐方点点头。

金桂飘香，不知不觉弥漫了整个皇城，中秋一转眼就到了，想着晚上的暖锅子，我整日都有些心不在焉。

好不容易熬到下值，我着急赶到浣衣局，催道："常瑛，你忙好了吗？我们找桐方去吃暖锅子了。"

常瑛早忙得一头大汗了，回道："马上就好，你等我换件衣裳。"

我点点头，等了好一会儿，见常瑛换了一件鲜嫩欲滴的粉蓝衣裳，白皙的肤色被衬得漂亮极了。

我忙打趣道："看看，我们常瑛是天生的美人胚子，不知道的还以为是哪位小主呀。"

"清浅，你嘴坏，我也就做了这么一件，平时怎么都穿不上这样的好衣服，今日姐妹相聚，多少要派上点用场。"常瑛羞极了。

"嗯。"我笑笑，心里却有点儿说不出的酸楚，"走吧。"

桐方早在寝阁等我们，与她同寝的宫女正好当夜值，桐方已经煮好了暖锅子，温了酒，我们高兴地把酒言欢，憧憬着出宫后的美好际遇。

"桐方，你出宫后想做什么？"我问道。

"我呀，开个小酒楼，煮我最擅长的美食，哈哈，你呢？"桐方回道。

这倒一下把我问住了，我没怎么想过这个事，说道："我，走一步算一步吧，可能回家乡和家人团聚，常瑛呢？"

常瑛害羞道："我希望嫁个好人家，易求无价宝，难得有情郎。"

那夜是那么温暖，就好像夜行之人手中的火什子，亮堂着人的心。

多年后在同一座皇城中，煮了暖锅、温了酒，可惜三双筷子一个未亡人罢了，谁又知道，留到最后的人是幸还是不幸。

中秋过后，我们依然各自忙碌着。

坤宁宫却出了天大的喜事，中宫娘娘身子不适，召见太医，诊出了喜脉。太后娘娘、皇上皆亲自过问，衣食起居我们都不得有丝毫怠慢。

太医们紧张地叮嘱小厨房，孕妇宜食的食品和补品，对禁忌也是一再嘱咐。

由于娘娘身子弱，太医叮嘱要静养，随侍的玉婵郡主也回了本家，坤宁宫上上下下抖擞精神，迎接着这位嫡子大人的到来。

忙了三个多月，入冬后，娘娘的胎象终于稳定了下来。

中宫库房已经塞不下达官显贵送的贵重补品了，皇后娘娘仁厚，吃的用的多是打赏给我们奴婢。

太后娘娘更是时不时地来看望她的这位内侄女。

与此同时，京师吴王府也传来喜讯，吴王侧妃陈氏诞下王世子。

清修多年的太后娘娘终是坐不住了，子嗣繁茂可是皇室的头等大喜。

太后颁了旨意，在摘星楼上设下家宴，一来是庆贺皇后有喜，二是正式册封陈氏为吴王妃。

家宴的那天，淅淅下着小雨，我在小厨房当完值，不知不觉就走到摘星楼下。

摘星楼上美酒佳肴，热闹非凡，如今王爷娇妻美眷，又怎会想起司酝房的那个夜晚，而我的心却再未从那天走出来。

身为奴婢，我不该再痴想什么，只希望陈敏柔成为吴王妃后，不再为当年之事又起加害之意，我愿意就这样平静地等待期满离开，把那个喜欢的人放在心里的最深处。

夜宴后的几天，常瑛突然来找我，当时我正忙着给冬柯打下手。

常瑛神秘地问道："清浅，你今日有空吗？"

我见状，忙向冬柯打了招呼，拉着常瑛来到无人处，问道："怎么了？"

"是廖采女，她过了冬天就要离宫了，我想你陪我去送送。"

"也好，我与廖采女也算有数面之缘，我明日下值与你一起去。"

第二天，我便和常瑛去了钟粹宫，见房中收拾得干净异常，只有一尊玉佛表明了主人的气度。

廖采女看到我们来，难得面有红润，说道："本主入宫后还能认识真心以待的人，幸事啊。眼下，本主将满离宫之岁，本主已向皇后娘娘提了请辞，相信到了春天就已经在宫外了。"

我心里有点难过，说："廖小主，您就要离开这里了，小主难道一点儿不难过吗？"

"这是好事，红墙深宫，注定孤清，你们将来自然就明白了，出宫后本主自有去处，你们莫要挂怀了。"廖采女温柔地对着我笑了笑。

"奴婢明白了。"不知怎的我心里一阵说不上来的滋味。

由于做事乖巧稳重，冬柯越发信任我，把我从烧火宫女提为当值宫女，负责在夜间当值。

一日子时已过，我忙完活正有些睡意，宜霏急着进入小厨房，我起身相迎："姑姑，这么晚了，不知来小厨房有何吩咐？"

宜霏一脸着急，问道："娘娘害喜得厉害，想喝点儿酸梅汤，可天寒地冻的，哪里会准备这些？"

"原来是这样，奴婢这一早就准备了。"我忙吩咐蓉儿端来。

"你怎么会准备这个？"宜霏一脸不解。

"奴婢以前听老人们说，害喜妇人都爱喝这个，怕娘娘哪天想喝，就自己备了些。"

"嗯，你这个丫头倒是心思细。"

"恕奴婢多嘴一句，娘娘身子弱，姑姑还是问了太医再请娘娘用吧。"

"这个自然。"宜霏示意随行宫女端走了这一锅酸梅汤。

此事过去不过一日，皇后娘娘就要在正殿召见我。

我虽在坤宁宫有些日子，但从未见过中宫娘娘，心情自然紧张，忙随着宫女来到正殿。

在书房候着，看到娘娘的书桌上随意写着几行书法。

"十二楼中尽晓妆，望仙楼上望君王。锁衔金兽连环冷，水滴铜龙昼漏长。"我不禁念了起来。

突然背后传来一句"大胆"，见宜霏扶着皇后娘娘来到书房。

我吓得忙跪下道："奴婢林清浅，请皇后娘娘恕罪。"

娘娘缓缓坐下，笑道："起来吧，念两句诗，也不是什么罪。"

我起身道："谢皇后娘娘。"

"听宜霏说，前几日的酸梅汤是你准备的？"皇后问道。

我忙点头。

"你倒心思细。对了，这几句诗你知道？"皇后继续问着话。

"回娘娘，奴婢才疏学浅，只知道这是薛逢的《宫词》。"

"哦，是吗，知道全诗吗？"

"回娘娘，奴婢略知。"

"嗯，这样吧，你过来，把这首诗写全了。宜霏，给她磨墨。"皇后的命令温柔中透着无比威严。

我不知怎样才好，宜霏已将我引到书桌前，我拭去头上的汗，定了定神，落下笔去。

"云髻罢梳还对镜，罗衣欲换更添香。遥窥正殿帘开处，袍袴宫人扫御床。"

第四回 狰狞初现起波澜

"宜霏，拿来本宫看看。"皇后仔细看着，脸上似笑非笑。

"知道这首诗的含义吗？"

"回娘娘，恕奴婢大胆，此诗是描述后宫嫔妃在深宫之中，怎样梳妆打扮，翘望着君王的恩幸，到头来却不如那洒扫的宫女能接近皇帝。"

"大胆。"宜霏突然厉声道。

我忙跪下，不敢再说什么。

"不必害怕。本宫还要赏你，就冲着你这份细心，你想要点儿什么？"皇后笑着示意我起身。

"奴婢此生能够跟随皇后娘娘已是最大的赏赐，奴婢再无他求，此乃奴婢肺腑之言。"我仍然跪着不敢动弹。

"嗯，这样。宜霏，把她调到正殿伺候，难得中宫能出这样有才情的宫女，留在小厨房就浪费了。"皇后笑着对宜霏说道。

"奴婢遵旨。"宜霏点头回道。

"你起来吧。"皇后示意我免礼。

"谢娘娘恩典。"我终于起身。

此事之后不久，我便从小厨房调去了正殿，做一些打扫奉茶之类的活儿，皇后的

近身事还是由宜霏和春桃伺候着。

这日，刚伺候娘娘用了午膳，就听到外面有太监来报："启禀皇后娘娘，采女廖静和急着要求见娘娘。"

"采女，廖静和？"

宜霏忙提醒道："娘娘，就是那个入冬时请辞要出宫的廖静和，此女芳龄二十五，过两天就要出宫了。"

"哦，这么说来，本宫倒是想起来了。传吧。"皇后示意传旨太监，传旨太监不敢怠慢，急忙去传。

我心里诧异，廖采女一向无欲无求，眼看着马上要出宫了，是什么急事要求见中宫。

我正纳闷着，廖采女早已满眼通红匆匆入殿，见到娘娘忙行大礼道："采女廖静和，给皇后娘娘请安，皇后娘娘千岁千岁千千岁。"

"起来吧，廖采女何事如此焦急要求见本宫？"娘娘依旧平静地问道。

"娘娘，这……"廖采女一脸为难，欲言又止。

"去书房说吧，宜霏你陪着，你们都退下吧。"皇后下令道。

"是。"奴婢们齐声回道，我忙退身出正殿。

数日后，宫中就传开了一个消息，采女廖氏夜弹琴曲，皇上偶遇而临幸，此后夜夜临幸，喜爱异常。

廖氏先晋为御女，不出月余，累晋为贵人。

宫中之人一时谈兴大起，一个几乎要出宫的失宠采女传奇般在数日内晋为贵人主子，采女宫娥们纷纷做起飞上枝头的美梦。

不久，廖贵人入中宫觐见皇后娘娘，我负责伺候茶水，只见廖贵人身着淡紫白纱服，乌髻上插着皇上御赐心爱嫔妃的金步摇，身份再不是当日可比，但这位新晋贵人的脸上始终笼着一股淡淡的哀伤。

廖贵人向皇后行大礼道："妾身廖静和给皇后娘娘请安，皇后娘娘千岁千岁千千岁。"

娘娘示意我扶起廖贵人，笑吟吟道："快起来，我们自家姐妹，没有外人的时候，不必如此拘礼。"

"清浅，还不看茶。"宜霏催道。

"是。"我赶紧把新冲好的洞庭茶端上桌。

廖贵人轻呷一口茶，说道："娘娘，这洞庭茶在冬日里能喝上一盏，真是心旷神怡。"

"这一盏茶算什么，能得圣眷才是你天大的福气。你可要好好珍惜。"皇后话中有话。

"妾身明白。"廖贵人一脸淡然。

"话说回来，静和你可要好好养着身子，以为皇室延绵子孙，这才是嫔妃之德。"皇后继续说道。

"是，娘娘。"廖贵人温顺极了。

"对了，宜霏，把库房里那两根高丽人参拿出来，一会儿让廖贵人拿回去补身子。"皇后示意宜霏道。

廖贵人忙起身回道："娘娘，妾身身份轻贱，怎配用这些高丽贡品，何况娘娘如今还怀着皇嗣，还是请娘娘收回成命。"

"快坐下吧，本宫说你服得，你就服得，早日诞下皇嗣才是对本宫最好的回报，明白了吗？"皇后笑着让廖贵人坐下。

"多谢皇后娘娘赏赐。"

春来御花园，百花杀尽的光景终是过去，万物又准备着争先吐艳了。

中宫娘娘的月份越发大了，人也整日懒懒的，皇上除了初一、十五来用个晚膳，也不常来，我这个正殿宫女倒也轻松许多，常有空去找桐方和常瑛。

一日，我刚下值，想着多日不去看常瑛，便信步走向浣衣局。

刚过千秋亭，便见吴王妃正在那儿逗弄王世子，我心里一沉，忙想转身离开，却已被发现。

"站住，大胆奴婢，看到吴王妃娘娘还不下跪。"一个奴婢大声呵斥。

无奈，我硬着头皮跪下："奴婢林清浅，见过吴王妃娘娘。"

许久不见的吴王妃气焰更高了："这宫中真是不是冤家不聚头呀。你俩把世子抱去御花园玩吧。本宫今日可要好好和妹妹聚聚，再续姐妹情谊。"

见几个婢子把世子抱远了，吴王妃渐渐露出了狰狞面目。

"清浅呀，你好好地待在恶气房不好吗，居然还有能耐走进坤宁宫，看来你的心计也不容小觑啊。"吴王妃冷笑着。

"娘娘误会了，奴婢只想好好地在宫中生存下去，绝没有忤逆娘娘的意思，娘娘就是不看在当年的姐妹情分，多少看在小世子的份上，放奴婢一条生路吧。"

"哈哈哈，好，就看在这姐妹的情分上，"说话间吴王妃已从发间轻挑下一支红宝石珠钗，"丁香，拿去给她。"

我惴惴不安地接下珠钗。

"如今你是坤宁宫的人，本宫做事多少要给皇后娘娘面子。这支红宝石珠钗乃是上品，是王爷从西域商旅那儿得的，妹妹对王爷也算一片痴情，本宫就赏给妹妹了。"吴王妃说着笑吟吟地来扶我。

突然间她压低声音附耳道："如果你用它挑破你那如花的脸颊，本宫就放你一条生路，让你活着出宫。否则，你就等着吧，要这脸蛋还是自己的命，好好想想。"

"你……"我好似一口鲜血涌上心田，再不能说话。

"不急，妹妹你慢慢想，可要收好这钗子。"吴王妃浅笑道。

我只得再次跪下："谢娘娘赏赐。"

我不知道自己是怎样走回坤宁宫的，手里因紧紧攥着那珠钗而不断渗出殷红。

我好恨，恨自己胸无城府，才让人逼到走投无路，更恨这个人利用我成为挚爱之人的枕边人。

"清浅，清浅，快出来。"一声声急促的叫喊声打断了我的沉思。

我忙回道："怎么了？"

"娘娘要生了，你快去正殿候着吧。"一个婢子道。

我忙把珠钗放在箱底，急急赶往正殿。

御医们都赶到了，宜霏和春桃在内殿伺候着，只听得娘娘一声声惨叫。

"皇上驾到。"一声太监叫喊，所有人忙跪下，皇上和吉贵嫔娘娘快步赶到了正殿。

"章院判，皇后这是怎么了？"

"回皇上，娘娘本就身子弱，刚刚突然胎动，怕是要早产了。"

"务必要保母子平安，明白吗？"

"是，微臣定当竭尽所能。"

好几个时辰过去了，小皇子还是不肯来到人世。

只见章院判急禀道："皇上，娘娘的胎位不正，怕是……"

"什么？朕已经说了要母子平安，章儒林，她们要是有一个出事，你就拿自己的命来抵给朕！"皇上彻底急了。

章院判听到这里，早已大汗淋漓，中宫所有人的心都高高悬着。

也不知过了多久，只听得一声清脆的哭声，宜霏从内殿走了出来，一旁跟着章院判，只见两人跪下笑禀："恭喜皇上，是一位小皇子。"

皇上龙颜大悦，说道："快，抱来给朕看看。"

吉贵嫔也忙跪下，嘴角含笑道："恭喜皇上，又得一位皇子。"

"哈哈，爱嫔快起。"皇上笑着扶起吉贵嫔。

说话间，乳母已经把皇子抱了出来，皇上欣喜地接过皇子，看了又看，直到乳母抱去喂奶。

成德十七年四月，李魏王朝终于迎来了第一位嫡皇子。

帘幕重重、铜壶银漏，中宫娘娘终于熬过了人生中最大的难关，然而小皇子因胎

位不正又早产，一出生就身子羸弱，娘娘更是一病不起，出了月子都不见好。

后宫一时之间无人掌事，皇后之下本有一位庆贵妃，可惜英年早逝。

妃位之下，现下只有一位皇上最宠爱的吉贵嫔。

皇上不得不在征求太后意见后决定，由吉贵嫔暂代中宫之责，协理后宫。

宫中明眼人都明白，吉贵嫔是永寿宫主位，又是皇长子之母，此次协理后宫，风光一时无两，未来之路更是不可估量。

吉贵嫔上位后，积极在各个宫所安插心腹，连坤宁宫都没有了过去的气派。

一日，我正当夜值，瞅见一个小宫女暗自和宜霏嘀咕："姑姑，我们娘娘为皇上生下了皇子，如今倒没有了以前的尊荣，真是太不值了。"

宜霏听到这里，脸色便是一沉："大胆，小小奴婢竟敢妄议主子，皇上让吉贵嫔娘娘为皇后娘娘分忧，那是为我们娘娘的身子好，你懂什么，再让我听到这些话，小心掌你的嘴。"

"是，姑姑。"小宫女忙下跪认错。

待小宫女走了，我分明听到宜霏轻叹了一口气。谁都知道一股说不清道不明的忧伤早已弥漫整个坤宁宫。

我回身走到小厨房准备端热茶，突然听到一阵阵轻微的哭声，我忙探身去看，发现以前一起烧火的小丫头蓉儿正在哭。

我忙上前问道："蓉儿，怎么了？你可别哭，如今是非常时刻，这坤宁宫可听不得哭声。"

"林姐姐，我，我……"蓉儿早已是满脸泪花，说不出一句整话。

"怎么了，蓉儿，你说了我才能帮你想办法。"见她伤心，我也不好受。

"林姐姐，我前几日收到家书，说我爹病了。我本想托何公公帮我送点钱出宫给一位同乡叔伯，赶巧这两天他就要回乡一趟。但是，如今是吉贵嫔娘娘协理后宫，这采办的事交给了李公公，他要多收我三倍的钱。我付了那些钱，哪里还有钱给我爹治病，林姐姐，我……"蓉儿终于道明了原委。

"别哭了，蓉儿，"我扶起蓉儿，替她拭去眼泪，"我来帮你想想办法。"

第二日下值后，我匆匆赶往太医院，迎面遇到一个小太监，他好奇地问道："姑娘，是身子不爽，还是有其他事？"

"公公，我是来找张公公的，不知他在哪儿？"

"小张子呀，这个时辰应该在御药房忙着熬药。"

"多谢公公。"说完我转身进入御药房，找到小张子。

"张公公，我是坤宁宫的林清浅，不知公公是否还记得我？"我只能硬着头皮问。

"哦，是林姑娘，我怎么会忘了呢？"还好小张子还记得我。

"能否借一步说话？"我将小张子引到偏僻处才开口，"张公公，实不相瞒，我今天是有急事要找宋大人，你知道我们宫女是不可以指定太医问诊的，只能见到当值太医，敢问宋大人何时当值？"

"这个，林姑娘，宋大人被指去黔州的岱王府问诊已有一段时日了，不知何时才能回宫。"小张子回道。

"什么，竟是这样，真是不巧。"

"不知林姑娘何事如此着急，小张子能否帮姑娘想想法子。"

我一五一十地将蓉儿的事告诉了小张子，小张子一拍脑袋："这送东西出宫本是不许的，但只要能出入宫廷的人多少都能办到。宋大人不行，你可以去找韩大人试试，韩大人为人良善，救命之事他定不会推辞，况且韩大人，姑娘也是认识的。"

"是呀，我怎么没想到，可是韩大人何时当值，我也不知道，又不方便打听。"

"这个包在我小张子身上，有了消息我就来告诉姑娘。"

"我替蓉儿谢谢公公了。"

"姑娘快起，在宫中谁都不容易呀。"小张子叹了一口气。

第二日，小张子就来转告韩侍卫当天晚上当值，关照我子时把东西送至顺意门，我忙将这个好消息告诉蓉儿。

蓉儿感激涕零，急忙将存的银子、首饰都交予我，告诉我她同乡在外城的住处。

　　我见银子不多，就反身回寝阁拿了些自己的银子和那串红玛瑙手钏，一起塞在了包裹里。

　　蓉儿见状忙道："姐姐不可，蓉儿怎么可以拿姐姐的东西，何况红玛瑙手钏太名贵，蓉儿实在不能收下。"

　　我安慰道："蓉儿，不必在意。多些钱就多抓些好药给你爹治病，至于这手钏，是六王爷大婚时的封赏，我一个宫女平时也戴不了。"

　　"这……"蓉儿迟疑着。

　　"收下吧，我记得我入宫那年，爹爹也病着，可是这么多年，每次接见家人时我从未看到过他们，不知是家中有事耽搁还是没有盘缠进京，唉。"说话间我的眼眶有点儿湿了。

　　"姐姐，勿要挂心，说不定今年接见家人时你就能看到他们了。" 蓉儿反而安慰起我。

　　"但愿如此。"我微微点头。

　　夜幕低垂时，我偷偷来到顺意门下，韩侍卫早在那儿等候，我忙下礼道："奴婢林清浅见过韩大人。"

　　韩侍卫看到我，舒了一口气，轻笑道："看来林姑娘的身子大好了，听说皇后娘娘待身边下人极好，此言果然不虚，坤宁宫真是养人呀。"

　　"清浅未报韩大人救命之恩，如今又要麻烦大人，实在羞愧难当。但蓉儿此事是救命之事，奴婢不得不麻烦大人。" 我一时不知如何措辞。

　　"姑娘如果要感念韩某，那以后在私下就不要一口一个韩大人的，多见外。"韩侍卫忙打趣道。

　　"你我身份有别，我只是个奴婢。"我不敢答应。

　　"哎，林姑娘，刚刚才说要感念我的恩德，如今在下小小请求，就诸多推脱。"

　　"韩大人，奴婢没有这个意思，那，多谢韩大哥。"

　　"这个包裹我下值后会马上送去的，你们可放心，如今夜已深，韩某还要回玄武门当值，更深露重，林姑娘还是早些回去，韩放也可放心。"韩侍卫催我早些回去。

"是，清浅告辞了。"我下礼道。

此事之后，蓉儿和我的关系愈发亲密了，然而皇后娘娘的病始终未见好转，皇上来得也更少了。

吉贵嫔独理后宫，宫中到处都有她的眼线，中宫的人做事愈发小心。

入夏后不久，撷芳殿突然传出了廖贵人有喜的消息。近来，除了吉贵嫔，皇上独宠廖贵人是后宫皆知的。

皇上大喜自不待言，就连太后都亲自嘘寒问暖，期盼廖贵人能为李魏王朝再诞下皇子。

皇后虽在病中，却让宜霏挑选了不少名贵的补药送去撷芳殿。

两日后，廖贵人亲自来坤宁宫道谢，因为有喜而不施粉黛的廖贵人，遗世独立之美更胜从前。

"妾身廖静和给皇后娘娘请安，皇后娘娘千岁千岁千千岁。"说话间廖贵人就要行大礼。

皇后忙示意我扶起她，笑道："静和，你果然没有让本宫失望。可惜本宫尚在病中，不能亲自照顾你。"

"妾身不敢，皇后娘娘还是要以凤体为重，为了六宫和天下，娘娘要早日康复呀。"

"本宫一定会的，但是本宫提醒你一句，后宫中有喜不易，保得住这种福气更是难上加难。你可要处处以皇嗣为重呀。"皇后意有所指。

"是，妾身明白。"廖贵人会意。

"好了，贵人还是先回宫休息吧，本宫也乏了。"

"是，妾身先行告退。"廖贵人起身又行了礼，我忙扶起廖贵人，送一行人出了坤宁宫。

刚送走廖贵人，皇后就派宜霏去请皇上来用人参茶，我忙去小厨房让冬柯准备沏茶用的水。

过了不多久，传召太监来报，皇上御辇转眼就到了坤宁宫。

皇后让春桃略做梳妆，强打精神准备接驾。

真龙天子少来中宫，用茶时我多少有些紧张。

皇上和王爷长得极像，但王爷的眼睛清澈明亮，皇上的却深不见底，加上天子喜怒从不露于人前，总让人感觉冷冽入骨。

太监们一个个跟在身后，手里提着许多上好的药材。

皇后娘娘在正殿等待多时，见到皇上忙下礼道："臣妾给皇上请安。"

"快起来，不是还病着，何必起身。都怪朕，平时忙于公务，对皇后的身子关心甚少。"说话间皇上爱怜地扶起皇后。

"皇上，臣妾一己之身怎可与天下大事相比。对了，今天请皇上来，是臣妾的叔父在东北得了一株不错的人参，虽知皇上那儿定有更好的，臣妾还是想与皇上一起用些。"皇后笑吟吟说着。

"甚好。"皇上点头回道。

"清浅，还不去端茶。"宜霏姑姑忙提点我。

我忙为皇上奉上茶点。

"嗯，不错，是好茶。"皇上闲闲地拨弄着茶盏称赞道。

"皇上喜欢就是这茶的福气了。对了，皇上，臣妾听说廖贵人有喜，真是恭喜皇上了。"皇后说着话又起身要行礼。

皇上忙去扶她："皇后快起，静儿有喜，朕心甚慰，想着过了头三个月就晋她为婕妤，皇后意下如何？"

"皇上，臣妾正有一个请求。"

"皇后想说什么？"

"皇上，臣妾请皇上晋廖贵人为嫔。"皇后平静地说。

"哦，皇后有这个意思。"皇上一脸意外。

"皇上，后宫妃嫔本就不多，上次选秀，皇上又推说政事太忙，没有举行。如今后宫中别说妃嫔位，婕妤之下也人数寥寥，子嗣就只有大皇子长茂、二皇子和长公主长悦，实在是臣妾的过错。如今廖贵人好不容易有喜，臣妾希望借此好运皇室能够开枝散叶，子孙繁茂。"

说着皇后示意我添茶，继续道："再说廖贵人的父亲，虽是正六品官员，到底出身儒家。品行才德都是没得挑的，皇上也喜欢。"

"是呀，静儿的确深得朕心，给个嫔位也未尝不可。"

"那臣妾替廖妹妹多谢皇上了。"

"皇后才是真正德才兼备，是朕的贤内助，"皇上温柔地拉起皇后的手，"对了，皇儿也快百日了，朕得好好替皇儿想个名字。"

"臣妾替皇儿谢过皇上了。"皇后笑着。

一个月后，摘星楼上又一次举行盛大家宴，这天既是二皇子的百日宴，又是廖贵人的晋封之喜。

皇后虽在病中，但身子已然好了不少。

仲夏之夜，楼上箫管弦歌、热闹非凡，楼下满池荷花竞放、香气扑鼻。

作为正殿宫女，我也得以随侍皇后一起登楼。

众人都下跪行礼道："皇后娘娘万福金安。"

皇后的脸上一如平常，平静得毫无起伏，回道："都起来吧。"

宜霏和春桃扶着娘娘入座，我和抱着小皇子的奶娘站在身后。

就在此时，太监大声道："静嫔娘娘驾到。"

我忙随众人行礼，静嫔款款而来，不卑不亢地回道："臣妾廖静和给皇后娘娘请安，给吉贵嫔娘娘请安。"

"静嫔快起来吧。"皇后忙示意扶起静嫔。

我不禁环顾四周，看到六王爷和王妃坐在那儿，谈笑恩爱，我的心却如淌血般疼。

好一会儿，皇上终于驾到，众人忙行跪拜礼，皇上看上去心情甚好。

"今日朕心大悦。朕已经亲自为二皇子拟了名字。来人，把皇子抱来。"皇上笑着说道。

奶娘忙把皇子抱去，皇上哄着皇子道："皇儿，父皇为你拟了名字，叫长全，李长全怎么样？长长久久，十全十美。"

二皇子听了突然一笑，皇上更高兴了："哈哈，长全说喜欢父皇赐的名字。"

皇后忙下礼道："多谢皇上赐名给全儿。"

我却不自觉地看了吉贵嫔一眼，吉贵嫔的眼里满是复杂到说不出的内容，让我不寒而栗。

皇上回头望着静嫔，温柔地说道："静儿如今也有了朕的血脉，可要好好地养着。"

"是，皇上。"静嫔微微一笑。

一场看似热闹欢喜的夜宴，背后却是几家欢喜几家怨恨，而这些怨恨带来的，最终只有血雨腥风。

这个季节，人常常是寂寞的。不当值的时候我常看着夜荷，一看就是好几个时辰。

我深深地痴恋着一个不可能的男人，越想忘就越忘不了，眼泪滴滴答答地滑落在池中，那夜荷却开得更欢了。

桐方来看我，好心地约我去乐漪堂旁的小厨房散心用食。

那日刚下值，我就匆匆赶往偏远落败的乐漪堂，老远就闻到一股子奇香，顿时感到饥肠辘辘。

推门而入，见桐方正专心煮着牛肉汤，我忙打趣道："快点快点，我可饿了。"

"哈哈，清浅来了，还要等会儿，马上就好了。"桐方微笑着。

"对了，难得桐方煮美食，我可要叫上常瑛一起享用。"

"好呀，浣衣局离这里也不远，你快去快回吧。"桐方示意我要快点。

赶到浣衣局的寝阁，我拽着常瑛赶回乐漪堂。

那股子奇香依然浓郁扑鼻，走入小厨房，却发现桐方和一锅子肉汤都不见了。

"桐方，在哪里？别躲了。"

"会不会桐方临时有事先走了？"

"怎么可能，就这么一会儿，她今天又不当值。"

"桐方，桐方。"找了好一会儿，我才不得不放弃，随常瑛悻悻离开。

不久一个消息传入坤宁宫，宫女王桐方因一锅牛肉汤吸引了偶然路过的皇上，遂带回体和殿宠幸，现已晋为御女，并把乐漪堂赐予她以作定情。此前按祖制，御女只能住在各宫殿所，而不能单独住在堂所。

几日后，王御女差人召见我，我忙随来人赶往乐漪堂。

乐漪堂已经被粉饰一新，门栏窗槅也都换了新鲜花样，我随宫女进入内阁，见桐方正坐在桌边，桌上摆满了精致小点。

我忙下礼道："奴婢林清浅见过王御女。"

桐方示意我起身："清浅，快别多礼了，来尝尝皇上赐的点心，可好吃了。"

"多谢小主。"我接过一个品尝起来，味道果然非同一般。

"好了，你们先下去吧，本主和清浅要聊聊。"王御女屏退了左右，拉着我坐下。

我关切地问道："小主，皇上对你可好？"

"皇上对我挺好的，我不求荣华富贵，只求在宫中平安度过一生足矣。再说我只是个御女，各宫妃嫔娘娘也不至于太为难我吧。"

"希望如此，如今皇上盛宠，别人自是不能怎样。就怕这份恩情将来会招来别人的妒恨。"

"不会的，清浅你就是太小心了。"

我笑笑道："不过如今皇上对小主极好，也总算是小主的福气。"

"好了，快来用些点心，我可是特地叫你来分享的。"

虽然桐方不以为意，我还是隐隐有些担心，担心这福气来得太突然了。

"对了，上次小主煮的牛肉汤怎的奇香？"

"哈哈，其实我在寻常的煮法上加了点秘方，不如今天我再做一次，你好一饱口福。你别小主小主的叫了，我真不习惯。"

"小主如今是皇上的御女，和我们下人说话还是要注意分寸，否则又惹事端。"

"好好，可惜你已经是皇后娘娘的人，否则我真想你来我身边伺候——不，本主身边伺候。"桐方很是惋惜。

"奴婢会一直在王御女身边的。"我重重点头。

"嗯。"桐方的眼眶有些湿润。

"快来，看我煮汤吧。"桐方拉着我走向小厨房。

从王御女那儿出来夜已深沉，我想着乐漪堂离浣衣局近些，于是顺道去浣衣局看常瑛。

走到寝阁时，见常瑛正在聚精会神地刺绣。

我忙打趣："看看我们的绣娘在绣什么？"

"是清浅来了呀，快坐。"常瑛拉着我挨着她坐下。

"最近还很辛苦吗？"

常瑛却笑笑摇头道："不，最近不怎么需要干活了。"

"这是怎么回事？"我不解道。

第五回　流水无情草自春

"是静嫔娘娘，娘娘有喜后掖庭局要增加人手，娘娘便点了我去伺候，浣衣局那些人都是拜高踩低的，知道我马上要去伺候静嫔，哪里还敢让我干重活儿。"

"静嫔娘娘为人谦和，你与娘娘又投缘，娘娘必会好好待你，终是能离开这浣衣局了。"我打心里为常瑛高兴。

"是呀，清浅，如今桐方也得了大宠，我们三个终于各自有了去处。"常瑛轻笑一声，好似卸了心中担子。

"希望我们能平平安安地度过这宫中岁月。"我还是隐隐有些担忧。

之后我们又说了好些话，直到夜深我才离开。

真是闲处光阴最易过，秋风起时，已催红了一墙枫叶。

慵懒的下午，中宫皇后躺在长榻上看了很久的书，我如往常一样添了新茶，置了新果。

皇后娘娘开口了："清浅，你该知道《女则》吧？"

"回娘娘，奴婢听闻《女则》是唐太宗的皇后长孙氏穷毕生所著的描述后妃德行规范的书。"我小心掂量着主子的用意。

"嗯，那你背诵一二给本宫听听。"皇后似来了兴致。

"是。"我不敢迟疑，背了一些印象较深的段落。

"好了，可以了，"皇后摆了摆手，"宜霏，本宫突然想读此书，你去内侍监取来吧。"

"是，娘娘。"宜霏忙退去。

"清浅不仅美貌动人，更有一身文采，本宫有时想着让你做个婢女是否大材小用。"皇后似笑非笑地打趣道。

我听了这话，忙下跪道："娘娘，奴婢只想好好伺候娘娘和皇子，娘娘可千万不能赶奴婢走，娘娘。"

"哈哈，快起来，怎么就吓着你了，本宫也只是随口说说，"皇后示意我起身，"一会儿去小厨房端了点心，随本宫去紫宸殿吧。"

"是。"我心里一惊，平时只有宜霏和春桃两位姑姑才能伺候皇后娘娘去前殿的。

皇后娘娘的凤辇果然非同一般，所到之处，后宫侧目。

我端着食盘，随着娘娘来到紫宸殿，却发现当值的竟是韩侍卫和丘侍卫。

韩侍卫高兴地冲着我笑，我忙微微低下头。

随娘娘进入内殿，紫宸殿的华丽壮观才一览无遗，这绝非任何后宫宫阙可比。

当今天子正在御案上批阅折子，千年紫檀木雕刻的案板上设着一尊青金石蟠螭耳盖炉，燃的是爪哇国进贡的上等檀香，最有提神醒脑之效。右边几上天青色的汝窑开片美人瓶里插着御花园里新摘的几枝金桂，其余陈设皆是贵不可言。

见皇后入内，皇上忙放下手中紫毫："皇后怎么来了？"

皇后微笑着下礼道："臣妾参见皇上，臣妾刚炖了点燕窝，想着请皇上一起用些。"

"甚好。"皇上拉着皇后走到桌旁。

"皇上不嫌臣妾烦才是。"

"怎会，入秋了，可要多注意身子。"

说着摆手让我们都退下。我忙随一众退到殿外。

紫宸殿首领太监看了看我，笑道："姑娘好面生，好似没见过你。"

"奴婢林清浅，是皇后娘娘的正殿宫女。"我回道。

"是吗，哈哈哈，皇后娘娘可只会带自己的心腹来这紫宸殿。"

"这……公公，想是误会了吧，奴婢只是个小宫女。"

"对了，忘了介绍了，本公公是皇上打小的伺候太监，紫宸殿首领太监何德。"

我忙下礼道："何公公好。"

何德指着一位面容姣好，身材清丽的女子道："那是紫宸殿掌事宫女，夏碧，以后有什么事，请教我们就可以了。"

"多谢公公。"

大约半个时辰，皇后娘娘终于出来了。

我忙随着娘娘准备起驾，皇后娘娘却回身对着夏碧说道："本宫听闻最近皇上身子有些上火，你等要好好伺候，知道吗。"

"是，娘娘放心。"夏碧恭敬回道。

"走吧。"皇后示意我，我忙扶娘娘上辇，回头看了一眼韩侍卫，轻轻冲他点了点头。

回到坤宁宫，宜霏早已将《女则》放在书案前。

皇后示意我留下，微笑着："清浅，第一次去紫宸殿，有何感想？"

"回娘娘，紫宸殿果然是龙气所在，非同凡响。"

"是嘛，还有吗？"

我犹豫了一下，答道："没有了，娘娘。"

"不对，你还看到了什么？"

"奴婢看到了夏碧姑姑，想着可能是娘娘派去照顾皇上龙体的吧。"我只得大胆说着自己的猜测。

"哦，何以见得？"

"这……奴婢只是猜想，奴婢听闻皇后娘娘当年入宫承宠，得太后恩赐，带了府中几名使唤丫头。想着娘娘宫中有春桃姑姑、冬柯姑姑，如今这么巧，真有个夏碧姑姑，那大概还有个秋姑姑吧。"我边说着，却感到头皮一阵阵发麻。

"是吗，你就凭这些猜出来的？"

"还有，娘娘临走时吩咐夏碧姑姑要好好照顾皇上龙体，那口气也像姑姑是娘娘

自己人。"我终于把心里的话说完。

"嗯，本宫果然没看错，秀外慧中。"皇后一字一顿道。

我忙下跪道："娘娘，奴婢不敢。"

"起来吧，本宫很是喜欢你。夏碧的确是本宫的人，至于秋茗你也很快就能见到。"皇后说完，随手翻了几页《女则》。

"放眼整个坤宁宫，唯你林清浅美貌与智慧兼备，性子又温和，才情更甚。所以，本宫这有件事，不知你是否能为本宫分忧。"皇后悠悠道来。

我忙下礼，回道："奴婢之命为娘娘所救，奴婢定竭力为娘娘办事。"

"本宫从不逼迫下人，这件事你可考虑清楚再来回复本宫。"

"不知娘娘所为何事？"

皇后示意我靠近："今日本宫奏请皇上，明年便是三年一次的选秀，皇上已准许如期进行。到时王朝上下的绝色女子将最终留录三十人入住钟粹宫。根据祖宗的遗训，如果最后入选未至三十，各宫可推荐才德兼备的宫人入选。成为下届采女就是本宫的密令。"

我听到这，吓得忙跪了下来，结巴道："奴婢，奴婢，出身寒微，怎可配为采女小主？"

皇后浅浅一笑，示意宜霏将我扶起："宜霏，赐茶。"

宜霏忙会意扶我坐下，为我端来一杯热茶。皇后接着道："这后宫的主子和奴婢从来都只活在皇上的一句话上，荣辱生死系于一人。不会有永远的主子，也不会有永远的奴婢。哪怕本宫是皇后，稍有不慎，便有性命之虞。如今，前有吉贵嫔发难，后有采女入宫，本宫也深感无力，本宫思前想后，决定派心腹入钟粹宫，以便早些知晓何人可用，何人不可用。"

"娘娘，为何会是奴婢？"

"本宫心腹是不少，但论天生丽质、才华品格，你当属第一。再说，合宫都知道春桃她们是本宫陪嫁，只怕吉贵嫔以此发难，皇上也会有戒心。"

皇后说着叹了一口气，继续道："不过本宫从不为难下人，你可以考虑清楚，再来答复本宫。如若答应，将来得了宠，本宫自会把你当妹妹来对待。如未能蒙宠，到了二十五岁，出宫与否你可自行决定，本宫都会厚待于你。"

"此事事关重大，奴婢怕难当大任，请娘娘容奴婢考虑。"

"好，你好好考虑，若不愿接受，本宫也绝不勉强，你仍然是本宫的心腹，是坤宁宫里得宠的宫人。"皇后以退为进。

"谢娘娘。"我忙下礼道。

天家富贵，我却从未愿意久居深宫，更重要的是，我心里始终还占着一个人。

几日后，礼部的禁婚令便公告天下。

我整天心神不宁，好容易找着常瑛不当值的时候，便相约来到乐漪堂。

王御女见到我们来自然十分高兴，拉着我们问长问短的。

"你俩可来了，你们是不知道，我每天在这里无所事事的，真是苦闷极了。还不如以前整日干活，日子一天天过得可快了。你们都要当值，我也不便来找你们。"

我笑道："小主如今身份不比从前了，自然要金贵养着。"

"你还笑，我真的无趣极了。对了，听说常瑛最近可忙了？"王御女转声问起。

"是呀，静嫔娘娘这一胎可不安生，胎气一直不稳，娘娘每天都要靠人参汤吊着。"常瑛神情十分担忧。

"每日都服人参汤，太医怎么说？"我担忧地追问。

"说来也怪，给娘娘用了不少良方，娘娘这一胎就是不稳，还时不时地见红。我都见娘娘偷偷哭了几回。"常瑛如实答道。

"静嫔娘娘真可怜。"王御女也不禁叹了一口气。

我安慰常瑛道："还是小心点儿好，当初皇后娘娘有喜时，合宫里都是万分小心着的，特别是麝香之类的大忌之物，更是要远离。"

"这是自然，想是我们娘娘身子天生弱吧。"常瑛估摸着。

"静嫔娘娘不是每日在喝人参汤吗，不可能一点儿不见效呀。"我越发觉得此事有些怪异。

"这倒不清楚，那人参汤是宝莲一人在煮，方子也是严格按太医的嘱咐下的。"

"常瑛你还是多留意吧，宫中的皇子总是多灾多难的，哪怕还只在母亲的肚子里。"我还是不放心。

"我明白了。"常瑛冲我点点头。

"好了好了，快点儿用些点心吧，别都只顾着说话。"王御女佯装不高兴，三人笑成了一团。

天气渐渐转凉，宫中各人都纷纷添了衣物，说话间也能哈出点儿热气。

坤宁宫中却一片祥和，嫡皇子的种种举动常引得我们笑得前俯后仰，就连皇后娘娘脸上也挂着难得的笑意。

下午的天气多少暖了点儿，我给皇后娘娘沏了壶茶，突见门外冲进一个宫人。

那宫人因为着急而满头大汗，跪倒在皇后娘娘跟前："娘娘大事不好了，娘娘！"

"怎么了，慢慢说，这天还塌不下来。"

"娘娘，静嫔娘娘的胎没了。"宫人道出了噩耗。

"什么？"皇后以为听错了。

宫人加大声音又禀了一次："娘娘，静嫔娘娘的胎没了。"

"怎会这样？"皇后着急地站了起来。

"禀娘娘，今日一大早，静嫔娘娘就见红了，太医们已经回天无力，皇子被拿了出来，是个已经成形的男胎。"

"知道了，走，去撷芳殿看看。"宜霏和春桃忙扶着娘娘起身。

整个皇城都沉浸在皇上失子的哀鸣中，起码表面上是这样。

静嫔曾宠惯一时，如今皇子胎死腹中，皇上的悲痛可想而知。

不仅如此，太医们还诊断静嫔伤了元气，此后很难再有延绵子孙的机会，连皇后都跟着唉声叹气。

静嫔小产后一个月，一日常瑛突然来请我，说是静嫔召见我，我忙赶往撷芳殿。

静嫔的脸越发惨白了，有气无力地让常瑛扶着她坐起："你来啦。"

我忙下礼道："奴婢林清浅给静嫔娘娘请安，愿娘娘万福金安。"

"哈哈哈，万福，起来吧，"静嫔惨笑着示意我起身，"今日请你来是为了感谢你。"

"感谢，奴婢不知娘娘为何要谢奴婢？"

静嫔示意常瑛继续说下去。

"清浅，上次你让我留意娘娘的人参汤，我便注意了宝莲。她虽处处小心，有一次还是被我发现她放了些粉末在汤里。我忙把这事禀告了娘娘，娘娘在宝莲的房里发现了少量的粉末，竟是薏米仁的粉末，这薏米仁的味道被人参的味给盖了，但娘娘每日在服用。薏米仁有宫缩之效，是孕妇的大忌。积少成多，娘娘终发现胎气不稳之病根，"常瑛说着幽幽叹了一口气，继续道，"可惜奴婢发现太晚了，娘娘伤了元气，皇子终是没有保住。"

我忙询问："那宝莲怎么处置，陈司判并不是个正气之人，只怕……"

"宝莲已经触柱而亡，一切都没法查下去了，"静嫔苦笑了一声，"谁敢在后宫毒杀皇子，谁又可以逼得本宫的宫人自裁，本宫心里很清楚。皇子虽没有保住，但你毕竟曾提醒过本宫，本宫还是要多谢你。"

"请娘娘不必记挂，奴婢做这些都是应该的，奴婢不求什么。"我不敢承受静嫔之赏。

"好吧，总之本宫记下你这个人情。皇后娘娘身边果然是人才辈出呀。"静嫔说着不自觉地看了一眼桌边的小虎鞋。

成德十八年的春天终于来了，王朝的采女大选在各地如火如荼地举行。

在后宫中，皇上体恤静嫔失子之痛，已封了静嫔为静贵嫔，入住尚阳宫正位。

静贵嫔虽与吉贵嫔平起平坐，但终究是失败者。

因为静贵嫔之事，我更是不想卷入后宫纷争，殊不知自己早已在危险之中。

几日后，因嫡皇子年满周岁，皇后亲去云岩庵还愿，留下我看守坤宁宫并陪伴皇子。皇后此去七日，坤宁宫上下自是轻松了不少。

一日我坐在寝阁里发着呆，突然陈司判带着一群司判房的宫女恶气腾腾地闯了进来，厉声道："来人，将这个小蹄子绑起来！"

我挣扎着反问道："出了何事，为何要绑着奴婢？"

"本司判接到密报，有人密告你偷了西域奇香迷迭香料，特来调查。"

"奴婢什么都没有做，这是诬陷。"我大声否认。

话音未落，陈司判已示意宫女们将我五花大绑，冷笑道："有没有诬陷你，一会儿就知分晓。来人，带去司判房大牢。"

我无力地挣扎着，被强行带入大牢。

陈司判连夜开堂审理："林清浅，你还是认罪吧。"

"奴婢不知罪从何来，"我舔了舔嘴角的血道，"奴婢从未见过这香料，何来偷取？这分明是诬陷。"

"好，有胆色，给我打。"陈司判发号施令，一阵拳打脚踢，我强忍着疼痛，怒视着陈司判。

"你自己看看吧，是在你房里发现的。"陈司判把一盒迷迭香料丢在我的面前。

"这是诬陷。"

"看来你的嘴是够硬的，来人，上刑具。"陈司判示意身边人拿来了拶具，强行给我上了刑。

十指连心，只一会儿，巨大的疼痛就让我连叫喊的力气都没有了，很快便失去了意识。

不知过了多久，我清醒了过来，陈司判已经拿着供状咧嘴笑道："还不是要招，早点这样就免了皮肉之苦。"

原来，她们在我失去意识的时候用我的手指画了押。

"这是刑讯逼供，奴婢要见皇后娘娘。"我绝望地说着。

"可惜呀，皇后娘娘不在中宫，本司判只能去请示吉贵嫔娘娘。来人，押入大牢。"陈司判冷笑一声。

我被拖着关入了大牢，身上每个关节都疼痛难忍，双手更是血肉模糊，我迷迷糊糊地熬到了天亮。

天亮后，陈司判又带着几个宫女把我押到刑房。只见刑房里放了一沓糊纸和一盆清水，我立刻明白自己要面对什么。

"跪下。"陈司判厉声道。

我固执地站着，却被宫人们强行按倒在地。

"林清浅，吉贵嫔娘娘已下了懿旨，赐你气毙之刑，快点谢恩吧。"

"奴婢要见皇后娘娘。"我不愿白白就死。

"可以，等你上了路，魂自己飘去见娘娘吧。"陈司判恶毒地笑道。

我绝望地长叹一声，一字一顿道："陈榕，你欠我林清浅的，下辈子定要你加倍偿还！"

"是吗，来人，送她上路。"陈司判冷酷地下了死令。

我麻木地被绑在刑床上，宫人拿起一张糊纸蘸上清水贴在了我的脸上，一张又一张，我难受极了，一张张脸恍然从脑海中闪现，常瑛、桐方、司籍大人、王爷、韩大哥……就要看不清了，恍然间听得一声大喊："皇后娘娘懿旨到。"

不知躺了多少天，我终于可以下床走动了，双手的伤却还要养上好一阵子。

太医说我伤得太重，留下了终身的残疾，即使伤好后，刺绣女红也是再不可能，至多能提笔写字。

蓉儿一直在照顾着我，隐隐也听她哭了几回，皇后娘娘也派宜霏来问了几次。

我渐渐恢复点儿元气，让蓉儿扶着我起来，问起那日后来之事。

"那日姐姐被陈司判抓走，我知凶多吉少，娘娘又不在中宫。我想起王御女是姐姐的知交，忙通知了王御女。可惜王御女也毫无办法，她又去求李尚宫。李尚宫知道陈司判是吉贵嫔的人，所以也只能偷偷拿了出宫令牌让我出宫向娘娘报信。娘娘得知便派了宜霏姑姑与我即刻赶回来，还好能救回姐姐。"

"李尚宫，"我突然想起当年司籍大人托付之事，叹道，"李尚宫终是情义深厚之人，我的命还是被你们捡回来的。"说着一粒豆大的眼泪无力地滑落下来。

是夜，在巨大的疼痛中，我迷迷糊糊有些睡意，睁开眼却好似又回到了玉虚山脚，那个白发老者正坐在溪边冲我浅浅微笑："小孩，血光之灾已到，老头我可赐你一锦囊，速看速回。"

"我怎么在这里？"我有些踌躇。

老者将一锦囊塞在我的手上，我哆哆嗦嗦地扯开一看，上面只写了三个字"断情根"，恍然间脚下的大地裂开，我整个人向下坠去，猛地从梦中醒来。

我艰难地从箱里翻出当年所绣鸳鸯戏水的喜帕，烛火下，含泪抚摸着，回想当时是怀着怎样的心情绣下这喜帕。

如今不仅是手指不再能绣，我的心更不能绣这些了，我又想起当年在荷花池边刹那芳华的温柔眼神，难道真的是一遇李郎终身误？

我长叹一口气，终于下定了决心。

身子养得好了许多，这天春和日丽、花影叠叠，是个鸿雁高飞的好日子，我特意梳洗整齐，回到中宫伺候娘娘。

皇后娘娘坐在窗口逗她心爱的黄鹂鸟，看见我有些诧异，问道："清浅来了，身子不是还没好透，怎么这么快就来当值了。"

我一脸肃穆，行起大礼："奴婢给皇后娘娘请安，娘娘千岁。"

"怎么了，起来回话。"皇后笑得有些深意。

我仍跪着不起道："奴婢经历此次生死，在病中考虑良久，决心听从娘娘的建议，入钟粹宫。"

"哦，这你可考虑清楚了，有些路看似繁花似锦，实则危险重重。"皇后停止了逗鸟。

"奴婢想清楚了，娘娘曾两度救奴婢于危难，奴婢的命是娘娘向阎王讨回来的，奴婢理应报答。"

皇后示意我扶着她坐下，轻笑了一声道："清浅，本宫也不瞒你，如今吉贵嫔得势，又协理后宫，现下还借害你向中宫下手，这口气本宫是一定要出的。只是，宫中局势复杂，马上又有新人入局，本宫不能轻举妄动。但是成为采女后，你多少也是主子，陈榕这个小小司判便再不能轻易动你。"

"娘娘，奴婢愿意为娘娘分忧。只是，奴婢不愿承宠，不愿深陷后宫争斗。将来等到了年龄，奴婢希望娘娘能让我出宫，做个乡野村姑，忘记这里的一切。"我道出了心底所愿。

"好，本宫答应你。如果你不愿承宠，将来出宫，本宫定好好封赏你。"

我向皇后叩了头："谢娘娘。"

钟粹之路，注定由深宫强者铺就而成。

三春将尽时，三十名宫女已经被安排入宫，这些官宦武将家的小姐，带着飞上枝头变凤凰的希冀，兴高采烈地走入了钟粹宫。

只是，由于皇后的操作，一位采女因才行失却而突然落选，按祖宗规矩，采女人数一旦不足，后宫高位娘娘就可自行推荐本宫中德行美貌兼备的女子候补，我就这样走入了钟粹宫。

无独有偶，另有一采女因身患顽疾而落选，由吉贵嫔宫中的一名宫女候补入选。

入宫多年后，我终于拥有了自己的寝阁，官家小姐抱怨房间又小又热的时候，我却为这难得的自由而有些许欣喜。

钟粹宫的宫女不多，一个宫女要同时伺候三到四位采女，而钟粹宫的掌事姑姑就是秋茗，皇后娘娘的心腹。

采女入宫的第一个月，我们哪里都不能去，训育阁的训育姑姑将会前来教导宫中礼仪。

我自幼在宫中长大，这些礼仪早就烂熟于心，不用费心去学，我便开始小心观察着这些新来的采女。

采女中姿色最出众的莫过于云梁知府展鹏之女展令月，她杏眼含媚、削肩细腰，气韵顾盼而神飞，可谓绝世佳人，放眼整个后宫，也只有当年的静贵嫔能与之平分秋色。

而另一个我极注意的人就是永寿宫候补入选的宫女，此人名唐心澜，姿色只是中等，也无出众技能，却被吉贵嫔推举出来，定有些能耐。

此外江陵小吏武田溯之女武重华，表面上对所有采女都亲和友善，却对我和唐采女更加另眼相看。

我们正跟随掌事姑姑参观后宫各处殿所，不经意间秋茗靠近我的耳边道："今夜，坤宁宫。"

我点头。好容易等夜深，我忙换了套深色衣衫，悄无声息地来到坤宁宫。

正殿之内灯火通明，此时秋茗早已到来，我忙行礼道："妾身林清浅见过皇后娘娘。"

皇后示意我坐下："坐下吧，如今你是小主，不再是我宫里的奴婢，你要习惯自己的身份。"

我忙在一旁就座，春桃笑吟吟地将泡好的茶端了上来，这个我做了无数次的动作，如今却让我感到有些陌生。

皇后示意我："说说吧，采女们什么情况？"

我简单地说了展令月、唐心澜和武重华的情况。

皇后又转脸问道："秋茗，你那怎么样？"

"回娘娘，奴婢这一个月收到的贿银分别是钱爱莲一百五十两、武重华一百二十两、白冰一百两、展令月八十两……目前只有两人没有贿赂。"

"哦，是谁？"皇后有点好奇。

"是唐心澜和秦嫚两位采女。"

"这唐心澜是吉贵嫔的人，自然不需要贿赂宫女，她也一定知道你是本宫的人。

至于这秦嫚是何人，是够聪明还是真的正直不阿？"

秋茗道："回娘娘，那秦采女是秦宝善将军之妹，从小跟着哥哥在边地长大，可能还不太懂这处世之道。"

"不管怎样，清浅，你多注意一下此人。"皇后使了个眼色。

"是，娘娘。"我点头道。

一个月的学习很快就过去了，皇后娘娘懿旨，在摘星楼设下盛大夜宴，采女们可各展所长，以便皇上进一步甄选。

展令月极善舞蹈，自是安排一群司乐房的宫女来陪舞。

而其他采女也绞尽脑汁，力图拔得头筹，反倒是一无所长的我正想着怎么能过了这一关。

这日我正坐在房中发呆，突听到门外有人在问："林采女在吗？"

我忙回道："在，谁呀？"

只见秦嫚笑吟吟地站在门外，我忙迎她入内。

"秦嫚见过林姐姐，听闻姐姐是宫中老人，今日特来拜访。"秦嫚笑着说。

我忙摆手："我也只是入宫早几年，快来这边坐吧。"

二人坐定，秦采女见我桌上摆着些水晶杏脯，高兴地说道："姐姐这还没吃完呢，我房里的早被我吃完了。这小东西甜甜的，我在边关从未吃过。"

"喜欢吃吗？那多吃点，"我把果盘端到她的面前，"别看这东西小，这可是江南贡品，边关自是没有，配着茶更好吃。"

秦嫚也不客气，抓了好几个入嘴，好一会儿才说道："对了，姐姐，过几日就是夜宴之日，姐姐的才艺准备得怎样了？"

"我正为这个发愁呢。我虽在宫中长大，但并未学过什么才艺。秦采女准备得怎样了？"

"姐姐叫我嫚儿就可以了，"秦嫚回道，"其他采女都认为我是边关来的，什么

事都不告诉我。我，我只会拉胡琴。"

"胡琴？就是边关特有的胡琴？"

"嗯。"秦嬷点点头。

"那嬷儿你就拉胡琴。"我马上笑道。

"可是，胡琴难登大雅之堂，会不会被笑话？"

"嬷儿，你会拉《塞上曲》吗？"我认真地问道。

"会。"嬷儿点点头道。"这就好办了，"我笑道，"到时候，你就拉这首曲子，我会当场书写《塞上曲》，皇上必会感念边关将士报国之情，皇上不笑，谁还敢笑。"

"可是，姐姐，大喜的日子，如此苍凉之曲会不会……"嬷儿还是不放心。

"这也是没有办法的办法。"我安慰她道。

夜宴的日子很快就到来了，我装扮普通，断不愿承宠，只愿完成皇后娘娘的密令，早日离开这里。

嬷儿早就梳洗一新，带着胡琴与我一起走向摘星楼，这是所有采女命运改变的开始。

摘星楼前，远远走来两个侍卫，其中一位就是韩放。

他一脸惊异地看着穿着采女服饰的我，老半天才道："小主有礼。"

我不知道该怎么解释，也不能解释，只能忍住内心无奈，勉强点点了头，拉着嬷儿走上摘星楼。

"姐姐认识那个侍卫吗？"

"只是见过几面。"

"哦，他可真是相貌堂堂呀。"嬷儿嘻嘻笑着。

"好了，走吧，莫要晚了。"我转开了话题。

"汉家旌帜满阴山，不遣胡儿匹马还。愿得此身长报国，何须生入玉门关。"

我一字一句小心翼翼地写着，嬷儿的琴声更是恰到好处。

一曲奏罢，何公公将我的书法呈给皇上。

皇上思索了良久，说道："好一句何须生入玉门关。难得在这个时候，你俩还能心系边关。当赏。"

　　皇后接口道："皇上，这秦采女是将门之女，林采女也习得一手好书法，的确不错，皇上想怎么赏赐？"

　　"每人赏锦缎五匹，再各赐粉彩宝石簪子一支。"皇上随口说着。

　　"你们还不谢恩。"皇后笑道。

　　我们忙下礼道："谢主隆恩。"

　　我们各自退回座位，嬷儿高兴得对着我直笑。

　　接着采女们各自展示着自己的才艺，皇上却意兴阑珊，直到展令月的出现。

第六回　红颜未老恩先断

管弦丝乐，鼓乐齐鸣，姹紫嫣红，如梦如幻，一众宫女轻绡舞裙逐一起舞，好似到了仙家宫苑。

云海翻腾间，一轮明月如飞彩凝辉，又如落入人间的明珠。

展氏身姿婀娜，步下生莲，精美的舞服上还用金丝线饰满了南海珍珠，真似仙女下凡尘。

采女们个个面带难色，她们都明白今夜的头筹已然有了归属。

皇上一脸春风地看完了整场表演，徐徐问道："你叫什么名字？"

展采女娉婷一笑，回道："妾身展令月见过皇上。"

"很好，赏。"

吉贵嫔也笑着附和道："恭喜皇上，又得倾国绝色。"

三更天，夜宴终是结束，但这一夜又添许多不眠人。

几日后，皇上果然头一个翻了展采女的牌子。展氏美艳动人，舞姿更无人可及，在专宠之下已封为美人，一月后，再晋为婕妤。

钟粹宫中一片哀鸣，只有唐采女不以为意，整日里去拜见展婕妤。

我自是落得清静，常在房中独自饮茶。

这日里，太阳正毒着，武重华却突然拜访。

武采女笑吟吟入内，笑道："妹妹，不嫌姐姐叨扰吧，这无宠的采女整日里也没啥事的，唉。"

我心中冷笑，看你葫芦里卖的什么药，回道："怎么会，武姐姐难得来，这日头正毒，快来喝杯凉的。"

"唉，也就妹妹能这么待姐姐，"武采女叹道，"这展氏一夜得宠，我们这些采女都无地自容了。"

武采女说完喝了口茶，继续道："听说妹妹是皇后宫中出来的，可要和皇后娘娘多说说我们的苦楚。"

"姐姐，快多饮些，正凉着。"我忙打岔。

入夜后，我来到坤宁宫，向皇后娘娘汇报钟粹宫中情况。

皇后示意我坐下，让春桃看茶，我谢过娘娘，禀道："皇后娘娘，展婕妤专宠后宫已有一月，钟粹宫中采女们自是不悦。采女武重华有向娘娘靠拢之意，只是此人与唐采女走得也很近，风吹两头倒之意更胜。至于皇后娘娘让妾身注意的秦采女，妾身觉得还需时日观察。另外，唐采女让人很难琢磨，她日前和展婕妤走得很近，不知是否是吉贵嫔想拉拢展婕妤。"

皇后轻叹一口气："清浅，本宫也不瞒你。皇上前几天来说起展婕妤，说她很得皇上的意，皇上的意思是封嫔。"

"入宫一月，尚无子嗣，封嫔确实有些快。"我心里一震。

"不仅要封嫔，皇上还要另造孔雀台赐居。在皇上的眼里，她是来自云梁的一轮明月。御前伺候的宫人回禀，皇上亲口答应她每月十六必宠幸之，已定追月之情。"皇后幽幽道。

"每月十五是祖宗定下御幸中宫的日子。可见这追月之情是天大的荣宠，如此宠幸，大有超越吉贵嫔娘娘之意，这吉贵嫔娘娘怎么坐得住。"

"所以，吉贵嫔心腹唐氏竟靠拢展氏，本宫一时还不能参透她的用意。"

夏风一起，便吹开了满池的荷花。作为无宠的采女，我在宫中的日子，或试水烹茶，或拾花酿酒，倒也闲适而淡然。

宫中大肆兴建孔雀台，建成之日便是展氏封嫔之日，宫中女人无不侧目眼红，展婕妤一时风头无两。

可谁想，不几日，一个更大的消息却打破了这一边倒的风头。

乐漪堂传来消息，王御女有喜，王室将再添子嗣。

皇上之喜自不待言，听到消息便将桐方晋为美人。

我去探望桐方，冷清多时的乐漪堂也突然热闹起来，各宫都送来补品，恭贺之音更是源源不绝。

乐漪堂内，桐方正坐在窗下，缝制小衣服，我忙上前问安。

"见过王美人，美人万安。"我笑着问安。

她见我忙放下手上的活，亲昵地拉着我坐下，说道："这两日真是累坏我了，你怎么才来。"

"美人小主有了喜，奴婢心里很是高兴。"我边说边轻轻抚摸她的肚子。

"其实，我今日来还有一事。"我突然严肃起来。

桐方一时没反应过来，问道："怎么了？"

"后宫的孩子必然是多灾多难的，离这个孩子落地还有九个月，这段路可要慎之又慎，以防不测，"我担忧地说道，"静贵嫔娘娘的孩子就是一个先例，小主你可要小心。"

"清浅，你吓到我了。"桐方说着，额上已冒出了冷汗。

"对了，小主的贴身丫鬟是否可靠？"

"珠儿是我从御膳房点来的，还算可信。"

"这就好，以后珠儿要时时注意小主的吃食起居，如无必要，小主要少出门。明白吗？"

桐方重重点点头，我缓了缓神色，宽慰道："万事只要小心就能成功，奴婢相信皇子一定会平安出生的。"

暮色已深，敬事房太监依例将绿头牌送入体和殿，这便有了第二位受宠的新晋采女——唐心澜，吉贵嫔的心腹。

一夜承宠，唐采女因曾是吉贵嫔的宫人这层缘故而被晋为美人。

几日后，坤宁宫内，我拜见皇后娘娘。

皇后问道："如今的宫中真是热闹，一下就多了一个婕妤，一个美人。你可知道那姿色平庸的唐氏是怎么得宠的？"

"回娘娘，妾身以为是展婕妤向皇上推荐。"

"哦，你知道？"皇后有点诧异。

"这不难猜，唐美人是吉贵嫔娘娘的心腹，靠近一个婕妤必有所图。如今，展婕妤专宠后宫，总会有人想分一杯羹。"

"本宫还知道一些你猜不到的。本来合宫夜宴那天，皇上对你和秦采女已有了印象，可惜皇上问起展婕妤，她对你颇有贬意，说你心气太高。"

我轻笑一声，说道："妾身本不愿承宠，展婕妤这么做是帮了妾身。"

"哎，你的心思，本宫当然知道。只怕过犹不及，如今皇上对你印象不佳，将来她们借机打压你，甚至……"皇后一句未尽已打住。

"从妾身走入钟粹宫的那日起，就没有回头的路，"我苦笑道，"只是那唐美人，妾身从未得罪过展婕妤，唐美人三两下就挑得婕妤如此贬低我，自己还得了美人的封号，绝非凡物。"

从坤宁宫宫门走出，我却遇到了一个我不想遇到的人——韩放。

韩放看到我，一脸的复杂，冷冷道："见过小主。"

我幽幽地回道："韩大哥，我知道你是怎么想的。但是我不是你想的那种人。"

"小主的为人，自己最清楚，韩某怎敢多想。"

我苦笑一声，说道："这倒是，自己明白即可。只是希望还能再叫你一声韩大哥。总有些人走上一些路是迫不得已的。妾身先告辞了。"我行了一个礼，匆匆离开。

后宫依然是展氏专宠，武采女见唐美人得了好处，也一心靠拢展婕妤，整日混迹在她身边。

又至中秋，按惯例在摘星楼设下家宴。

钟粹宫的采女们自然明白这是个机会，各个打扮俏丽，铆足了劲。

我身着素净白纱服，戴上两支银簪，与嬷儿共赴夜宴。

入座时，我看见了吴王，这个想到都会让我心疼的男人，吴王妃神采奕奕地坐在一侧，带着快两岁的王世子。

为了这个孩子，我差点儿丢了性命。

除了后宫命妇、王室贵戚，这次连裴大人也一同赴宴。

酒过三巡，皇上诗意大起道："今日中秋，良辰美景，不如一同赋诗，不可辜负了这风月。"

嬷儿顿时紧张起来，推了推我："姐姐，我不会写诗，可怎么办？"

我忙安慰道："皇上图的是个热闹，这里不善文辞者比比皆是，放心。"

太监们一一送上了笔墨，我心思悲凉地落下笔去。皇上难得心情大好，示意太监将诗一一呈上。"白玉斗大透苍穹，秋水长天照九州。只道人间庆团圆，谁知嫦君泪沾襟，"皇上幽幽读来，"不愧是裴大人之作。"

"谢皇上赞誉。"裴大人急忙起身谢礼。

皇上随后又翻看了好几篇，突然示意太监停止翻阅，吟道："夜莲凄凄酿枯酒，今朝月醉弄宫愁。轩窗难粉佳积梦，却道天明送中秋。好诗。"

"这，林清浅是谁？"皇上突然发问。

我忙起身走近，下礼道："妾身林氏，见过皇上。"

坐在一旁的皇后娘娘附耳道："这是钟粹宫新晋的采女。"

"哦，朕想起来了，"皇上说道，"上次你的书法不错，看来诗也写得不错，大有敏月之风呀。不，单是这首，不在敏月之下。"

"妾身不敢，妾身本是皇后娘娘宫中女婢，奴婢之才皆是娘娘教导有方。"

"哦，你原是坤宁宫中的宫女，朕还以为是内侍监来的才女哪，"皇上赞誉道，"皇后果然有母仪之范，身边的人都不差。"

"皇上惯会取笑臣妾。"皇后笑道。

"今日诗会，朕认为林采女之诗诗韵别致，声情并茂，当为诗魁。你想要什么赏赐？"

"妾身不敢领受，皇上满意就好。"

"这样吧，赏林采女徽州松烟贡墨二支，紫檀羊毫贡笔一双。"皇上下了旨。

"谢皇上。"我忙下礼道。

看着皇上对着皇后会心的笑意，我突然明白那微笑对我来说意味着什么。

起身回到座位的时候，我看到了桐方笑中带泪的眼睛，当然还有更多不可名状的眼神，然而在抬头一瞥中，却意外看到了六王爷的复杂表情。

我自然明白时间很紧，却也没有别的办法。

我佯装身子不适，着钟粹宫宫女去请太医，不出意外，宋太医如期前来问诊。

"微臣宋之闻见过林小主。"宋太医一如既往地温和。

"宋太医，不必拘束，春如你出去吧。"我把宫女请了出去。

"小主，看来您这病不同以往。"

"本主想求太医用药，可使本主抱恙之事，不让皇上知晓。"

"小主，可要三思。如今，整个后宫都知道自中秋夜宴后皇上对您有意，承宠只在朝夕，这可是多少人羡慕的福气。"宋太医说话间还是一脸的平静。

"不瞒宋太医，本主不愿承宠，只想出宫。再说，即使承宠，宫中吉贵嫔、展婕妤都是皇上所爱，本主能有几分地位，结局不言而喻。今日，找宋太医，是因为宋太医曾救过我一命，哪怕宋太医出卖了本主，本主只当还了一条命给宋太医。"说着我跪在地上。

宋太医忙也跪下："小主，微臣不敢。"

"清浅感念宋兄了。"我强求道。

我果然没看错人，宋太医还是帮了我，他再三督促我要控制药量。

我病倒了。皇上虽有意宠幸，可我一月未愈，也渐渐淡忘了我。取代我的是钟粹宫的武采女，不久后被晋为御女。

冬天很快就到了，寒风瑟瑟低吟，天气冷得远胜过去。

皇上决定带着皇后、张婕妤、展婕妤、唐美人及皇子皇女们前往骊山温泉行宫小住，吉贵嫔自请留下协理后宫。

停药之后，我的身子也恢复了许多。

暖阳下的午后，一派温馨和煦，桐方已经有六个月的身孕，起居出行都不太方便，胃口也不好。

我亲自做了山楂豆皮卷去看她，桐方很是高兴，笑道："哈哈，清浅可真会偷师。嗯，味道真像我做的。"

"你喜欢就好，看你肚子这么大，我很快就要做姑母了。"我抚摸着她隆起的腹部。

"清浅，你可要常来坐坐，"桐方说道，"皇上很少来，乐漪堂里我只能和珠儿说说话，你可要多来陪陪我。"

"嗯，知道了。"我保证道。

天子走后，后宫里自是一片冷冷凄凄，宫婢们也整日懒懒的。

这日头正暖，我决定去乐漪堂看看桐方。

刚一走近，却见乐漪堂被一群太监把守着，我忙探上前想问出原因。

领头的太监道："奉吉贵嫔娘娘的口谕，王美人突失了常性，打死了身边的侍婢珠儿。娘娘令后宫中人都不得靠近。"

"怎么会这样？公公可否通融下，让本主去看看。"我担忧地想去看个究竟。

"小主还是请回吧，这可是吉贵嫔娘娘下的令。"

虽被拒之门外，我心里始终不相信桐方会失去常性，桐方定是出事了。

皇后娘娘不在中宫，我思来想去，只得硬着头皮去了尚阳宫。

常瑛见我风尘仆仆，忙说："娘娘在做晚课，小主先等等吧。"

"常瑛，桐方出事了，我不知道怎么办了！"我急得眼眶都湿了。

"那小主等着，奴婢去禀报。"常瑛忙走入内殿。

大约过了半个时辰，静贵嫔方让常瑛引我入内殿，淡然道："林采女，本宫与你多日不见，今日你来，所为何事本宫却是知道。"

"娘娘，现在宫中，只有您和吉贵嫔位分相当，能否请您去看下王美人。妾身前几日才见过她，怎么会突然失了常性。"

"常瑛，给林采女看茶，必要是那下火的茶，"静贵嫔轻柔地说着，"林采女，可能你还不知道，吉贵嫔已将此事禀报了皇上，骊山上传下来的消息是请吉贵嫔代为照顾。"

"什么？"我惊叫了一声。

"清浅，你是聪明人。如果皇上此刻回銮则还有回旋的余地。但是，王美人并不得宠，哪怕是有了龙嗣。如今，后宫是吉贵嫔协理，又奉了皇上的旨。我们谁都不能冒动。"静贵嫔说完摇了摇头。

"妾身要出宫，去骊山，去求皇后娘娘。"

"不可，且说此去骊山快马都要三日，出宫令牌须当天必返，不归者论私逃罪。就算你到了骊山，皇上已下旨让吉贵嫔代为照顾，皇后又能怎样救她。"

我自然知道静贵嫔说得有理，无力地滑坐在了座榻上。

"就看王美人的造化吧。"静贵嫔最后道。

我默默退出尚阳宫，静贵嫔说得句句在理，如今只希望桐方能逃过这一劫。

皇上此去骊山已有大半月，我夜夜难寐，担心桐方。

终是觅得一个机会，我几乎用尽银两，买通了两个小太监，入夜子时，探入了乐漪堂。

见桐方披头散发地瘫坐在塌旁，我忙去扶她，流着泪道："桐方，桐方，我是清

浅呀！"

桐方初是一愣，定睛看我，终是一脸悲怆："清浅，是你吗？"

"出什么事了？"我努力将她扶到软榻上。

"你怎能进来？"桐方拉着我的手，还没有回过神来。

"我用银子买通了看管的小太监，桐方，你到底怎么了？"

"清浅，"桐方两行清泪终于流了下来，"吉贵嫔要杀了我腹中孩儿。"

"她为了让我自己喝下堕胎药，把我幽闭起来，还不惜杀了珠儿嫁祸给我，就为了说我失了常性。皇上不在宫中，如果皇上知道一定会来看我。"

我不忍告诉她，皇上已经知道，只是传话让吉贵嫔代为照顾。

"桐方，在皇上回来之前，你一定要保住性命，要不惜一切代价地活着。珠儿已经死了，你不能再出事。"

"不，我要不惜一切代价保住我的孩子，我和皇上的孩子。"桐方坚定地说。

我心头一沉，突然门外小太监急推门入道："小主，吉贵嫔娘娘来了，您快躲躲吧。"

"什么？"我也不知该怎么办。

"快，藏在红木花雕衣柜里。"桐方边说边就来推我。

我努力克制住自己喘着的粗气，紧张地在衣柜的缝隙间张望着。须臾间，吉贵嫔娘娘在两个近身宫女的伺候下进入内殿。

吉贵嫔一如往昔，温柔地笑道："妹妹，这是怎么了？脸色这样不好。"

"这里也没外人，娘娘有话不妨直说。"

"也没什么，本宫是来告诉妹妹一个好消息，皇上过两日就要回来了。"吉贵嫔说着，眼睛直勾勾地看着桐方。"所以，妹妹你可要早做决定，芙蓉，把补药端给美人，"吉贵嫔徐徐说道，"只要妹妹喝下它，将来虽没了子嗣之福，但本宫保证你可以留下条性命，在冷宫中好好养病，安度一生。"

芙蓉将药端近，桐方一脸愤怒地将药碗打在地上："妾身是定要保住皇嗣的，谢娘娘美意。"

我暗自心惊，桐方这是把自己推上了绝路。

"哈哈哈哈，好，"吉贵嫔虽笑着，语调里却没有一丝起伏，"妹妹既打翻了这服上好的补药，本宫只得再赐妹妹一味更好的。"

另一年长侍女紫薇呈上一个精致托盒，明黄色的锦布被扯开，一抹生金跃然入目。

"大胆，你这是戕害妃嫔！"桐方绝望地摇着头。

"妃嫔，你也配，你只是个美人。皇上是真的宠爱你还是一时兴致所至，你自己比谁都明白吧。不要以为有了个孽障，皇上就会多疼爱你几分。芙蓉、紫薇，王美人失了常性，你们还不去请美人上路。"

我用最后的意识控制着自己不要冲出去，眼泪默默流了下来，双唇紧咬早已渗出血来。我不得不亲眼看着桐方被强迫吞下冰冷的金块，美丽熟悉的面容渐渐扭曲，从喉咙深处最后涌出了几声分不清的呻吟，挣扎间无力地滑落了。

王美人的死讯很快就传上了骊山，皇上下令立即回宫。吉贵嫔早哭得跟泪人似的，长跪在体和殿外。

"皇上，是臣妾无能，"吉贵嫔娘娘伤心欲绝，"王美人本来就病着，臣妾协理后宫，尽管不眠不休，王美人还是吞金自尽了，可怜那小皇子也跟着去了，求皇上赐臣妾死罪。"

"爱嫔快起，"皇上亦是一脸悲伤，"此事怎能怪你，只怪桐方福薄，竟然失了常性。是朕对她关心少了，错在朕，不在爱嫔。"两人又说了好一会儿伤心话，此事也就这么罢了。

皇上终是内心不安，追封了王美人为贵人，葬于定陵。

出殡那天，深秋寒雨绵绵而不绝，众人皆知王贵人和腹中孩儿死得冤枉，定是老天也心有不忍。

我默默站在长街，流不下一滴泪，穿着丧服的宫女、太监们闹哄哄地忙活着，砸

碗的砸碗，起幡的起幡，哭声一片。桐方呀，你活着的时候怎见过这样的风光。

人群中吉贵嫔娘娘异常显眼，几度哭晕在灵前。我转身准备离开，迎面御膳房的花蕊悄悄走近，压低声音道："奴婢参见小主，奴婢是御膳房宫女花蕊。王贵人禁足期间，曾伺候送饭的活儿。因多少与贵人有点儿少年因缘，贵人主子让奴婢给小主捎了封信。万一贵人主子不在了，一定要奴婢交给小主。"

夜深人静，烛火高秉之时，我才敢偷偷拿出信来，桐方娟秀的字迹映入眼帘："清浅，若你有幸得见此信，我同皇儿必已不在。一入宫门深似海，尽管苦累异常，却能遇到你这样的好姐妹，实乃我之大幸。如今困局，若我强行要保皇儿，必身犯险境。然皇上乃我夫君，我亦深恋皇上，若天不遂人愿，我同皇儿黄泉有伴，也算报了皇上的恩宠。唯一不放心的只有你，你为人仁义，必思为我报仇。但宫中形势险峻，奸人当道，只怕飞蛾扑火。我最后之心愿，望你切勿为我报仇，带着我未了心愿出宫去吧。望身体安康，不复思念。"

到了最后，她想的还是要我好好活着，为了一个不爱她的男人，她搭上了性命。我把信偷偷折好，趁夜埋在了那棵老槐树下，桐方你若在天有灵，保佑你的冤屈能伸。

深宫的冬日总是异常漫长，桐方死后我意兴阑珊。皇上早已不记得我这个一时兴起之人，偶尔也只有常瑛和秦采女来宽慰我。

皇上为展婕妤造的孔雀台已建成，宫中又恢复了昔日喧嚣。皇上颁了旨，孔雀台建成之日，便是展婕妤封嫔之日。不日，皇上又下旨，吉贵嫔协理后宫多日，劳苦功高，将一同晋封，后宫中空缺多年的妃位终于有了主。

冬至节前，一场盛大的宴会在孔雀台进行，新晋的彩嫔跳起她最拿手的彩云追月舞，皇上如痴如醉，而吉贵嫔也因得宠多年而被封为淑妃。

杀人者得赏，宵小者得宠，而那无辜者却化为一堆白骨躺在了幽深的皇陵中，真真是一派歌舞升平。这个后宫再大，女人们的荣辱，甚至生死都只系于一个男人。皇上若是看黑为白，众人也只会跟着附和，这就是生存之道。

我痛苦地饮下一杯酒，"膨"的一声，突如其来的巨响把所有人都震住了。

翩翩起舞的彩嫔，忽的没了身影，四周一片惨叫声，我才恍然明白彩嫔从高台上坠了下去，真如彩蝶一般凌空而下。奴才们忙下楼去寻，殷红的血早已染透了她轻薄的舞衣，连一贯威严的皇上都失了仪态，嬷儿紧紧拉着我的手，将门之女也被眼前发生的事惊愕了。

御医们诊治多日，彩嫔最终保住了性命，却失去了腹中的孩子，更瘸了一条玉腿，宫廷第一舞者从此再不能舞。

皇上百般安慰，但彩嫔之宠再不复以前。监工处的几个太监被砍了头，可谁都明白他们不过是替死鬼罢了。

坤宁宫中，皇后久病不愈，我接过宜霏的银壶，伺候起皇后用茶。皇后缓缓说道："你已是采女，这种下人之事以后还是让宜霏来做。坐吧，能来看本宫的人已不多了。"

我忙赔着笑："清浅不敢忘记自己的出身，一日是娘娘的宫女，这辈子都是娘娘的人，只盼着娘娘的病能早点康复。"

皇后显然很受用，进了一口茶，继续道："彩嫔之事甚是可惜，她本是艳绝六宫之人，可惜如今没了恩宠，连孩子都没有。你觉得此事可有蹊跷？"

"彩嫔娘娘坠台之时还不知道自己已有了龙裔，负责给彩嫔把平安脉的是太医院的黄太医，他可是淑妃娘娘的心腹，"我如实禀道，"娘娘不知自己有喜才会跳那极难的彩云追月舞，也正因如此，娘娘才不小心踩到断板，坠下高台。"

"连那断板都可疑极了，监工处那两个奴才算是枉死了。"皇后冷笑一声。

"此事，娘娘打算怎么处理？"

皇后似笑非笑，回道："没有真凭实据，不可打草惊蛇。至于彩嫔，以后就看她的造化了。"

彩嫔得宠时受唐美人的挑拨，说了不少我的坏话，我本应恨透了她。可如今，她得此一劫，皇上嘴上不说，但再没有翻过彩嫔的绿头牌，华丽精美的孔雀台从此成了一座冷宫，再无外人驻足，极宠之人一瞬成了蝼蚁。

成德十九年的正月里，宫中又一次热闹地迎接新年，只是再没人愿意提起这座孔雀高台。灯笼一朝碎，恩宠再难回。

第七回　一点芳心为君死

宫墙红柳，浮华春晓，富贵恩宠不过梦一场。

桐方死后，我总是会去乐漪堂看看，好像她还住在里面，爽朗地冲着我笑，招呼着我吃点心。由于位分有限，我不再能给皇后主子提供什么消息了。

唐美人、武御女之后，白采女也被御幸。白采女长得还算俏丽端庄，虽与倾国倾城的彩嫔不能相提并论，但如今后宫无强将，她也算是皇上的新宠了，已封了美人。

一日，我又如往常一般去了乐漪堂，静默地看着我们以前嬉笑过的地方。忽听得身后传来一个熟悉的声音："卑职韩放给小主请安。"

我转身又一次看到那英气的五官，强忍着激动说道："韩侍卫不必多礼。"

"小主，这么晚了，还是卑职送您回去吧。"

"不必了，本主想一个人待会儿，韩侍卫还是自便吧。"我冷冷回绝。

"小主，"韩放一步步走到跟前，"卑职之前对小主可能有所误会，宋兄已把小主避宠之事告诉了我。我知道小主一定有不得已的苦衷。"

"苦衷，"我苦笑一声，"无论如何，本主已是皇上的采女，这不容改变。"

"小主避宠在先，现下皇上已不记得小主，只要小主熬到离宫之年，就能重得自由，"韩侍卫激动，"其实，韩某对小主，对小主……"

"够了，别说了，韩大哥你还是走吧。今时今日，有些话你不能说。"我决然道。

"我会等你，"韩放固执地回道，"卑职先行告退。"

望着他渐行渐远的身影，我的心一阵阵抽痛。这个男子救过我的命，对我情意深重，如果我从没见过六王爷，对他情根错种，如果我现在不是皇上的采女，如果……没有如果，我只能一条路走到尽头。

再潇洒多情的男子，也注定与我擦肩而过。

御花园里的百花总是最早发现春天的到来，粉扑扑的迎春花铺满了整个后宫。这一草一木，一花一蕊，年年依旧，却岁岁不同。

先帝和太后最宠爱的幼女平乐公主即将年满十八，皇上下令为其举办生辰宫宴，宫人们都在各自忙碌着。

连钟粹宫里也忙得不可开交，无宠的采女们几乎见不到皇上，如今难得有亲近皇上的机会，各自都极尽打扮，以期在宫宴上被选中。

我不愿身处这吵闹之中，一个人在御花园里闲逛，不知不觉走到了一个熟悉的回廊。就是那年的夏日，荷花盛开的日子里，我第一次遇到他。我长叹一口气，往事不堪回首。

惝然间，我仿佛又看到了他，不，是真的，六王爷一个人对着空空如也的荷花池陷入了沉思。

如今，我已进退两难，只得硬着头皮请安："采女林氏，见过王爷。"

王爷这才从沉思中回过神来，仔细地端详着我的脸，缓缓回道："小王见过采女。"

我有点不安，忙说道："王爷没事的话，妾身就先行告退了。"

王爷没有回答我，还是目不转睛地看着我。可是他越看着我，我的心里越发难受，只得抽身离开。

"林采女，不知你是否记得我们第一次见面也在这，那时这里开满了荷花。"王爷冷不丁地说了一句。

我背对着他，眼泪止不住地一滴一滴掉了下来，忙用手拂去泪水，盈盈下礼道："王爷，有件事妾身实在冤枉，当日妾身绝对没有半点谋害王妃和世子之心，望王爷明鉴。"

"本王相信你。"说完王爷冲着我一笑。

我惨然退出了回廊。歌舞升平的宫宴上，平乐公主成了不二的主角，这位尚未出阁的女儿，有着极尽荣宠的出身，肆意享受着太后和皇上的疼爱。

酒过三巡，我微微有些醉意，只听得太监来报："皇上，画院送来了公主的画像，请皇上和公主过目。"

"哦，是吗，"皇上接过太监呈上的画像仔细端详，"不错，平乐你看看。"

平乐公主接过画像，露出了笑意，突然说道："皇兄，好是好，如果能请裴大人为皇妹题诗一首就更好了。"

"哈哈哈，也对，敏月呢？"皇上四处望去。

裴大人从容站起，盈盈笑着："皇上，总是让微臣献丑。微臣提议，这次请吴王妃娘娘来题一首。娘娘当年可是我内侍监的第一才女，文采远在微臣之上。"

"你不提，朕倒是忘了，吴王妃的文采也是一等的出挑，"皇上似来了兴致，"那就劳烦王妃来提一首吧。"

吴王妃脸色惨白，哆哆嗦嗦地站起，不知如何应答。王爷从一旁起身，沉着回禀道："皇兄，敏柔近日身体不适，恐不能作诗，也怕伤了皇妹雅兴。"

敏柔的慌张本不出我所料，但是王爷如此镇定却是我未曾想到的。

喧嚣的夜宴总是要散场的，深宫再度陷入无边的寂寥和黑暗。几日后，我被宣入了坤宁宫。

"清浅，本宫的身子你是知道的，时好时坏，"皇后有气无力地念叨着，"自从有了长全，春天本宫必是要到云岩庵去祈福的，可这次却病得起不了身了。"

"娘娘万福，您切勿多虑，春日百花盛放之时，您的身子自会见好。"

"怕是没这么容易，这次宣你来是想派你代本宫去祈福。你大小是个主子，又是本宫近人，自能代表本宫祈福。"

我迟疑着不敢贸然接受。

"去吧，本宫知道你在宫中日子难过，去宫外走走吧。"皇后笑着。

十四岁入宫，已整整九年，这是我第一次出宫，早已不知外面的世界是怎样的。皇后恩准蓉儿随侍，京城的繁华我终于见识到了，满巷满街的喧哗，叫卖声、嬉笑声融成了一片。

侍卫们把我们送到了云岩庵便回去复命，我与蓉儿被安排在一处厢房。白日里，我虔诚地在大殿里祈福，晨钟暮鼓中，我的心再次得到了平静，我放下了内心积聚已久的仇恨，也坚定了自己出宫的决心。

月明星稀，夜色沉沉，我依然在烛火下读着佛经，蓉儿催了我几次就寝，我却毫无睡意。直到一把轻剑挑开门栓，黑色人影嗖地跳入。

等不及我们叫喊，黑影已到人前，蓉儿拼命护着我："你是何人？不得伤害我家主子！"

黑影冷笑一声，步步逼近。我故作镇静道："蓉儿，不必求他。这位爷必是有备而来，只是我快是你的剑下亡魂了，能否告知谁要杀我？"

"哼，既是亡魂，何必多问。"黑影说着，剑势已下。

我大喊道："蓉儿，快走！"一声惨叫，我慢慢睁开眼。黑影已倒下，吴王带着近侍已站在门前："采女，没事吧。"

我摇摇头，再看蓉儿也毫发无损。王爷慢慢将我扶起，我再忍不住，抱着王爷失声痛哭起来。

蓉儿和近侍知趣地退出了房间，廊上的乌鸦又叫了起来。

良久，我伏在心爱之人的肩头呜咽难言，好似将半生的委屈倾泻而出。王爷不发一声，只是紧紧抱着我。

不知过了多久，我才恢复了常态，羞涩道："王爷，清浅失礼了。"

王爷温柔地回道："是小王失礼才对。采女没事就好。"

"王爷请坐，"我倒了杯水，"王爷怎知妾身今夜有难？"

"清浅，你先告诉我一件事，"王爷第一次直呼我的名字，"当年，西胡来犯，

王妃一份诏书救本王于险境，这诏书真的是王妃所书吗？"

我愣在那儿，强忍着悲伤："王爷，过去之事何必执着，当年王妃助您脱险是人所共知，皇上不但没有怪罪，还赐您与王妃结秦晋之好。如果这不是事实，那便是罪犯欺君，是死罪。"

"你是善良之人，可惜有人怕事实败露，想先下手为强。"王爷面露难色。

"难道，是……"我不敢说出她的名字。

"敏柔虽非国色天香，但个性温婉，又救本王于危难，本王原对她一片垂怜，"王爷苦笑着，"可惜，日子长了，本王发现王妃胸无点墨，苛待下人，绝非本王初识之相。"

"可想诏书绝非出自敏柔之手，本王让戴起深查，于是一位绝色佳人才能浮出水面。"王爷说完百般爱怜地望着我。

"王爷，清浅别无所求，如今能洗脱冤屈，自是再无遗憾。"我高兴得流下眼泪。

"若非阴差阳错，你才是本王的妻子，"说着王爷动情地抓起我的手；"知道真相后，本王一直默默注视着你，你怎么就成了皇兄的采女？"

我抽回了双手："正如王爷所说，您如今有妻有子，妾身亦是皇上采女，自应不再相见。"

"不再相见，清浅，难道你对本王没有一点情意？"王爷有点激动。

"王爷，没有情意又何来诏书，何来这般相思一场。"我终于说出了心中压抑已久的痛苦。

"本王也喜欢你。"王爷说着又紧紧抱住我。

这一刻，在梦里出现了无数次的场景真的来了，为什么我会这么悲伤和绝望？

"王爷，天快亮了，您请回吧。"我鼓足了勇气说出了最不想说的话。王爷慢慢松开我，坚定地看着我："本王还会来的。"

自此，每当入夜，山岗上总会响起哀婉的箫声。

蓉儿是善解人意又可心的姑娘，这日她为我添了热茶："小主，这可是最后一夜，明日您就要回宫，可就没机会见王爷了。"

"祈福之事已告一段落，回宫本是自然。"我故作轻松。

"小主，恕蓉儿多嘴，蓉儿看得出，小主对王爷并非无情，两情相悦不是应该终成眷侣吗？"

"明知道前路艰险，为何还要继续。"

"这可不是我认识的小主，小主是个勇敢的人。再说王爷救了我们的命，去道别一下，也不是失礼之事，"蓉儿看穿了我，不死心道，"外面可下了雨了。"

细雨纷纷，我终于决定跟着自己的心走。蒙蒙月色下，王爷的脸略带愁容却更显英俊不凡。

"落红乱逐东流水，一点芳心为君死。妾身愿作巫山云，飞入仙郎梦魂里。好一首《相思曲》。"我走到了王爷的身后，打起伞来。

"不愧是本朝才女，本王的《相思曲》只为这样的佳人而奏。"王爷浅笑道。

我苦叹一声："王爷就喜欢取笑妾身。王爷可记得我们初见时吗？"

"怎会不记得？荷花池畔，冒失的小女子。"王爷学着我当时的样子。

"王爷，你还落了东西呢，是一块玉牌，妾身收藏在宫中，未有机会还给王爷。"

"原来合欢玉牌落在你那儿，害本王苦找。清浅，你可有福了。"说完王爷笑了起来。

"当年，西域进贡上等和田宝玉，先帝赐名合欢，原是赐予本王生母温嫔为定情之物。母嫔当年也曾艳绝六宫，专宠一时。可惜，在诞下本王不久后就撒手人寰。她临死前，将玉牌留给本王，是希望先帝能看在两人的恩情上好好抚养本王，本王这才有了太后这个养母，也才有了今日京师王这个名位。"王爷淡淡的好像在说别人的事一般，我却依然能感到他的忧伤。

"王爷，"我试图安慰道，"时过境迁，温嫔娘娘天上有知，看到您现在这般出息，必是高兴的。"

"只是玉牌如此重要，妾身还是早日还您为好。"我故意说道。

"这是天意，本王最重要的东西早就给了最重要的人，你若敢还，看本王怎么收

拾你。"王爷佯装着生气。

"是，王爷。"我低下头，脸上绯红了一片。

"清浅，本王知道你不在乎名分，本王给不了你正室的名分，但是此生本王只会爱你一个，你能否等本王？"王爷动情了。

"王爷，妾身还有两年方可离宫，万一到时出不了宫，不是耽误了王爷。"

"没有万一，"王爷坚持己见，"两年后，我们一起远离这是非之地，去山水间过平凡的日子，好吗？"

我终于下定决心，轻轻地点着头。

王爷一把抱过我，我整个人好像都被融化在这温情里，人世艰辛走一遭，原来等的就是这一刻。

天蒙蒙亮，宫里的侍卫就来接我回宫了。昨夜的海誓山盟好像一场梦，什么都没有发生过一般，蓉儿看出我有些呆呆的，忙扶我上轿。

小轿匆匆出发，一转眼就出了山门。熟悉的箫声此时又回响起来，高妙无比，虽婉转动人，却渐渐远去。我躲在轿中，害怕、无助又夹杂着几分渴望、期盼，终是回到了血腥战场。

钟粹宫中无宠的采女聚在一起说着各宫里的闲事，只有嫚儿一派天真无邪，要我说说宫外头的事。

"姐姐，你不在宫中的日子，嫚儿可寂寞了，"嫚儿笑嘻嘻地拉着我说话，"姐姐，唐美人有喜了，皇上可高兴了，马上就晋了贵人。"

"是吗，那可要恭喜唐贵人了。"话虽这么说，我心里却知这并非是一件幸事。唐贵人心机深沉，决不在淑妃之下，如若一举得男，形势将更加混沌不堪。

春寒料峭三月寒，天气依然清冷异常。我怎么都睡不着，于是披上冬衣四处走走，却突然看到一抹羸弱的身影一瘸一拐地走在前头，好像，是彩嫔。

彩嫔自出事后，甚少出门，夜半独行，我终究有些于心不忍。加快了几步，追上了她。

"妾身林清浅见过彩嫔娘娘。"我下礼道。

彩嫔冷漠地看了我一眼，继续前行。

我忙问道："彩嫔娘娘是回孔雀台吗？妾身来扶您吧。"

"不用你来可怜。"彩嫔恨恨说。

我不理会，默然扶起她，用灯笼照亮前路，走向远处的孔雀台。

孔雀台里一片萧条，几个宫女躲在一边围炉偷懒，并不搭理自己的主子。

我将彩嫔扶回内阁，反身对宫女命道："大胆，你们主子回来，还不好生伺候着。"

"笑话，主子都不发话，一个小主凭什么使唤我们。""什么小主，无宠的采女还不如我们，哈哈。"宫女们并不起身，反唇相讥。

"一个采女，你们自不必理会。不过，别怪本主没提醒过你们，本主曾是坤宁宫的宫女，宫女应该怎么伺候主子，本主心里自是明白。如若本主把此事禀告皇后娘娘，看看是谁比较可笑。"我强压着不满。

宫女们心有不服，但碍于皇后之名，也不得不起身灭了炉火。

"去给彩嫔娘娘暖个手炉。"我命令道。

"人家都说，可怜之人必有可恨之处。如果不是当初本宫在皇上面前贬损你，如今你也该得宠了，福泽未必在唐心澜之下，"彩嫔幽幽说道，"你为何要帮本宫，是可怜本宫还是嘲笑本宫？"

"娘娘，您曾宠冠后宫，结果又怎样。天上地下，一线之隔。妾身无宠不仅不恨，还要感谢娘娘。待到出宫之日，万里河山，何愁没有妾身容身之处。"我坦荡回道。

"莫愁前路无知己，多好呀，"彩嫔定定望着前方，"本宫却只有孤老宫中了。"

"娘娘，你要放宽心，身子要紧。"我扶着她坐到床上。

彩嫔转过身去，从枕下小心翼翼地抽出一只精美的紫檀盒子，轻轻开启，华丽精致的金步摇安安静静地躺在里面。

"知道这是什么吗？"彩嫔问我。

"妾身知道，是皇上赐娘娘的定情之物，妾身在静贵嫔娘娘那儿也看过一回。"

"不，这就是皇上，"彩嫔惨笑道，"当初本宫盛宠一时，夜夜有他相伴。谁承想本宫也有今天这个下场。那日后，皇上再也没来见过本宫，只有这步摇陪本宫安眠。"

"林采女，皇上的恩宠，如过眼云烟罢了，你一定要记住本宫这句话，这算是本宫对你这份大度的唯一回报。"彩嫔绝望地看着我。

我心里不禁一阵抽动，忙转移话题："对了，更深露重，娘娘怎么一人在外，也没有侍女陪着？"

"本宫这个样子，白日里怎么能见人，也就夜半时分，让紫烟陪着出去走走。紫烟是孔雀台唯一还对我忠心的丫头。"

彩嫔顿了顿，继续道："谁知，走了没多远，竟在长街遇到了唐心澜和武重华。武重华为了邀功，一口咬定本宫是故意出来吓唐心澜肚子里的皇嗣，让紫烟去司判房领三十棍。本宫百口莫辩，虽失了自己的孩子，本宫又怎么会害皇上的孩子？所以本宫只好一个人一瘸一拐地走了回来，可怜紫烟代本宫受过。"

"那种滋味的确很难受。"我不禁想起当年吴王妃冤枉我害她腹中孩子的情形。

"林采女，本宫害过你，你还愿意帮本宫。这后宫之大，有些人却容不下本宫。"彩嫔噙着泪，手里紧紧攥着那支步摇。

"娘娘定要养好身子，妾身相信皇上一定会来看娘娘的。"我宽慰彩嫔，心里却知道这几乎是渺茫的希望。

彩嫔的事让我心里不好受了好一阵，嬷儿看出我的阴郁，强拉着我去放纸鸢。嬷儿出身边塞，骑马打猎样样拿手，可惜被选入宫中，从此只得压抑天性。看着她兴高采烈的样子，真希望她永远能如此天真无邪。

夕阳西下，晚晴流光溢彩，我本准备和嬷儿一同回钟粹宫，却看到常瑛和宋太医神色匆匆地走过。我有点好奇，让嬷儿先行回去，悄悄跟在他们后面。他俩一直快走到太医院，宋太医才辞别常瑛。

"常瑛。"我大声唤她。

常瑛看到我，笑了笑，下礼道："小主万安。"

"还真不习惯你这样，不过不要紧，将来我们出了宫，就能像以前一样了。"我笑道。

"对了，小主，找奴婢何事？"

"怎么，没事就不能来看你呀，"我娇嗔道，"刚刚看到你和宋太医神色凝重，想看看你们怎么了？"

"静贵嫔娘娘早上突然咳了很多血，宋太医来问诊，刚才是在嘱咐奴婢用药时的禁忌。"

"本主认识宋太医这么久，从未看他如此着急失态，常瑛你可觉不同？"我还是觉得有些异常。

"没，没呀，清浅你想多了。"常瑛忙否认。

"哦，大概是吧，"我轻笑一声，"对了，常瑛你很久不唤我清浅了。"

常瑛一听这话，立刻红了脸，直觉告诉我她肯定有事瞒着我。

芳菲尽时，便是荷花初放之日。我难得悉心打扮，画眉梳妆。

入夜之时，我慢慢踱步走向御花园，走向那个拐角，果然他来了，就在那儿。

我微笑着，慢慢下礼："妾身林清浅，见过王爷，王爷万安。"

"快起来，"王爷示意我起身，命近侍在四周观望，"清浅，怎知本王在等你？"

"王爷，今日可是你我当年初会之日，白天人多眼杂，妾身也只敢夜里前来。怎想王爷与妾身想到一块了。"我羞涩答着。

"清浅，多日不见，本王很是想你。"王爷不自觉地要走近我。

"王爷，"我打断道，"这是禁宫，万事还是小心为上。"

"对了，王爷今日怎能等到此时还不离宫？"

"今日下朝，本王说是去看太后，在太后那儿用了膳才来，不会惹人嫌疑的。"

我这才安心，仔细看着他："王爷瘦了。"

"还不是相思害的，"王爷一脸委屈，"你在宫中可安好，本王留你一人在宫中，怎么都不放心。"

"妾身安好，只是这日子一旦有了盼头，就越发难熬了。"我很是无奈。

"对了，清浅，敏柔已经知道我们的事了。"王爷突然说起。

"什么？"

"本王因为思念于你，就偷偷绘了你的像。虽然小心收藏，还是被她发现了。敏柔已经承认当年偷梁换柱之事，希望你能原谅她。"王爷小心翼翼地说道。

"王爷，王妃她当年这样对妾身，你是知道的，你叫妾身怎么再相信她。"我强压着怒气。

"本王知道，本王虽然不爱她，可她毕竟是王世子的母亲，本王的正妃。再说她入府后，对本王还算温柔。本王希望清浅你能原谅她，以后好好相处。"王爷坚持着。

我望着王爷清澈的眼神，只得无奈道："既然王爷这么说了，清浅明白了。"

"敏柔她不日就会进宫，亲自向你道歉。"王爷说完温柔地用手抚过我的青丝。

几日后，吴王妃果然带着王世子进宫，名义上是看望太后娘娘。宫人传我去千秋亭时，吴王妃正似笑非笑地喝着茶。

"多日不见，妹妹果然越发美丽了。"吴王妃一贯地虚情假意。

"见过吴王妃娘娘。"我赶紧下礼。

"妹妹快坐，你们都下去吧。"吴王妃屏退了宫人。

"娘娘，有话您不妨直说。"我内心察觉到一丝不妙。

"妹妹，还记得这吗，姐姐曾送过妹妹一支红宝石珠钗，妹妹怎么不戴上，一定很衬妹妹，"吴王妃轻佻地笑着，"今日，姐姐是来要答案的，你的脸还是你的命？"

"王爷说你真心与我修好，我早该想到你怎会还有良善本性。"我恨恨道。

"勾引本宫的男人，你也配。本宫劝你早点划花你那张狐狸精的脸，本宫说不定还能放你一条活路。"吴王妃笑得更阴沉了。

我不得不回击道："多谢娘娘美意，可惜世易时移，如今王爷对妾身用情至深，他一定会保护妾身，妾身也不会再惧怕你了。好歹你是正妃，希望你万事想着自己的身份。"

"好，那就看看谁是最后的赢家，"吴王妃毫不退让，"对了，妹妹，回府后本宫会向王爷回禀我们已经和好如初，本宫还把最心爱的红宝石珠钗送予妹妹，妹妹可一定记得戴。"

　　"你，"我一阵恶心，"疯了。"

　　我心里憋闷，见天色已晚，便想着回寝阁，却瞅见常瑛和宋太医肩并肩走在前头，我有些不解。

第八回　大风起于青萍末

　　宫中日子虽很是难耐，也终又到一年中秋了。回想去年此时，我与常瑛、桐方把酒言欢的场景，我与常瑛不约而同地走到乐漪堂前，怀念这位早已远去的伊人。

　　常瑛在寝阁温了酒，我们放下身份的束缚，絮叨着小时候的趣事。三杯酒下肚，我有些醉意，无意问道："对了，常瑛你长我一岁，明年就到出宫的年纪了。你可想好以后怎样？"

　　常瑛笑笑回道："清浅，你不必担心，我已想好去处。"

　　"哦，是吗，去哪？"

　　"这，清浅，我还不能讲。"

　　"我们是打小的朋友，你的事，我都猜到了。"我醉得脱口而出。

　　"什么？"常瑛有些紧张。

　　"是不是和宋太医有关？宋太医长相、人品都是一流。"我轻笑起来。

　　常瑛听了面露赧色："清浅，你说什么呀。"

　　"还不承认，你喜欢宋太医吧？"我追问道。

　　常瑛没有回答，只是轻轻点了下头。

　　"宋太医呢？"我又问道。

　　常瑛想一想，面色突然变得有些怪异，吞吞吐吐道："他已经答应纳我为妾了。"

我虽有些醉了，可这位从小伴我长大的女伴欲言又止的样子却让我有些疑惑，难道是我猜错了？

钟粹宫的日子漫长无望，我每天都盼着王爷能进宫看看太后或公主，哪怕是说不上话，远远看着也就够了。

嬷儿的兄长捎来了西域的马奶和葡萄干，鲜甜的葡萄干我喜爱异常，我与嬷儿的关系也在不知不觉中越发亲密。

唐贵人就要临盆了，淑妃娘娘派了数位太医轮流伺候着，宋太医也被指去了。这天夜里，我刚从坤宁宫出来，却看见常瑛和宋太医急急赶往尚阳宫，第二日才知是静贵嫔旧病复发，我才渐渐想明白了一些事。

经过一天一夜，唐贵人终于生下了本朝第二位小公主，皇上甚是高兴，晋唐贵人为婕妤，赐小公主名为长琳。宫里连着摆了几天的宴席，热闹极了，只是我突然想起一个没能出席的落寞主子，便蹑步来到孔雀台。

紫烟引我入了内殿，忧心道："林小主，我们主子这几日病了，整夜咳着血。"

"怎么不去请太医？"

"主子不让，说身子苦了心就不苦了。"紫烟说着眼里含着泪花。

我压了压心里的难受，装着笑意，来到彩嫔的床边："彩嫔娘娘，清浅来看您了。"

彩嫔强要起身，被我和紫烟止住。她气若游丝道："外面这几日热闹得很，听说是唐贵人——不，如今是婕妤了，给皇上生了个公主。"

"是，皇上可高兴了。"我小心回道。

"哈哈，也好，"彩嫔惨笑一声，"皇上高兴，臣妾就高兴，就高兴。"

"娘娘……"我不知该说什么。

"本宫不怪皇上绝情，只怪本宫手段不够，心计不深，远不如那些人，如今才落得这般下场。但愿本宫这病别拖得太久，也好早离苦海。"彩嫔缓缓说着，紫烟早哭成泪人。

"皇上知道了吗？"我轻声问紫烟。

紫烟点点头，回道："奴婢去报了几回御前，就是不见来人。"

"妹妹，本宫不怪他，本宫明白他不想见本宫现在这个样子，本宫也明白他爱过的终究只是这副皮囊罢了。"彩嫔苦笑道。

我还想安慰几句，却不知怎么开口。我坚持让紫烟去请了太医，彩嫔一个极宠极悲的女子，不该如此凋零。

彩嫔的事对我触动很深，我决定和常瑛开诚布公，把心里的疑惑都说清楚。

常瑛如期赴约，我特意准备了她最爱的点心和美酒。

"常瑛，你我姐妹快十年了，训育阁的日子历历在目，"我缓缓切入正题，"可惜，桐方不在了，敏柔彻底变了。"

"是呀，人事变迁，我们都没得选。当年日子虽然苦，但是活得坦荡，不似如今，步步为营。"常瑛轻叹一声。

"常瑛，再不多久，你就要出宫了，我是真心高兴，以后就剩我一个人了。"我吞下一杯苦酒。

"我会等你出宫，那时我们姐妹便不会再分离。"常瑛安慰我道。

"宋太医是好人，他还救过我的命，我相信他会对你好，只是……"

"只是什么？"常瑛追问道。

"我们姐妹，我也不想瞎猜，宋太医心头上的人不是你，是静贵嫔吧。"我镇定地看着常瑛。

常瑛果然立刻失了分寸，酒杯啪的一声落地，酒水洒了一身。

"静贵嫔入宫多年，始终不曾得宠，不是她没这个本事，而是她心里有人了。可惜，她最终不得不承宠，宋太医恰巧也在这个时候去了岱王府。后来，静贵嫔失了龙嗣，每次都指宋太医问诊，可见两人间的信任。"我句句成理，常瑛是个实诚人，便不再说话，静静听着。

"我是真心思慕宋太医的，不在乎是不是替身，"常瑛深舒一口气，"我愿意替主子一辈子照顾宋太医，哪怕一辈子只是个侍妾，我也愿意。"

"常瑛，如果你真心爱宋太医，我会祝福你们，至于有些事本就是捕风捉影，不必太在意，"我笑了笑，继续道，"既然你要出宫了，我定是要送些礼物的。"

说着我将这几年来宫里得的赏赐一一拿了出来，常瑛随手拿了几件，我见她衣服湿了大半，怕是要着凉，就拿了自己随身的衣服要她替换，常瑛欢喜地换下，见夜已深沉，便起身告辞。

我目送她出了钟粹宫，能嫁给自己心上的男子，这才是真正的福气，但愿我也能修来这般福气。

闲适的午后，我正品着茗，虽是无宠的采女，精致的小点却是不缺的。嬷儿突然急急冲了进来，大失方寸道："姐姐，不好了。前几日来姐姐处的宫女方常瑛，她……她……"

"她怎么了？"我下意识感觉出事了。

"她，姐姐可别急，她……"嬷儿看了看我的脸色，欲言又止。

"她怎么了？"

"她溺毙在落魂井了。"嬷儿终于说了出来。

我顿时眼前一黑，一口热流从胸口涌出，直冲嗓子眼，身子便没了力气。

落魂井，是顺意门边的一口孤井。之所以叫落魂井，是因为那些未满二十五岁就病死或犯错被处死的宫女，除非有主子特别恩宠，否则都会被挫骨扬灰洒入其中，宫人多说那里阴气极重，一般就算经过也会绕路而走。

常瑛出宫嫁人就在眼前，正是红白相冲避忌紧的时候，我万万不相信常瑛会去那儿，更谈不上溺毙。常瑛本是静贵嫔的宫人，但静贵嫔如今已然失宠，又怎么可能树敌？

不对，那日夜里常瑛是穿着我的衣物出了钟粹宫，莫不是……我趁着自己还有几分精神，拖着身子到了坤宁宫。蓉儿看到我一脸的惨白，忙来扶着我，我要见皇后娘娘，这中宫之主是唯一能替冤屈者主持公道的人。

宜霏引我入了内殿，皇后的脸色看起来并不比我好多少，勉强躺在暖榻上，挤出了笑："清浅来了，坐吧。"

我忙行大礼道："皇后娘娘万福金安。娘娘在病中，妾身本不该打扰娘娘养病。但是，宫女方常瑛死得冤枉，望娘娘彻查。"

皇后咳了两声，宜霏忙伺候着用了口茶，皇后示意她们全都退下，缓缓道："自从生了皇儿，本宫这病就始终不见大好，后宫之事心有余而力不足，对淑妃也只能睁一只眼闭一只眼，但是本宫心里不糊涂。听闻静贵嫔念着主仆一场，去淑妃那儿讨要这宫女的尸身，可惜司判陈榕回禀，司判房判定她是失足溺毙，已然挫骨扬灰，这回是真的洒入落魂井了。"

我心里一阵阵难受，皇后示意我走近扶起她。

"这后宫的仇啊恨啊，说到底要靠自己去报，人逼到份上了，没有办不到的。我不妨告诉你件事，当年静贵嫔的父亲获罪，她也来求过本宫，本宫也告诉她这番道理，那之后她父亲不但没事，她也因此得了宠，不是很好吗。"皇后说这些的时候极其平静，原来当年静贵嫔就是因为这样才离开了心爱之人，从此走上一条不归路。

我默默退出坤宁宫，陈榕急着烧了常瑛的身子，必有不可告人的秘密。不，是陈敏柔，我的直觉坚定地告诉我，这个人才是真正的凶手。

我想尽办法用尽人情，才从司判房打听到，常瑛从井里打捞出来到最后挫骨扬灰，陈榕都不让其他人靠近，只凭几个近人处理了。

成德十九年的冬天，第一场大雪猝不及防地来了，寂寥深宫都显得那般超然物外，天气寒凉，世道却更冷，我永远地失去了常瑛，正如我失去桐方一般。不同的是，这次常瑛是我的替死冤魂，我不能不查出真相，替常瑛报仇。

无限的悲痛，让我病得更重了，太医来诊治，我看清来人，是宋之闻。

我惨笑一声，勉强坐起："原来是宋兄，多日不见，宋兄更清瘦了。"

宋太医一如往常，镇定地给我请脉："小主的病本是郁结难舒，心病还需心药医。"

"这个仇本主必要报，哪怕粉身碎骨。"

"小主，不妨听本官一言，"宋太医叹了一口气，"本官相信小主必然已经知道，常瑛是本官未过门的侍妾，本官有责任查出她的死因，可是本官用尽办法，凶手却直指吴王府，罢了。"

　　"哈哈哈，果然，常瑛是为本主而死，"话未完，豆大的眼泪滴滴答答地掉了下来，"吴王是定要给个交代的，不能叫常瑛白死。"

　　"小主，你还年轻，皇室又怎么可能为了个宫女而自损尊严，"宋太医幽幽道，"本官会在祖祠里供上一块化了名的排位，让常瑛死后不至于沦为孤魂，常泣于落魂井。"

　　"常瑛为本主而死，这个仇谁都可以不报，本主不可以。"

　　我每日都在荷花池边等着他，我知道他若进宫，必是要来这儿的。一日复一日，我终于等来了他。

　　我行大礼道："妾身见过王爷，王爷万福金安。"

　　"免了，"王爷见四下无人，忙改了口气，"天这么冷，你也不多穿点，冻病了，本王会心疼的，快起来吧。"说着就要来扶我。

　　我冷冷拒绝："王爷，前日里宫女方常瑛穿着妾身的衣服死在了落魂井，她是被人害死的，而害她的人本是想要妾身的命。"

　　"何人如此大胆，本王定为你做主。"吴王愤然道。

　　我抬起头，决绝说道："凶手正是您吴王府的正主子。"

　　王爷扶我的手僵硬地抽了一下："不会的，查清楚了吗？"

　　"清楚，此事王爷不信，大可问宋太医，他为人正直，向来是王爷相信之人。"

　　王爷顿顿，想了一会儿，回道："知道了，本王会彻查的，你快起来。"

　　我终于被他扶了起来，御花园里的雪下得更大了，一片一片顺着风势，飘向远方。

　　我每天都在等他给我一个交代，他却突然消失在我的眼前，即使进宫也不再来看我。我怀着巨大的悲愤，在他看望太后的归途上，傻等着他。我的身子凉，心里更凉，终于一行灯笼由远及近。

吴王将我引到凉亭，将身上的袍子披在我的身上，不想沉默，还是沉默，我等着他打破僵局。

"清浅，方宫女的事就到此吧，本王会厚赐她的家人。"吴王的声音越来越轻，最后轻得我都有点听不清。

"王爷，如果被挫骨扬灰撒入落魂井的是您面前这个人，您也会这么做，对吗？"我惨笑一声。

王爷有些尴尬："清浅，你不懂。皇室的尊严不能有损。"

"皇室尊严比人命重要，原是这样。妾身太失望了。"我的脸已经冷得没有了感觉。

"清浅，本王是爱你的，我们忘记这些事，好吗？"王爷竭力想安慰我。

"王妃可以杀妾身一次，也就可以有第二次、第三次，不是吗？"我恨恨说，"无论如何，常瑛为妾身而死，这个仇妾身放不下。"

"好了，忘了吧，说到底，敏柔是吴王妃，是世子的母妃，本王也有责任保护她们，就像保护你一样，你不明白吗？"王爷紧紧抓起我的手臂，语调有些激动。

"那您就好好保护她吧，妾身一定要为常瑛讨个公道，哪怕是告到皇上那儿去。"我的愤怒更强烈了。

"不行，王妃杀宫女，皇上必会多疑，你不能去。"王爷彻底抓疼了我。

我拼命想甩开他的手，多年来所有的愤恨涌上心头，俨然快失去理智，大吼道："妾身现在就去，让皇上看看这吴王府都出了些什么人！"

"啪"的一声，空气好像凝结了，我仿佛又回到了那个月明星稀的夜晚，"落红乱逐东流水，一点芳心为君死"，突然想起了那句话，只是一瞬间，我失去了重心，狠狠摔在了地上。吴王给了我重重一个巴掌，原本披在身上的袍子被甩在地上，连吴王都愣在那里，不相信刚刚他干了些什么。

我笑了，吴王忙来扶我，涨红了脸："清浅，不是，你不明白，本王不是有意的。"

我轻轻推开他的手，从地上爬了起来："这么多年，原来是我错爱了。王爷，哪怕注定要挫骨扬灰，妾身也要为常瑛报仇，妾身先行告辞。"

我决然转身离开，眼泪终于还是掉了下来，王爷呆呆地站在那，目送着我缓步离开。

　　回到寝宫，宫女将刚温热的汤婆子送了进来，又拾掇好我的被褥，我静静地躺在床上。这个冬夜注定无眠。桐方走了，常瑛也走了，也许明日或是后日，我也该走了。

　　皇后帮不了我，王爷更帮不了我，要讨回公道就只能靠自己。难道只有那最后的一条路，一条注定的不归路。

　　除夕夜，宫廷盛宴在摘星楼上举行，后宫众人穿金戴银，各展风采。我食不知味地看着这华美丰饶的盛宴，各宫妃嫔小主都应邀入席，除了养病的彩嫔。

　　我坐在不起眼的角落，冷冷看着眼前的这一切，眼光还是不争气地落在了那个再熟悉不过的人身上，好一副父慈子孝、夫妻恩爱的场景，吴王爷怕是早忘了当初相守于江湖的誓言。吴王注意到我在看他，忙回望过来，我冷冷转开了视线。

　　一个紫衣侍女悄然走到我的身后，探身道："林小主，我们主子病重，您快去看看。"我抬头一瞧是紫烟，我示意她快回去，并假意身子不爽，先行离开了宴席。

　　天上没有一丝光亮，厚重的阴霾笼罩着整个皇城。和摘星楼的喧哗不同，孔雀台冷冷清清地伫立在那儿，我探身入内，内殿里隐隐传来彩嫔咳嗽的声音。

　　彩嫔看到我来，强打精神让紫烟扶起她："妹妹来了，这大过年的，让妹妹来真是不吉利。紫烟，你也真是的。"紫烟忍着眼泪，点头认错。

　　"不打紧，"我故作轻松，"姐姐，几日不见，你怎么病成这样，请太医看了吗？"

　　"本宫这病太医看不好，怕是时候要到了。本宫在这深宫里也就妹妹一个真心相待的人，妹妹喜欢什么就拿走，权当做个念想。"彩嫔说着示意紫烟退下。

　　"姐姐，你别多想，还是养好身子为上。"我不让彩嫔看出我的悲伤。

　　"妹妹，姐姐当年在皇上面前贬损你，求你不要怨姐姐。如今看来是好事，皇上用情凉薄，妹妹不如出宫找个好人家。"彩嫔有气无力地说道。

　　"不瞒姐姐，妹妹如今倒希望承宠，才能报妹妹的血海深仇。"我忍不住道出实话。

彩嫔听了，愣了一愣，说道："妹妹身负何事，姐姐虽不知道，但是妹妹一定要想清楚啊。"

我苦笑一声，重重点头。我不忍心看着彩嫔这样离开，求了宋太医去问诊，可是宋太医也回天乏力。彩嫔日复一日地消瘦下去，直到元宵佳节。

华灯初上时，皇上正忙着宴请臣工。彩嫔已是半睡半醒，每上来一口气都好像是耗尽了全身的力气，青灰色的脸颊上没有丝毫血色，我和紫烟都明白这意味着什么。我示意紫烟小心仔细替彩嫔擦洗，这位曾让三千粉黛失色的绝代佳人已走到了最后，我找出了当年她最爱的舞衣帮她换上，彩嫔迷迷糊糊地唤了两声："皇上，皇上。"

"紫烟，去请皇上。"我抱着最后的希望让紫烟赶紧去请。彩嫔这时好似回光返照，侧卧在床榻上，眼巴巴地看着门口。一个时辰，两个时辰，远处的脚步声疾疾而来，大门"吱"的一声被推开，紫烟一个人的身影映了进来。

"奴婢无能，根本见不到皇上。奴婢跪求了很久，也没见到皇上的面。"

"皇恩，哈哈哈哈哈，"彩嫔惨笑了起来，又旋即咳了不少血，"其人凉薄，妹妹还想承宠？"

我惨笑道："妹妹还有选择吗？"

"妹妹，"彩嫔的眼光慢慢望向远方，"你知道吗，我的家乡在那彩云之南，那儿的男子各个俊俏魁梧，那儿的女子各个美丽多情。小时候娘亲喜欢给我梳头，做好吃的米线，能回家了果然是好，真……的……好……"彩嫔抓着我的手缓缓落下，她眼角最后那滴泪好似断线珍珠般凄凉。

这种痛我在桐方走的那日有过，常瑛走的那日也有过。

南方有佳人，遗世而独立。一顾倾人城，再顾倾人国。宁不知倾城与倾国？佳人难再得。

黑压压的太监整齐地排列着，伴着龙辇赶往孔雀台，万丈龙光把许久不见天日的孔雀台照得一片璀璨。彩嫔安静地躺在床上，她那早已残破的身子被华美的舞衣遮盖着，仿佛又回到了初入宫时的天人光彩。

皇上一言不发，静静看着好似睡着了的彩嫔，半晌才问道："彩嫔留下什么话吗？"

紫烟走上前，不卑不亢道："回皇上，奴婢是彩嫔娘娘的贴身宫女，名紫烟。娘娘走前有一封信让奴婢呈予皇上。"说话间呈上了精美的锦盒。何德接过锦盒，打开拿出信来，皇上示意他念出来。

"皇上，臣妾本千里而来，遇皇上并得错爱，感念一生。然臣妾福薄，不能诞育龙嗣，还折损了身子，实对不起皇上。妾之将走，有三点余愿，望皇上成全，"何德读到这，看了看皇上，继续道，"一愿步摇陪葬。妾之一生大起大落，唯步摇乃妾与皇上定情之物，妾夜夜看着，只带着它去便可。二愿皇上远小人。妾当日受小人挑唆，污毁林采女的声名，可伴妾到最后的却是这真心真意之人，望皇上善待于她。三愿紫烟有去处。紫烟是妾唯一之近人，他日或出宫或留下，可凭她心意。妾思念皇上，今日一别远行，必日日为皇上、为社稷祈福，三郎，勿相思，重龙体。"

皇上听到这，踉踉跄跄地向后退了几步，何德忙扶住他，这时各宫里才猫哭耗子地赶来吊丧。

皇上长叹一口气，转身对何德说道："彩嫔展氏，德才兼备，与朕鹣鲽情深，可惜早逝，现封为丽妃，谥号'敏慧'。至于这宫女，何德你好生安排。"我见皇上终于回到姐姐身边，悄然退出了孔雀台。

月影移墙，竹梢风动，让人寒冷入骨。

老远，我看到了韩放，想了想，还是走上前去："见过韩侍卫。"

"小主有礼。"韩放看着我，有着一种说不出的高兴，让他本就英气的脸更棱角分明了。

"韩大哥，多谢你多年来对我的照顾，"我顿了顿道，"我已决心争宠，韩大哥还是忘了我，找个贤惠温柔的女子吧。"

"你说什么，你不是爱慕虚荣之人，到底发生了何事？"韩放显然是急了。

"原谅我，韩大哥，就当你认识的林清浅当年溺毙在荷花池里了。"我强忍着泪转身离开。

韩放虽想追上我问个究竟，却不得不避忌。

敏慧丽妃前脚落葬定陵，后脚孔雀台就被拆了，说是皇上看了心里难受。紫烟来钟粹宫找我，我引她入房中坐定，紫烟显然睡得不好，眼下乌黑乌黑的。

"紫烟，本主本也想去看看你，看你是想出宫还是去别的去处。"我端上一杯热茶。

"多谢小主，紫烟与敏慧丽妃主仆一场，也是舍不得。如今孔雀台也没了，啥念想都没留下。紫烟没亲人，林小主是真心待主子的姐妹，紫烟愿意伺候林小主。"

我深深看了她一眼，回道："你就只想留在本主身边？再说，本主只是个采女，可不能有贴身宫女伺候。"

紫烟扑地跪了下来："小主，奴婢也想给娘娘报仇，可没这能力。小主，就让紫烟留在您身边伺候吧。"

紫烟倒是个忠仆，我想了想，让她起来："不瞒你说，本主自己都不知道会有怎样的结局，又何必拖累你一条大好性命。淑妃在后宫势大，你曾是敏慧丽妃的近人，她断不会给你活路。不如早些出宫，他日本主大事成了，你必有用处。若遗憾未成，清明冬末，也有个人来焚香烧纸，不枉你我一场相交。"

紫烟听得进理，便擦了眼泪，起身拜别。不几日，我送紫烟出宫，她定要去当日的孔雀台看看，空地上早种上了花草，看来今后除了史官笔下的"敏慧丽妃"四个字，宫中再不会有半点这位佳人的痕迹了。

送走紫烟，我缓缓踱步到荷花池边，一种说不出道不明的悲愤涌上心头。远处，一众宫人拥着金钿华服的吴王妃走近，吴王妃傲慢地笑着，我忙下礼道："见过吴王妃娘娘。"

"起来吧，知道妹妹最近心里不爽，你们先去那边等本宫，"吴王妃笑盈盈道，"常瑛真是死得可怜，哎，但是她不能怪本宫，谁让她穿了你的衣服。"

"说到底，吴王府一府的命可比你一个人的重多了，王爷是绝不会帮你的。要不你好好求本宫，本宫就考虑放过你。"

"是吗，"我冷笑着看着她，"我们之间才刚刚开始，娘娘，来而无往非礼也。"

吴王妃显然没想到我会这样，愣了好一会儿。

后宫三千粉黛，要得宠绝不容易，虽有敏慧丽妃的遗信，可皇上早已不把我放在心上。如今宫里最得宠的是白美人和唐婕妤，唯一能帮我的人在中宫，我略一思索，计上心头。

三月初五，天气微寒，残月如钩，我拭去眼泪，最后看了一眼合欢玉牌，绝望地踏上了通往乐漪堂之路。料着何德公公正引着皇上在来的路上，我不紧不慢地准备着肉汤，桐方你在天有灵，定要保佑我。果然，不出一刻，乐漪堂的门被太监推开了，皇上惊异地走了进来，我忙下礼道："妾身林清浅，给皇上请安，皇上万福金安。"

"这，太香了，就像她煮的一般。林清浅？"皇上想了想。

何德忙提醒道："皇上，就是那个善于作诗的采女，在中秋拔了头筹的采女。"

"哦，这么晚了，你在这做什么？"

"回皇上，妾身不敢隐瞒，妾身和乐漪堂王贵人本是从小一起长大的女伴，只因过于想念她，才会偷来此地煮些汤食以作思念。"我镇静回道。

"是吗？朕尝尝。"皇上示意何德呈上。

"皇上，这还没试毒，恐怕不妥吧。"何德不太放心。

"无妨，"皇上接过汤碗，一饮而尽，很久才道了一句，"真好似桐方的手法，回宫吧。"

"皇上起驾。"太监忙叫喊着，簇拥皇上离开。当乐漪堂里只剩下了我一个人，我才真正能怀念桐方，和那还未出世的小世侄。

"恭喜小主，今夜皇上翻的是小主的牌子。"太监笑嘻嘻地传着旨。钟粹宫中一片喧哗，皇上很久没有宠幸采女了，众人都来恭贺，我虚与委蛇地应付了一番，退身走入内阁。得宠如何，失宠又如何，都不会有好下场，只是她们还不明白罢了。

我翻出当年初入宫时娘亲给的那只素银镯子戴在手上，原来到了最后，人往往会想到最初，命也。掌灯时分，按着祖旨，我由老宫娥们伺候着沐浴更衣，一番梳洗完

毕，传旨太监领着我走向体和殿。

　　夜风送爽，百花吐艳，可惜我心中却觉得像是走上了断头路，不知当初桐方走在这条路上时在想些什么，敏慧丽妃走在这条路上时又在想些什么。

第九回　美人如花隔云端

"小主，皇上还在批阅奏折，您且在这儿等等。"太监领着我在床边坐下后，退身离开。偌大的体和殿内阁只剩下我一个人，我抬头四顾，到处都是明黄色的摆设，显出了主人的帝王之尊。

"皇上是个用情凉薄之人。"敏慧丽妃的那句话一遍一遍地在耳边响起，我心里一阵阵焦躁，突然一声"皇上驾到"打断了我的胡思乱想。

只见一抹明黄在御前首领太监何德的伺候下，迤迤然步入内阁。

我忙下礼道："妾身林清浅，给皇上请安。皇上万福金安。"

皇上仔细地打量着我，少顷才回道："起来吧。"

我这才敢抬头看了眼真龙天子，他的脸透着不凡和果断，和六王爷长得很像，却又有些不一样，年岁也比吴王长上六七岁，更显成熟深沉。

他拉起我走到床边，他的手出乎意料的很温暖。他的声音特别好听，语调却始终很平静："怕吗？"

我摇摇头："回皇上，妾身不害怕。"

他笑了笑，一只手随性地搭在我的肩上："朕每次在御幸新妃嫔前都会送一件礼物，你想要什么？"

我忙直了直身子，胡乱摇着头。

他突然笑了一声，清冷之人笑起来居然如此亲切。他抓着我的手问："这个镯子是素银的，为什么今天要戴着？"

"回皇上，这个是初入宫时，妾身的娘亲给的，也就只有这一样。"

"原是这样，"皇上顿了顿，"吴中巡抚今年进了上好的翡翠料子，就给你打两个翡翠镯子可好？"

"谢皇上，妾身……"话未说完，他已咬住了我的唇，我吓得身子一震，他便顺势将我推倒在床上。

这个男人娴熟地撬开了我的牙关，双手无羁地在我的身上游走。那一瞬间，我仿佛感觉这不是他，而是他的弟弟，我最爱的男人。云岩庵外，三山水清，情定此生，相守江湖。

蒙眬间，我顺势想拉住他的手，却感觉身子巨大的疼痛，桐方吞金而死的样子，常瑛挫骨扬灰的惨状，吴王妃恶狠狠地要置我于死地，敏慧丽妃"其人凉薄"的喟叹……一张张脸交织着出现在我的面前，蓦然间我惊醒了，床上已只有我一人，和帕上那一摊鲜红。这一刻我深深地明白，我不爱他，他也并不爱我。

几日后，坤宁宫内，我跪在皇后的面前。皇后示意宜霏将我扶起，笑道："清浅，你终于想通了。皇上说你伺候得很好，准备封你为美人，将拾音殿赐予你。"

"谢皇上，谢皇后娘娘。"

"还不都是你自己的造化，"皇后话锋一转，"对了，你马上就是美人了，身边总要有个贴心的人伺候，这样吧，本宫把蓉儿赐给你吧。"

我正急着要谢恩，皇后又漫不经心地问道："清浅，皇上赐的定情物，可否拿出来给本宫一观？"

我忙将两只通体碧绿的翡翠镯子呈上，不料皇后神色大变，马上屏退了左右，只留下宜霏在旁。

"皇后娘娘，是妾身做错了什么吗？"我不知原委。

皇后长叹一声，说道："本宫也不能怪你，当年本宫一样没有这个福分。"

我还是不明就里，宜霏提点道："小主，你可记得，静贵嫔得宠时的定情之物是何，敏慧丽妃得宠时的定情之物是何？"

　　我前后想了想，回道："金步摇，都是金步摇。"

　　宜霏继续说："当年淑妃得宠时的定情之物也是金步摇。得步摇者得圣心，他者不过过眼云烟。"

　　我忙跪下道："娘娘恕罪。"

　　"快起来吧，"皇后让宜霏给我换了杯热茶，"本来，庆贵妃的事埋在本宫心里好多年，也是时候，说出来舒坦舒坦了。"

　　大历十四年，齐皇后主持东宫选秀事宜，其实明眼人早看出来，这东宫的正主子早就内定为齐皇后的侄女——齐玉凝，一位才貌双全的妙龄女子。偏偏东宫太子李如恪情迷宫女青莺，对选秀的事根本不放在心上。

　　终于，在太子妃进宫的前夜，皇后和太子的矛盾爆发了，太子执意要立青莺为正妃，皇后则要处死青莺。几番博弈下，太子同意给齐家姑娘一个正主子的名分，但青莺也必须封侧妃，享有正室的一切待遇。太子妃在新婚之夜便开始独守空房，流尽眼泪也没等到太子回心转意。

　　成德元年，新帝信守诺言，将王妃送入坤宁宫，主位中宫，侧妃青莺封为宸妃，赐封号"庆"。庆宸妃很快就有了喜，这对无宠的皇后更是极大的威胁。

　　皇上公开表示，如果庆宸妃生下男丁，这个皇子便是他日主位东宫之人。可惜庆宸妃没这福气，在生产当夜，和皇子双双撒手人寰，皇上因此性情大变，以前那个热情温存的太子随着庆宸妃永远离开了。庆宸妃死后，被追封为贵妃，后宫中却四处流传着是太后毒死庆宸妃的谣言。

　　皇后万般关怀皇上，皇上却始终对此事耿耿于怀，此后数年，虽有宠幸，却也是敷衍了事，表面上再亲密也遮不住内心的冷漠。当年，庆贵妃和皇上的定情之物就是一支金步摇，那支步摇已随着庆贵妃永远安静地躺在定陵中了。皇上此后若真心喜欢哪个妃子，都会命尚宫局打造一支略小的步摇以作定情之物，这才有了得步

摇者得圣心的由来。

宜霏缓缓道来，好似说的并不是她主子的事，而皇后的脸上始终是淡淡的，没有一丝的不悦。"清浅，眼下看来皇上并非真心宠你，你若有什么打算，可要尽早安排。"

我被这凄婉的故事给惊住了，原来凉薄的皇帝本也是多情郎，世间的事真是讽刺。我起身向皇后告辞，领着蓉儿离开了坤宁宫。

摘星楼的一场大醉，彻底送走了当年温柔善良的宫女林清浅，剩下的只有个步步为营、后宫夺宠的林美人。蓉儿为我点了宁神香，伺候我躺在高床软枕上。新贵得宠，虽非步摇之主，也足以让后宫侧目。

皇上召我在紫宸殿侍驾，刚踏入内殿，就见韩放跪在地上，高呼谢恩："多谢皇上给臣报效社稷的机会，臣自当金戈铁马去，马革裹尸还。"

我的心猛地一抽，终于，他们都要一个个离我而去了，这就是代价。韩放用余光扫了我一眼，匆匆退出大殿。

我强颜欢笑道："皇上气色不好，不如妾身陪皇上回体和殿吧。"

皇上拉起我的手，走出门外："清浅，陪朕走走。"

"是。"我忙领旨。

春日的御花园正是百花风情万种的好时节，皇上望着一池春水，半晌，终于开口道："边关骚动，西胡又来犯了，朕的头好痛。"

"皇上万福，不过是蛮夷小族，自不能与我朝抗衡。"

"朕只怕，有人里应外合，才是大患。"皇上若有所指。

我突然明白了他的意思，机会已在眼前，可这是谋逆，虽是一场血仇，实在不必倾巢而下、株连无辜，便不再说话。

"皇上，"一个永寿宫的太监来报，"二公主不肯进膳，唐婕妤让奴才来请皇上去看看。"皇上示意我先回去，便起驾去了永寿宫。

望着他渐行渐远的背影，我冷笑一声，这宫中连孩子都是争宠的筹码罢了。

"小主，"蓉儿正向我抱怨，"武御女胆子也太大了，居然又在皇上面前说您的不是了。"

"随她吧，她比本主早得宠，位分却没本主高，自然心有不甘。再者，唐婕妤也乐得用她。"我淡然道。

"可是，小主，只怕天长日久，皇上又会对您心有芥蒂，小主的大事怕会受制。"蓉儿一言戳中了我的痛处。我示意蓉儿先退下，自己思量起来。

宋太医准时来请脉，一番金丝悬脉后，回禀道："小主，大喜，是喜脉。"

我有些出乎意料："宋太医，你一向沉稳，确是喜脉？"

"回小主，是。"

我忙示意蓉儿去门外守着，行大礼道："宋大哥，帮我。"

宋太医赶紧跪了下来："小主何出此言，今这事是大喜。"

"宋大哥，如是真心帮我，就绝不能把此事回禀太医院。求宋太医成全，"我求着他，"想那静贵嫔当年何尝不是天大的喜事，最后却……"

这句话显然有用，宋太医的身子震了震道："罢了，小主承宠也不过是为了贱内常瑛报仇，臣就豁出这一回，也算臣对小主的报答。"

"宋太医，过几日太医院的黄太医会来请脉，有无药物可使喜脉诊不出？"

宋太医想了想回道："回小主，有一种草药叫化虚草，可使喜脉诊成虚脉。只是……"

我重重点头，示意他说下去。

"只是服药会伤害胎儿，万一药量控制不好，十月怀胎生下的可能是个痴儿。"

我不自觉地摸了下肚子，虽然那个男子与我并无情意，但孩子是无辜的。

"小主还是再想想吧。"宋太医规劝道。

我苦笑一声："不必了，与其保不住他，不如生个痴儿。"宋太医担忧地看了我一眼，便不再说话。

拾音殿里自是有永寿宫的眼线，蓉儿自然地透露了些我想假孕争宠的事，想必此

刻淑妃正和唐婕妤商量着怎么对付了。

果不然，三日后，黄太医便来为我请脉，我心里明白只能诊出虚脉，黄太医假意问诊，也只开了些补气补身的方子。五月是皇上的寿辰，内宫外廷皆是一片喜庆。夜宴前，蓉儿小心为我梳妆，胭脂红遮盖了这一脸的苍白，换上淡雅的绸子，一场大戏正等着我。

蓉儿附耳道："小主，决定了？"

我冲她笑笑："你怕吗，蓉儿。"

"奴婢不怕，小主对奴婢有大恩，奴婢生死都跟着小主。"蓉儿一脸决绝。

"好，那走吧，这种事后宫里谁都会有第一次。"我将手伸给了她。

今日，正座上的那个男子看似心情大好，酒过三巡已是微醺，我忙不迭起身，下礼道："妾身恭贺皇上圣寿。"

殿上男子抬手示意我起身，我由着蓉儿扶起："皇上，今日妾身有份礼物要献予皇上。"

"是什么？"皇上看了我一眼。

"皇上，妾身有喜了，已经两个月了。"一语落下，满座无声。

我不知道说这话的时候，吴王的脸色是怎么样，但正座上的那个男子显然是高兴的："好，今日竟有如此高兴之事，朕当晋你个婕妤。"

我笑着下礼："多谢皇上。"

话音刚落，武御女已从座上站起，禀道："皇上，林美人根本没喜，只是想借着皇上圣寿，讨了进封。"

我心中窃喜，就怕你不来，这戏可就真唱不下去了。

"禀皇上，此事千真万确，太医院的黄太医可以证明。妾身本不想说，可是实在没法看着美人姐姐欺骗皇上。"武御女句句力争。

皇上的脸色恢复到往日的清冷，看着我："怎么回事，清浅？"

"皇上，皇嗣之事怎可玩笑。皇上不信，可当场赐死妾身，妾身绝无怨言。"我挤出几滴眼泪。

"皇上，容臣妾说几句，"中宫终于开口，"此乃天子家事，今日大宴还是先别说这些。来人，扶林美人先下去休息，请太医院章院判来问诊。"

蓉儿和几个宫娥忙来扶我，我脚下一软，昏死了过去。

迷迷糊糊睁开眼，真龙天子正关切地看着我，我挣扎着要起身行礼，他忙按下我："身子不爽，就别起身了。"

"皇上，"我带着哭腔，"妾身是冤枉的。"

"朕知道，章汝林已诊过脉，是喜脉。不过，刚才这一惊吓，你见了红，定要好生休养。"皇上安慰着。

"本是妾身福薄，出身又卑微，不配为皇上诞育皇嗣。"

"好了，"皇上将我搂在怀中，"这话说着不是让朕难受吗。从今日起，你就是婕妤，黄启已被杖毙，武重华也已褫夺名号，打入冷宫。你大可放心，安心养胎吧。"

拾音殿里，宁神香袅袅，我不自觉地摸着肚上那块肉，头疼得很。蓉儿悄然走到身边，为我披上锦缎袍子，轻声道："小主，今日也算报了那武御女的仇，为什么还闷闷不乐？"

我惨然一笑道："武御女不过在皇上面前搬了本主几句是非，本不致如此。只是不做些事情让她们有所顾忌，她们下手只会更快更毒。本主还有大事要办，在此以前绝不能死，你明白吗？"

"小主，您是有身子的人，可别说死死的，会吓坏小主子的。"蓉儿示意我别说了。

我笑得更开了："这都经不住，怎能生长在帝王家。"

"小主，韩侍卫要上边关了，您看要不要送送？"

蓉儿不提还罢，一提我头更疼了，沉思良久道："不送了，如今本主的身份不便相送。你托宋太医去捎句话，听闻那里'胡天八月即飞雪'，望他多珍重身子，忘却前尘吧。"

说完我的心一阵阵抽痛，如果当初没有吴王这个刻骨铭心之人，我会否爱上韩放？

可惜没有如果，前路向来都不能回头，只有走下去。

　　韩放走后不久，战事更吃紧了。何德一脸沉重地引我入紫宸殿，皇上正生着闷气，一堆折子散落在地上。

　　我小心问候道："皇上，妾身来请安了。"

　　皇上抬起头，满脸的疲惫："你有身子，快起来，到朕身边坐。"

　　蓉儿扶着我坐在龙榻上，皇上爱怜地抚摸着我的肚子，我心里一阵苦笑。从来得步摇者得圣心，我今日得宠并非你真心爱怜，不过是新人新事加上肚里这块肉吧。

　　"西胡已经连下三座城池，我朝大军束手无策。"皇帝一脸沮丧。

　　我在桌上剥了粒葡萄，呈了上去："皇上说的，妾身不怎么懂，只盼着皇上的心能纾解一些。"

　　"你切勿忧思，身子重了，万事有朕在，"皇上的脸上终于有了些暖气，"当年西胡来犯，只有如风求和，朕始终不放心，万一有人趁乱里应外合，乱我朝纲……清浅，如果有个人你留也不是，不留也不是，你会怎样？"

　　我顿了顿，心想皇上一直担心王爷手握京师重兵有心造反，如今西胡来犯，又一次刺中了皇上的心病。我站起身来，缓缓下礼："皇上，政事妾身不懂，也不该懂，但是妾身明白个道理，君安则民安，民安则天下安。谁令天子不安，谁就该受罚。"

　　皇帝显然没有料到我会这么说，沉吟了片刻，将我扶起："这贺夏葡萄当真不错，你也吃些。"

　　"是。"我浅笑了一声。

　　回到拾音殿夜已深沉，蓉儿正伺候我用晚膳，殿外宫女突然来禀，皇后宫里的宜霏来了。我顿了顿，有些意外，让蓉儿请进来。

　　宜霏有礼地请安："小主，深夜来访，不知是否打扰了小主？"

　　"无妨，本主也是刚从紫宸殿回来，不知宜霏姑姑所来为了何事？"

　　"回小主，皇后娘娘听闻武重华在冷宫里夜夜咒骂小主和腹中小皇子，娘娘本想自己处理，但想想这口气还是小主自己来出更痛快。"

"娘娘的意思是？"我揣测着主子的意思。

宜霏又走近了一步，附耳道："随小主高兴，哪怕是要了她的命，娘娘也会为小主做主。"

我倒吸了一口冷气，该来的终究要来，这后宫谁也别想干净。

夜色如墨，一顶小辇将我送入了后宫的禁地——冷宫。这里果然名副其实，就算外面已是春尽夏初时节，这里依然如冬日般冰冷。

蓉儿拿了些银子打赏冷宫中的太监、宫女，下人们也是许久不见正主子，有了打赏，各个眉开眼笑地奉迎着。

蓉儿开腔道："我们小主是奉了皇后娘娘的懿旨，来惩戒武氏的。"

果然有人马上搭腔道："林婕妤有礼，小的是冷宫首领太监毕估，小主您看是小的引武氏来还是……"

"不必了，引我们婕妤去她房里就是了。"蓉儿自然是懂我心思的。

冷宫的房间潮湿而昏暗，唯一的蜡烛忽明忽暗，空气中夹杂着蟑螂、老鼠屎尿的味道。武氏坐在床边，傻傻呆呆地笑着，看到我进来，突然像疯了一样扑过来，被太监们一把按住。

我轻笑一声，坐在桌边："武御女，本主有身子，就先坐下了，你们都下去吧。"于是除了蓉儿和两个押着武御女的太监，其他人都一一退下了。

"武御女，本主思来想去，也不知到底哪里得罪过你。你先是在皇上面前搬弄本主的是非，如今已经身在冷宫，还天天咒骂，造口孽者必自毙，你不懂吗？"

"贱人，林清浅，我做鬼都不会放过你，贱人！"武氏一阵骂骂咧咧，试图站起来。

蓉儿护主，伸手就想掌嘴，我制止道："算了，让武御女骂吧，也是最后的机会了，过了今日便没这个机会了。"

"贱人，这后宫是淑妃娘娘协理的，你凭什么要我的命？"武氏发疯似的大叫。

"武御女，遭今日之祸，你还没明白一个道理，后宫是淑妃协理，可这冷宫不是。你为她抛头露脸，现在谁去为你求情？愚蠢。"我冷冷道。

武氏自知命不久矣，一屁股瘫在地上，竟嘤嘤地哭了起来。

"蓉儿，送武御女上路吧。"我给了蓉儿一个眼色。

蓉儿端起一碗药，呈到武氏面前道："武氏，是你自己喝还是我帮你喝？"

武氏怨恨地看了我一眼，抓起碗哭道："贱人，我在下面等着你！"

我面无表情地看着她，她顿了顿，终是一狠心喝了下去。武氏翻江倒海地在地上打滚，我慢慢站起来，蓉儿忙来扶我，在她快失去意识的时刻，我终于开口道："武重华，你罪不至死，本主也不想杀你。这碗药不会要你性命，只是你再不能开口说话。从此，你我两不相欠，也老死不见吧。"

蓉儿心疼地为我披上袍子，煮了热茶递上来："小主，虽是五月，这夜里还真是凉的，您出去一趟，手都冰冷了。"

"蓉儿，你说本主今日这么做，是对是错？"我转头看着蓉儿。

蓉儿颔首道："小主要向皇后娘娘交代，也是为自己报仇，奴婢觉得小主已是心善了。若是换了淑妃或别的哪位主子，武重华早不知死几回了。"

"可这毕竟是作孽之事，唉。"我轻叹了口气。

"对了，小主，奴婢听说御花园里的荷花已开了几枝，小主喜欢，奴婢明日去摘了来。"蓉儿安慰我道。

提到荷花，我突然想到吴王微笑着的脸，为什么一场作孽总连着另一场，我一阵心力交瘁。果然，不出几日，皇帝终于下定了决心，兵部尚书谷冲鼎弹劾吴王李如风意图造反的折子送入了紫宸殿。御史台很快就在吴王府里找到些蛛丝马迹，吴王被收押天牢。

我听闻这个消息之时，正是御花园里荷花开得最艳的时候。蓉儿去打听了几句，听说抓吴王那会儿，吴王妃哭得死去活来，整个王府都被掏空了，一片鸡飞狗跳。

腹中的皇儿已经三月有余，微微有些隆起，各宫送来的补品堆满了拾音殿，我嘱咐蓉儿，除了皇后、静贵嫔和嬷儿送的，其他的都不动声色地处理掉。

宋太医按时来诊平安脉，告诉我一定要万分小心，因在皇儿未成形前下过药，痴儿的可能性是很大的。我心里有些说不出的难受，毕竟是亲骨肉。

小暑过后，总是时不时下起暴雨。这日里，皇上亲自来看望我。

皇帝不让我行礼，而是拉着我挨肩坐了下来。

"皇上，妾身看您的气色不好，不如让御膳房送些燕窝来吧。"

"唉，"皇帝的眉头更紧了，"还不是吴王的事，御史台就找到几个不痛不痒的东西，最多也就是流放三千里。"我心里长叹了一口气，常瑛你听到了吗，安心上路吧。吴王，我们缘尽于此了。

皇上见我没有接口，继续道："不过朕始终不能放心，既然做了，就要找个长久的法子。"

"难道，皇上，您想……"

"清浅，你不懂，皇权是不可侵犯的，卧榻之旁岂容他人鼾睡。"皇上说着，爱怜地抚摸我的肚子。

我却感到肚子猛地抽动了一下，我只是想让他们一家离开，从没想要他的命，他是你的亲兄弟。

"他是朕的弟弟，这事朕不能动手，皇后病着，看来只有让淑妃去做。"皇上面无表情地看着我。

我努力使自己冷静下来，回禀道："皇上，此事不如让妾身去办吧。"

"你，不行，你有身子，见不得血腥。"皇上一口回绝。

"禀皇上，此事必须秘而不宣，这后宫目前也就妾身知道。淑妃娘娘虽是皇上相信之人，但娘娘的兄长是禁卫军右都统，恐怕会有取而代之之意。妾身与前朝并无瓜葛，又知整件事，让妾身去办最妥。皇上若是担心妾身的身子，妾身腹中的皇儿也是皇上的孩儿，理应为皇上分忧。"

皇上听我说得在理，想了想道："那好吧，如果此事能办好，这嫔位就是你的。"

"谢皇上。"我忙下礼。

"天色已晚，那朕先回去了。"皇上脸上露出了些许的笑意。

"妾身送送皇上。"我忙起身相送。

"不必了，你早些歇息吧。"皇上拍了拍我的肩，转身离开了。我像是失去了全身所有的力气，瘫倒在榻上，急唤蓉儿："蓉儿，你快去太医院请宋太医，告诉他千万不要声张，本主见红了。"

打更声在深宫中回荡，刚刚过了子时。

蓉儿扶着我悄然走向天牢，时不时看我一眼，终是忍不住道："小主，您的脸色很难看。前几日，您刚见了红，不如还是回去吧。这事奴婢去办就是了。"

我惨笑了一声："蓉儿，你以为本主真的是为了封嫔才去办这事？非也，是为了见他最后一面。"

蓉儿怔了怔，眼眶有些红了，却不再说话。我曾去过司判房的大牢，也曾去过冷宫，可这些都无法与天牢相比。昏暗的烛光下，透出一股子强烈的血腥气。杂乱的牢房里，一团团似人似肉的东西在蠕动，我猛地一阵恶心。

蓉儿宣了皇帝的密旨，只说我来看望吴王，牢头便将我引入一间稍像样的房间，一个青年男子披发面对着墙壁，我一眼便认出了他。

蓉儿留下一壶酒，同牢头悄然退去。

我强忍住悲伤道："王爷，妾身来看你了。"

吴王全身震了一下，缓缓回头，四目相交时终于开口："你不该来，这种地方，晦气。"

"皇上已经下旨，再过两个时辰，您便要流放了。"我说着，眼泪不争气地下来了。

"王妃害死了你的挚友，本王只是流放，已是大大的恩赐了。"吴王无所谓地笑了。

我拿起那壶酒，勉强道："这是皇上赐的酒，妾身真的没想到会这样，真的没有。"

吴王的笑顿时凝住了，清澈的双眼定在酒壶上。

"也好，皇兄本就猜忌本王，早晚有这一天。清浅，你不必自责。"王爷居然还在安慰我。

"本王，本王死后，就算一命偿一命了，别再去找王妃报仇了，好吗？"

"王爷，你放心吧，你走后，妾身会……好好照顾王妃和世子的。这酒会在三个时辰后，毒发。"我已经说不出一个完整的句子了。

吴王笑着点点头，从我手中几乎是夺过酒壶，我哭着跪倒在地上，呜咽着："如果，如果，知道这是最后的结局，我也不后悔当初遇上你。"

王爷听到这里，理智终于崩溃了，一把将我抱在怀里："本王走后，你一个人万事要小心，本王真的不放心你。"说着拿起酒壶就要一饮而尽。

"不要，王爷，不如我去求求皇上。"我再也控制不住自己。

"傻丫头，本王也不曾后悔爱过你一场。只是到了这最后时刻，你唤本王一声，如风，好吗？"

我重重点头："如风。"

"哈哈哈哈哈。"吴王仰天大笑，将酒一口灌入。

"如风，你我的定情之物合欢玉牌我会一直收着，就好像你一直陪在我的身边。你今日只身赴黄泉，记得一定要在奈何桥边等我。"我平静地诉说着。

吴王流着泪，终于一把推开我，又一个人面壁坐了下来。

蓉儿扶着我走出天牢时，我的眼睛已经通红了，我对随行的太监道："你们先回去吧，本主想走走，蓉儿陪着就可以了。"

太监们听旨离开，蓉儿不解道："小主，夜已深，事情已经了了，小主不回去吗？这天可要下雨了。"

"蓉儿，你扶着我去长街。我想看着他离开。"

蓉儿见我脸色，知道劝也没用，就默默跟着。天空下起雨来，蓉儿忍不住道："小主，蓉儿去找把伞，小主在这儿等奴婢。"我胡乱点头，目不转睛地看着远方。

如风终于被几个差役押了出来，看来这酒还没有毒发，他一步一步地挪着，四顾着自己长大的地方。我努力偷偷跟着，雨势已滂沱而下，绣花鞋扯破了道口子，我急忙把鞋脱了下来，赤脚跟着，一直跟到玄武门。

如风，奈何桥边等着我，上穷碧落下黄泉，一点芳心为君死，我一定会再找到你。

第十回　相思迢递隔重城

"小主，您醒了呀。您在大雨里晕倒已三天了，奴婢们都担心死了。"蓉儿一脸关切地望着我。

我勉强想支起身子："皇儿没事吧？"

"还好，皇子没事。皇上来看过您一回，见您病得迷糊，便让奴婢们等您醒了去禀告。"

我强提一口气，又道："那，那吴王怎么样了？"

"小主，这……"蓉儿欲言又止。

我默默点了点头。

"吴王被削去爵位，贬为庶人，在流放途中暴病而亡，但皇上感念他曾镇守京师有功，死后仍可葬入皇陵，"蓉儿看了看我的脸色，又道，"吴王妃和世子等人也一律贬为庶人，世子年幼，待成年后再行流放，如今先和王妃一同没入掖庭。"

云开雾散，雨过天晴，日头又开始有些毒了。黄昏时分，蓉儿伺候我在御花园里散步，迎面遇上了掖庭新纳的罪妇。罪妇们纷纷下跪请安，只陈敏柔一人站定在那丝毫不动。

"大胆，"蓉儿说着就让太监押她跪了下来，"见到林婕妤，还不下跪。"

"林清浅，本宫绝不会放过你的，王爷也绝不会放过你的！"陈敏柔咆哮道。

我示意一干人等先行退下："放过，这后宫里不想放过本主的人不怕多你一个。还记得那年也是在御花园，你曾是高高在上的吴王妃娘娘，本主只是小小宫女，那时你也不曾放过本主吧。常瑛也被你害死了，她本可以嫁个好人家，下半生过着衣食无忧、子孙绕膝的日子，就像你一样，可惜……所以我必须要给她一个交代。"

"你的命贱，她的命也贱，可叹本宫当初没遇到皇上，遇到那个倒霉王爷，否则今日还轮得到你来教训本宫！"陈氏还在呲牙咧嘴。

我走到她面前，微微一笑，随后"啪"，一记重重的耳光打在她脸上："陈敏柔，这下是本主替六王爷打的，当日王爷为了保护你，就这样狠狠打了本主一巴掌。他知道你的丑事后，有薄待过你吗？你居然从来没爱过他。"

"男人从来只是工具，那个男人知道皇上会对他下手，想到的不是带我们母子远走高飞，而是把你那幅像烧了。哈哈哈，这样的男人不要也罢，本宫还给你。"陈氏终于挤出一滴眼泪。

"好，当年你偷换本主的考本，让本主落选内侍监，如今你也该回到原本属于你的地方了。只是懋儿还小，希望你念在他是王爷唯一的骨血，好好教导他，别让他走上你的老路。"

"说完了吧，那本宫可就走了，只要本宫不死，断不会放过你。"陈氏恶狠狠地瞪着我，转身离开了。

"蓉儿，去告诉掖庭局首领太监萧奇，给她安排个舒适点的活儿，别为难她们母子。"我关照道。

"小主，她这么对您，您……"蓉儿十分替我感到不值。

"算了，就当本主欠王爷的。"说完我抬头望向九重天阙，却再也找不到那个身影。

缓步走到拾音殿门前，见皇上的御辇已停在那儿，我不自觉地加快了步伐，皇上正坐在桌边，津津有味地看着一本杂记。

"清浅给皇上请安，不知今日皇上会来。"我忙注意皇上的脸色。

"不碍事，上次你在雨中昏倒，朕本打算等你醒了就过来，奈何六弟这事，影响重大，朕一忙就到现在才过来，你不怪朕吧。"

"皇上在看什么，这么有趣？"我扯开了话题。

"没什么，一本杂记，你们都下去吧，朕和林婕妤单独待会儿。"皇上微笑着正视我。

我走到他身边，挨着他坐了下来。

"刚刚去哪里了，这么晚才回来？"皇上的温柔下总藏着层层暗流。

"妾身让蓉儿陪着去御花园散步，正好遇到罪妇陈氏，开导了她几句，毕竟我们从小一同长大。"我小心地回着话。

"这样呀，那日事情不是了了吗，你为何会昏倒在玄武门前？"皇上看似漫不经心地继续逼问道。

"皇上，"我忙跪了下来，"妾身第一次做这种事，怕做得不干净，才会忍不住偷偷跟着，皇上若不信，现在就可处置了妾身。"

皇上的神色没有一丝波动，少顷，笑道："哈哈哈，快起来，朕就随口问问，这次你立了大功，明日朕就下旨，封你为嫔。"

"皇上，妾身如今有了身子，不如等平安生下皇子再封也不迟。"我并不想要用爱人的命换来的尊荣。

"这样，会不会太委屈你了？"皇上想了想问道。

"望皇上成全。"说着我又想下礼，皇上忙拉住我。

"那好吧，不过朕为你想了个封号'宁'，此刻只有你能让朕安宁，以后朕就唤你宁儿可好？"

我笑着颔首："皇上赐的，妾身都喜欢。"

宁儿，真是好笑，你的心是安宁了，我可怎么办？

蓉儿看出我的脸色不好，探身上来："小主，皇上已经走了，不如小主先歇息吧。"

我点头同意，可我又怎么能入眠。

第二天，我被召入坤宁宫，皇后的脸色一点儿都不比我好，她缓缓开口："坐吧，

有了身子要好好保重。"

"谢娘娘。"蓉儿扶着我坐下。

"今日召你来，就是想问问，吴王的事和你有关系吗？"皇后单刀直入。

"娘娘若问此事，吴王的事说和妾身一点儿关系都没有必然不可能，只是吴王毕竟是亲王，没有皇上的示意，谁敢冒动。"说着我的汗慢慢渗出了额头。

皇后的眉头锁得更紧了，重重叹了一口气："本宫只怕吴王一倒，他手上的京师禁军会落在奸人手上。"

"娘娘不必为此事担心，恕妾身直言，禁军之事，皇上绝不会假手于人。"我顺着皇后的话说道。

"也是，不过可惜了，吴王终究不是个坏人。"皇后抿了一口茶。

我听着心里一阵酸楚，又道："妾身想请娘娘卖妾身一个人情。"

"自家姐妹，什么人情不人情的。"皇后脸色舒展了些。

"宫女方常瑛之死，是前司判陈榕亲手做的，妾身希望娘娘能给常瑛一个公道。"我说出心中所想。

皇后淡笑了一声，向我挥了挥手。我忙下礼："多谢娘娘成全。"

又过了些时日，肚子已然是大了，那孩子动得我整夜都睡不好。可是，作为母亲，我渐渐开始觉得他是我在尘世唯一的牵绊了。

蓉儿轻轻推门而入，为我斟上热茶："小主，掖庭局传来消息，陈榕昨夜在房中暴毙而亡。"

我端着茶的手抖了抖："果然都不用本主来脏手，这后宫中恨她的人真不少。"

"小主可要宽心，一切以皇嗣为重。"蓉儿宽慰道。

我苦笑着点了点头，望向窗口，这落魂井里多少孤魂正等着陈榕呢，她这也算是现世报了。

为了保住腹中的皇子，我已有几个月不出院子，用膳时也是万分小心。沉闷的午后，皇上突然来访，我忙起身相迎。

"宁儿有身子，不必多礼。"皇上爱抚地摸了摸我的肚子。

"皇上今儿怎么来了？这天看着可要下雨了。"我呈上皇上爱吃的点心。

"也没什么，最近政务忙了些，少来看你和孩子，宁儿不会生朕的气吧。"皇上小心翼翼地拥我入怀。

"怎么会，皇上先是天下的皇上，其后才是妾身的丈夫。"不知何时，我竟有些依恋他的怀抱。

"看看，还是有些吃味，朕今日就在这儿用了晚膳再走。"皇上说着把我搂得更紧了。

几日后，蓉儿向我汇报着宫中之事。

"皇上那日用了晚膳后是回体和殿了吗？"

"回小主，皇上之后去了白美人那儿，"蓉儿小心看着我的脸色，继续道，"小主，奴婢还听闻，皇上前几日去了静贵嫔娘娘那儿，是静贵嫔娘娘让皇上多来看看您的。"

"本主就知道，皇上多日不来，怎么会突然前来，"我叹了一口气，自言自语，"敏慧丽妃果然是前车之鉴。蓉儿，本主心里烦，陪本主出去走走。"

"可是小主，您就不怕……"蓉儿看着我的肚子。

"有些事不是怕就能躲开的。"我执意站起身来，蓉儿忙来扶我。

金风送爽，初秋的深宫自是一派别样的风情。冥冥之中我竟又走到了荷花池边，那个令我永生疼痛的拐角，我停下脚步，静默地注视着。

蓉儿看出我的异样，忙道："小主，不如我们绕道吧。"

我止住她："不用，走吧。"

蓉儿只得扶着我走向拐角，我强忍着眼泪，往事不堪回首，那个华服锦带的男子永远等在那里，痴情地对着我笑。

不，真的是那个男子痴痴矗立在那儿，我不敢相信，忙看向蓉儿。蓉儿显然也被眼前这一幕惊住了，怎么会有背影如此相像的人。男子听到身后有人，从容不迫地转

过身来。

眼前这个一袭青衫的男子显然比吴王年轻许多，十七八岁的模样，五官虽没有吴王精致出尘，但那种出身高贵所带来的恬淡闲适的气质却是如出一辙的。

男子行礼道："在下齐云羡给林婕妤请安，愿小主凤体安康。"

"齐云羡，难道你是皇后娘娘家的……"

"在下正是皇后娘娘的内弟。"

蓉儿附耳道："前几日，好像是听闻皇后娘娘家的内弟来看皇后娘娘。"

"快起来吧，本主记得以前见过一回玉婵郡主，这回有幸见到云羡公子了。"我笑着让他起身。

"在下才是有幸，听闻林婕妤美貌无双，今日一见，果真是好看极了。"

我只当笑着受用了。

"小主今天是累着了吧。"蓉儿边为我整理着褥子边说。

天空传来一阵阵闷雷，似乎是要下一场大雨了，突然我的腹中开始抽痛，我忙唤蓉儿："蓉儿，本主快要生了，你快去传宋太医。"

汗珠密密麻麻地爬满了我的额头，我被宫女们扶到床上，痛苦感越来越强烈，我咬着手帕，不让自己叫出声来。

蒙胧间，我听到了产婆、宋太医的声音："不好，皇子的脚先出来了！"

"不好，婕妤见大红了！"

天边的雷声越来越大，我渐渐听不清其他的声音，疼痛感终于逐渐消失了。

一团团厚重的浓雾，使我有些看不清前方的路。清晰的水声从我脚旁生出，我定睛看去，一块耸立入天的石头竖在河边，刻着鲜红的大字"三生石"。

我笑了起来，顿时感到一阵轻松，终于我也走到了这里。我缓缓向前，三生石旁的河该是忘川河，而这河的尽头就是奈何桥，痛苦的一生终于走到了尽头。

我看到了一个熟悉的身影，只是不再是那一身的明黄，他身着我从未见过的一袭紫色长袍，微笑着向我招手。如风，真的是你，我不由得加快了脚步，原来你真的在奈何桥边等着我。

我紧紧攥着他的手，哭泣道："如风，我来了，我没有让你等太久。"

如风温柔地擦去我的眼泪道："痴傻，你阳寿未尽，尘世间还有重要的事等着你。"

"什么，"我皱着眉头摇头道，"不，我不回去，我要和你同赴来生。"

"回去吧。"如风说着拉起我的手。

我哭得更伤心了，我不想同深爱的男子再次分离，奈何桥边的魂儿正无望地排着队，等待着新的轮回。

我拭去眼泪，努力让自己平静下来："如风，你早点儿去投胎吧。"

如风深邃的眸子望着我："我以三世石为誓，我会等你，共赴来生。"

我惨笑一声，握他的手更紧了，这今生来世的情分，爱始于斯，恩断于斯。

一滴眼泪突然落在我的额头，我抬头望去，是如风的无奈。三生石前无对错，望乡台边会李郎。

我抬起重如千斤的眼皮，百般的疼痛又重新钻入了我的身子。蓉儿正关切地望着我："小主醒了，小主醒了。"

我挣扎着要起身，蓉儿忙按下我，带着哭腔道："小主，您都昏睡了三天三夜了，宋太医说您这次真是在鬼门关前走了一遭。"

"鬼门关，"这三个字扎在了我的痛处，眼泪不争气地流了下来，"我怎么就又回来了。"

"小主，您不能这么说呀，公主还小。"蓉儿扑地跪了下来。

"公主？"我终于回过神。

"是，小主生了个小公主。嫣儿，去让奶娘把公主抱来给主子瞧瞧。"蓉儿转头吩咐道。

公主的小脸红扑扑的，有些像我，更有些像皇上。我下意识地把这孩子搂在怀里，

突然想到些什么："蓉儿，公主的身子还安康？"

蓉儿心领神会，附耳道："回小主，宋太医说公主目前一切安康，至于那药，公主还小，要到周岁才能知是否有损。"

我心里一沉，公主还这么年幼，却早已是斗争的工具了，这就是出生椒房的悲哀，也是我初为人母的罪孽。还未及深思，外边传旨太监来报，皇上的御辇正朝拾音殿来。

"宁儿，你清瘦了。"皇上纤细的手指划过我的脸庞，一脸心疼。

我笑着摇了摇头，皇上顺势接过公主，像模像样地哄了起来。公主似懂事了一般，天真地笑了起来。"宁儿，公主真是可爱，不如你来取个名吧。"皇上漫不经心地说着。

"妾身可不敢，皇嗣之名历来都是皇上赐的，妾身怎么能僭越祖制。"

皇上听了浅笑一声，挨得我更近了："这里没别人，宁儿为诞龙嗣如此辛劳，这只是朕的小小赏赐而已，宁儿就不必推辞了。"

"是，皇上，皇子们如今是'长'字辈，大公主名长苏，二公主名长琳，不如小公主名长英，意为英气逼人，皇上看如何？"我试探道。

皇上想了想："英气逼人，好，就这么定了。"

常瑛，你听到了吗，如果有缘，就来享受这天家富贵吧。

"宁儿，等你出了月，朕就在摘星楼上为你好生庆祝。"皇上把公主抱给蓉儿，示意她们都退下。

"只是，有一件事……"皇上的脸色有些异样。

我忙笑道："皇上，但说无妨。"

"前几天，朕在淑妃那儿喝了些酒，淑妃为唐婕妤讨个嫔位，朕就答应了，"皇上拉起我的手，继续道，"可朕事后一想，这对你有些不公，宁儿你毕竟立了大功，生公主那会儿还差点儿丢了性命，朕心里有些……"

话未说完，我忙用手捂住皇上的嘴，轻轻靠在他的肩头："皇上多虑了，妾身是在意名位的人吗？再说，唐婕妤生下长琳公主，也是有功之人，封嫔也是理所应当之事。"

"宁儿，"皇上柔情唤我，"若不是你还在月中，朕今晚真想翻你的牌子。"

我笑得更灿烂了，心里却一阵难受："皇上厚爱，叫妾身怎样承受。"

"皇上，妾身有句话不知当讲不当讲？"我抬起头，望着他英俊却让人猜不透的脸。

"说吧。"皇上理了理我额头的发。

"妾身是想，皇上有三位公主，既然二公主的母亲与三公主的母亲都要封嫔，妾身斗胆为长公主的母亲张婕妤求个位分。张婕妤为人谦厚有礼，后宫里没有人不交口称赞的，长公主论身份还在二位公主之上。当然此事还是要皇上定夺，妾身只是多嘴几句。"

"宁儿，真是大度又细心，不愧是皇后宫里出来的人。好，既然宁儿所求，朕就再封个嫔位。"皇上说着把我送入他宽大的胸怀中，在我的额头上蜻蜓点水般亲了亲。

送走了皇上，命嫣儿把公主抱去育嗣宫，夜深人静时，我身上的痛又开始一阵阵地折磨着我。

"蓉儿，"我把蓉儿叫到跟前，"去把紫檀箱底的一方鸳鸯戏水拿出来。""小主，您身子还没恢复，不宜看这些个伤心的。"

蓉儿心里有些不舍得我。

"去吧，去拿来。"我坚持道。

我小心抚摸着这一方帕子，那少女怀春时的美好无法回头，戏水的鸳鸯已成绝唱。鬼门关前的相逢如梦似幻，我却痛彻心扉。如风，没有你的日子，我注定要一个人走到最后，这方帕子是我最后所绣的东西，今日我把它送给你，让它陪伴你，度过此后无尽的寂寞。

我举起帕子，一把丢进了红烛火中，蓉儿想去抢下，被我扯住："让它去吧，去该去的地方。蓉儿，你可知道人世间最悲痛的事是什么？"

"奴婢不知。"蓉儿摇摇头。

"生不同衾，死不同穴。"我惨笑道。

接下来的一个月，我快快地病着，各宫从皇后到采女都一一来看望，拾音殿里从

没有这么热闹过。我努力地应承着，笑着，笑得都忘记了自己是谁。

终于到了那日，我拘谨地跪着，不自觉地摩挲着手腕上的翡翠镯子，一众宫人们小心地跪在我的身后。

传旨太监不急不慢道："奉天承运皇帝，诏曰：婕妤林清浅德才兼备，谦恭和顺，含章秀出，胜得朕心。今册封为嫔，赐号'宁'，钦此。"

封嫔本是多少后宫女子的心愿，可我听着却这么沉重。这是用如风的命和我自己的命换来的，当年敏慧丽妃被册封为彩嫔时更胜此等风光，如今却也只能化为定陵里的一捧尘土罢了。

"谢皇上，"我接下御旨，"对了，公公，不知另两位婕妤的旨到了没？"

"宁嫔娘娘，另两位娘娘的旨是同娘娘一道宣的，张婕妤封为福嫔，唐婕妤封为僖嫔，"太监有礼回道，"娘娘这次为福嫔娘娘说了话，后宫人人都在说您大度呢。"

"公公赞誉，本是随口平常之语，实不足挂齿，"我递了个眼色给蓉儿，"蓉儿，打赏各位公公。"传旨太监们一一谢过，告退了。

摘星楼上，一片祥和升平，后宫嫔妃将小公主团团围着，说着些公主像我是个美人胚子之类的应承话，我心里一阵阵苦笑，这里面绝对没有多少真心。

新晋的福嫔和僖嫔也是一脸红光，福嫔看到我时还饶有深意地对我点了点头。一身素雅的裴大人抱起公主哄了哄，笑眯眯地摸了摸她的额头。

我让蓉儿接过公主，对着裴大人道："裴大人，几日不见，更显风采。"

"宁嫔娘娘赞誉了，娘娘才是天人之姿，下官怎可媲美。"裴敏月素来谦逊。

我笑意更深了，小声道："本宫记得裴大人甚少哄皇子们，今日难得的雅兴。"

裴大人顿了顿，回道："因为公主有个好名字，更有个好母亲。"

我不禁深望了她一眼，她的脸上却是永远的波澜不惊，真是个谜一般的女子。

舞女们一个个珠翠华服，娉婷而出。贺夏的葡萄佳酿盛满了夜光杯，我一饮而尽，示意蓉儿再满。

蓉儿劝道："娘娘，这酒劲大，您喝慢着些。"

我的眼光却穿过美艳的舞女，落在了当初吴王就座的地方，物是人非万事休原来就是这个滋味。

蓉儿凑得更近了："娘娘，您看皇上的脸色可不太好。"

我这才抬头看了眼皇上，他的脸色深沉得很，眼眸里仿佛还残留着前朝的刀光剑影。

"娘娘，皇上是不是还在为北疆之事烦恼？"蓉儿猜测着。

我望着蓉儿认真的神情，笑出了声："蓉儿，今日之舞比之当年敏慧丽妃的彩云追月如何？"

蓉儿显然怔了怔，不知如何应答，我替她回道："此舞只应天上有，人间能得几回见。"

华美宏大的摘星楼，三位主嫔的册封之宴，皇家公主的满月之夜，这个权柄天下的男人想的却是一个早埋入土的孤魂，而我思念的又是另一个不该离去的人。突然我有些不那么怨恨皇上了，甚至有些同病相怜的感慨。相思是一缕香烟，无声无息地飘散开去，直到那千里之外，故人的脚下。

小太监急急跑入，在何德耳边说了几句，何德不敢怠慢，忙小声禀报皇上，皇上终于露出了久违的笑。

"朕刚得到前方八百里加急军报，西胡终于吃了败仗，开始退兵了。朕心甚慰。"皇上站起身来。

我忙随众人跪拜："皇上万岁万岁万万岁。"

"来，把公主抱上来，长英真是朕的福将。"皇上终于想到要抱抱公主，我忙抱起公主，走上前去。

皇上逗了逗公主，公主"咔咔"笑出了声。无论我们距离多远，公主是他的亲女，我心里总是希望他能喜爱公主多一些。只是日子还长，皇子皇女之间的争宠终将如嫔妃一般残酷，最是无情帝王家。

我果然是喝得太多了，宿醉之后的第二日，头还是有些沉沉的。蓉儿为我温了醒酒茶，替我梳妆打扮，皇后抱歉昨日未能赴宴，我决定带公主去拜见中宫皇后。

侍女嫣儿进来禀道："娘娘，福嫔娘娘送来一尊白玉送子观音。"

"送子观音，福嫔娘娘真是细心，"我轻轻摩挲着上等的白玉料子，"蓉儿，让人去库里挑些好的回礼给福嫔送去。这观音是福嫔娘娘的心意，你择个地方好好供着。"

"是，娘娘。"蓉儿收好了观音。

我站起身来，突然想到些什么："对了，一会儿你去掖庭局走一趟，打点一下，让那些奴才们别太为难陈氏母子。"

"娘娘，当年陈氏可差点儿要了您的命。"蓉儿心有不平。

我轻笑了一声，示意蓉儿来扶我："人都死了，还争什么呢，何况懋儿是如风唯一的骨血。去把那支陈氏赐我的红宝石珠钗还给她，让她好自为之，安分守己吧。"蓉儿点头领命，扶着我走向坤宁宫。

皇后多病，坤宁宫一贯的清冷，宫女们却都是老相识，见我和蓉儿来了，个个兴高采烈的，连宜霏都亲自来迎。

前院里，皇后的内弟齐云羡正跪在太阳底下，显然是跪了有些时辰了，齐公子的青衫都湿了一大块。

我正思量着怎么开口，齐公子倒是一脸的无所谓，先开口道："给宁嫔娘娘请安了。今日，我真是好命，在这跪了会儿就见到了宁嫔娘娘，还有这么可爱的小公主。"

"公子有礼了，只是公子身犯何错，娘娘会罚你如此，若是公子需要，本宫倒是愿意去娘娘那儿求上一求。"

"哈哈，没啥大事，娘娘还是和公主快些入内吧，这太阳正毒着。"齐公子回绝了我的好意，我笑着点了点头，在众人的簇拥下进入内殿。

第十一回　云鬓花颜金步摇

皇后脸色蜡黄，身子无力地躺着。

"臣妾和公主给皇后娘娘请安。娘娘万安。"我下礼道。

皇后咳了几下，轻声道："快起来，春桃，去给宁嫔娘娘搬个凳子来，坐近些，好和本宫说说话。"

我从蓉儿手上抱过长英，走到皇后的榻边，微笑道："长英，快见过皇后娘娘。"

"本宫看看公主就可以了，别把本宫这一身病气过给了公主。"皇后定定地看着长英，又道："公主长得真像妹妹，将来定是个美人胚子。宜霏，去把本宫那颗南海夜明珠拿来。"

"娘娘，夜明珠可是您当年的陪嫁。"宜霏有些踟蹰。

我听了，也觉不妥："娘娘，长英还小，如此名贵之物，又是娘娘的陪嫁，我们实在不敢接受。"

"清浅，本宫的病断断续续，一直就不见好，夜明珠自古有小儿定惊之效，全儿大了，又是个皇子，夜明珠是用不上的。本宫这身子苟延残喘而已，绝无再诞公主的希望。你是本宫宫里出去的人，长英也就是本宫的人，公主满月，嫡母送颗夜明珠，可不能回绝。"皇后徐徐说着。

我见皇后言至于此，实在不好再推辞："那臣妾替长英谢过娘娘了。"

宜霏小心地为我捧上一杯洞庭茶，我品了一口："对了，娘娘，恕臣妾多嘴，刚才臣妾在前院看到齐公子跪在太阳底下有些时辰了，不知公子何以触怒凤颜？"

皇后淡然的脸色突然变了变，又深深叹了一口气道："云羡太让本宫失望了。本宫内家就这么一个弟弟，不指着他出将入相，多少能为社稷尽些绵力。父亲还在的时候，他还有些收敛。如今，是彻底不思上进，整日留恋勾栏花坊。"

"前几日，又和工部侍郎家的公子去争一个花魁，搞得满京城都知道我们齐家出了这么个逆子，本宫真是想不病也难。"皇后越说越喘，又咳了好几口。

我忙起身抚了抚皇后的背，小心劝道："娘娘宽心，公子如今正值风流之年，偶尔做些出格的事也是难免。娘娘千万别为了此事伤了凤体才是，公子可以慢慢调教，来日方长。"

皇后摇了摇头道："本宫是教不好了，让他跪着去吧，省得他有力气出去给本宫惹事。"

"是。"我低头不敢再多说什么。

"对了，清浅，如今你虽然贵为宁嫔，又诞下公主，但是淑妃一党绝对不会善罢甘休，你可要万事小心。"

"谢娘娘教诲，臣妾明白。"

回到拾音殿，天色已晚，我略微用了几口晚膳，嫣儿就向我禀报，在我探望中宫时，秦采女来过。

我顿了顿问："秦采女，说了什么没有？"

嫣儿想了想，回道："没什么，采女挺高兴的，说是她兄长要来了。之后，也没说什么就走了。"

嫚儿的兄长不就是秦宝善将军？难道是因为这次大胜西胡，将士们要回朝论功封赏了？

我还深想着没回神，蓉儿从外阁冲了进来："娘娘，皇上的御辇到了。"

我忙领着宫女、太监们在殿外正经跪着。从御辇上下来的他感觉又清瘦好些，皇上快步走近扶起我："天已入秋，宁儿何必在殿外等着，小心身子。"

我顺势站起身："皇上才是，别总念着前朝的事，要多保重龙体。"

蓉儿点起宁神香，铺好被褥，何德会意地领着一众宫人们退下，内殿里只剩下我和眼前这个男子。

皇上拉着我的手走到床边坐下："近来朕心甚悦，北疆终于能安定一阵子了。"

"臣妾早说了，皇上是天子，自有上天庇佑，百姓能过上好日子，臣妾恭喜皇上了。"

话未完，皇上的手已经温柔地抚摸起我的脸，又缓缓从肩上游离下去，我的脸色微微紧了些，却被他一眼看破："怎么了，是朕唐突了？"

"不是，皇上这是第一次在拾音殿宠爱臣妾，臣妾有些紧张。"我努力收敛起不自然的神态。

"傻宁儿。"皇上哈哈笑了一声，一把将我推倒在床上，轻车熟路，游刃有余地在我的身上翻腾。

我象征性地反抗了几下，却迎来了他更热烈的进攻，终于我渐渐迷离，浑然间失去了自己。

我努力抬眼，皇上正笑着注视着我，我忙唤道："皇上，您怎么没睡？"

"快到上朝的时辰，朕就醒了，自小就养成的习惯，改不了了，朕就看看你。"皇上温柔回道。

"那臣妾伺候皇上梳洗吧。"我说着就要起身。

"不用，这些事向来是何德来服侍的，宁儿一脸倦容，还是多睡会儿吧。"皇上按下我。那一瞬，敏慧丽妃的脸却突然从我脑中掠过，让我百感交集。

"朕想着过些时日，等长英再长大些，朕就给你再抬一抬位分。"皇上说完，下意识地看了看我的反应。

"皇上，臣妾得蒙圣宠已是天大的福分，不敢再奢求什么，位分乃身外之物，臣妾并不十分在意。"入宫多年，我当然知道他想听什么。

"宁儿真是越来越让朕心疼。"果然皇上的笑意更深了些。

皇上轻轻俯下身子，吻了吻我的额头："朕去上朝了，宁儿再睡会儿，朕回头来看你。"我点了点头，看着他从帐中钻出。

秋风渐起，御花园里一片金澄，长英是难得好哄的孩子，只是服药之事压在我的心口，让我终日担心不已。

拾音殿里，蓉儿深知我的喜好，正仔细为我梳妆，小心说着话："娘娘，今日摘星楼可热闹了，大军班师回朝，皇上龙心大悦。"

"他们浴血奋战，赏他们是应该，听说这次秦将军立了头功，嬷儿可要高兴坏了。"我淡笑着接过鹅黄色披肩。蓉儿扶着我起身，缓缓走向回廊深处。

美酒佳肴，佳人成列。人群中，嬷儿一改平日装束，红装素裹，英气逼人，她的身边站着一位持重稳健的将军，腰间配着一把三尺长的青锋剑，正和她亲昵地说着话。

御前佩剑，我暗想此人在皇上心中的地位可不低。

犒赏全军的大宴，皇后都不得不拖着病体，盛装赴会，嫡皇子长全到了能认人的年纪，看到我跌跌撞撞地跑了上来："宁娘娘抱抱。"

我笑着一把举起他："全儿又重了些，宁娘娘都快抱不动了。"

长全转过肉嘟嘟的脸庞，嘻嘻亲了我一口："全儿喜欢宁娘娘。"

小皇子正在我身上翻腾，不远处一个银铃般的女声悠悠道："这不是宁妹妹和嫡皇子吗？"

淑妃的声音让我瞬间打起了精神，我忙下礼道："臣妾见过淑妃娘娘，淑妃娘娘万福金安。"

全儿杵了会儿，把头钻进了我的怀里，我忙道："全儿还不给淑娘娘请安。"

"全儿见过淑娘娘。"皇子小心翼翼道。

"乖，"淑妃的芊芊玉手摸了摸长全的头，指了指不远处的大皇子，"全儿去和大皇兄玩好吗？"

全儿看了眼他的大皇兄，显然有了些兴趣，便不再缠着我抱他，闹着要下地去找皇兄，我突然有一种一闪而过的念头，却好似不祥之兆。

文武百官依次入座，丝竹管弦的弹奏声中，舞姬们翩翩起舞，举袖为云。一大群太监的簇拥下，当今皇帝的脸上难得带着浅笑，身后跟着一个我再熟悉不过的身影，只是他的身子更消瘦了，本来英俊的脸上，一条从眼角到颧骨的刀疤触目惊心。韩放，你终究还是回来了。韩放的眼光显得更为坚定凌厉，一一扫过众人，却未曾在我的身上有片刻的停留。

蓉儿悄声走到我的身后，附耳道："娘娘，奴婢刚得到消息。今日早朝，皇上亲封了秦宝善将军为封疆大吏，镇守北疆。至于韩……"蓉儿看了眼我，继续禀报，"韩放大人擢升为将军，韩将军本想继续待在北疆，可皇上坚持要韩将军留在身边。"

"坚持……"我喃喃自语。

"是，娘娘，要开宴了，奴婢还是扶娘娘入席吧。"蓉儿小声提醒。

夜宴散去，一切归于寂寥，我终于能在拾音殿松快下来。

"蓉儿，更衣就寝吧。"我命蓉儿来为我宽衣。

"娘娘，时辰尚早，要不再等等？"蓉儿有些不明就里。

"等什么，皇上吗？他最近都不会来了。"我冲着蓉儿微微笑了笑。

"娘娘怎么知道？"

"皇上终究是皇上。"说完我直起身子，推开窗棂，一丝冷风渗入，好似寒到了骨子里。

皇上一连翻了好几夜秦采女的牌子，随后将秦采女晋封为美人，更赐居承乾宫暖云阁。承乾宫可不是一般妃子可以居住之地，不仅是因为承乾宫离皇上住的体和殿最近，更是因为承乾宫是当年庆贵妃所住，多年来即使恩宠如淑妃都未曾赐居，所以虽只是个侧殿，也表示嬷儿的恩宠一时风头无二。

我扯了块蜀锦为长英做褂子，嫣儿抱着公主站在一旁，我时不时抬头逗逗公主。蓉儿走入殿内禀道："娘娘，秦美人来了。"

"姐姐，"嬷儿一贯的风风火火，"嬷儿来看姐姐了，姐姐在做小衣服啊。"

"嬷儿来姐姐身边坐，"我笑着示意蓉儿上茶，"妹妹如今是皇上眼里的红人。"

"姐姐真会打趣，"嬷儿的脸上有些羞红了，"姐姐不会怨我吧。"

"怎么会，"我温柔地拉起她的手，禀退左右道，"你们都下去吧。"

"皇上对你可好？"我小心问道。

"皇上，"嬷儿羞红的脸蛋更低了些，"皇上对妹妹挺温柔的。"

这句话让我有些五味杂陈，一时有些说不出话。

"对了，皇上有赐定情之物于妹妹吗？"我突然想到了什么。

"皇上，把暖云阁赐给了妾身。"嬷儿回道。

"还有其他的吗？"

"没，怎么了姐姐？"

"哦，没什么，妹妹如今得宠，当早日为皇上诞育龙嗣为重。"我提醒嬷儿。

"是，嬷儿明白。"嬷儿笑得天真无邪。

"对了，蓉儿，去把水晶杏脯拿来，秦美人爱吃。"我大声唤蓉儿。

"不用了，姐姐，皇上传了妾身戌时去体和殿用茶，妹妹要先告辞了。"嬷儿忙起身相谢。

"那我就不留妹妹了，你快些去吧，免得皇上挂心。"我站起身来，送她走到殿外。

蓉儿扶我回殿躺在软榻上，换了新茶和点心，走到我身后为我揉起了肩："娘娘，今日似有心事，奴婢命御膳房上些甜羹吧。"

"不必了，时辰不早了。"

"娘娘，恕奴婢多嘴，娘娘是否为秦小主的事不悦？"蓉儿好像下定了决心似的问。

我望着蓉儿，怔了怔："蓉儿，这里没有旁人。本宫之事，蓉儿你心里是最明白的，且不说如风是他假本宫之手毒死的，就是不提如风，敏慧丽妃的下场本宫又怎会忘怀。放心，他虽是长英的父皇，本宫也不会对他动情的。"

"娘娘，奴婢失言了。"蓉儿顿了顿首，继续揉起我的肩，她的脸色却依然满布疑虑。

我苦笑一声，将蓉儿拉到跟前："蓉儿，后宫中有得宠之人就有失宠之人。如果能够选，本宫宁可是嫚儿。她为人善良，没有心计，本宫相信皇上也正是喜欢她这一点。更重要的是，皇上有多在乎秦将军，将来就会有多宠爱嫚儿，嫚儿的福气还长着呢。"

"只是……"我皱了皱眉，不自觉地摆弄起手上通透的绿翠："得步摇者得圣心，嫚儿真正想要的却未必能得到呀。"

秦将军在京城休息了一段时间便返回了北疆，韩放将军被擢升为禁卫军左都统，官位虽略在淑妃兄长吉荣之下，但皇上分权之心人皆懂之。

体和殿内，皇上正摇着拨浪鼓哄着长英玩，脸上难得的轻松闲适，时不时转头和我说上几句："宁儿，长英可真是朕的福星，如今那些烦心的事儿都理出了些头绪。"

我笑着回道："那都是皇上英明，长英只是个孩子。"

"哈哈，宁儿，朕觉得公主和你长得越来越像了，"皇上说着将长英凑近了我一些，笑意也更深了，"对了，朕最近多宠了些秦美人，宁儿不会吃醋了吧。"

"皇上，"我忙回道，"臣妾视嫚儿为亲妹，怎么会吃自家妹妹的醋，再说嫚儿是功臣之妹，理应厚待。"

"是吗，那朕就放心了。"话虽这么说，但皇上的脸色有些怅然若失。

我总以为这样平静的日子能过上一段时间。几日后前朝就出了一件大事，当今右丞相沈城的弹劾表呈上了皇上的御案，直指淑妃娘家吉氏家族结党营私，买官卖官，朝野一片哗然。

淑妃本是皇上宠妃，皇长子的生母，地位无可撼动。但这沈城的身份也丝毫不低一分，不仅是帝师出身，满朝清流的领袖，更重要的是，沈丞相当年是齐太后一手提拔起来的亲信。

丞相弹劾并非空穴来风。淑妃当日便披发铺席长跪在紫宸殿外，皇上左右为难，连清修的太后都亲自出马，要皇上秉公办理。

坤宁宫中，我正陪皇后说着话，长全看着嫚儿抱着的长英，很是喜欢，嘻嘻闹闹的，皇后索性让宫人们把两个小主子都抱到廊下玩去了。

"娘娘，臣妾看娘娘今日气色大好，想是这病也快好了。"我笑着说道。

"这病时好时坏的，本宫一起身就头昏乏力，太医们怎么都断不了根，本宫也没啥想头了。现下淑妃还跪在紫宸殿外，本宫的心更烦了。"

"娘娘，淑妃一党本有此报，只是时间早晚，娘娘要多宽心养病。"

"真有此报倒好了，这事早查出了眉目，皇上迟迟不决，拖得越久就越会大事化小。沈丞相查了多年，才查到些实的，如今看来扳倒淑妃，皇上这一关便难如登天。"皇后有些愤恨。

"本宫不怕旁的，只是万一本宫沉疴难愈，大限已到，全儿怎么办，他还那么小。齐家又会如何，云羡还远不成器。"皇后越发说得有些激动了。

我忙劝道："娘娘是凤体凰命，自然福寿安康。这等小病很快就能痊愈，娘娘莫要说这些丧气话，臣妾听了心里难受。"

皇后正要说话，外头太监报道："皇上驾到。"我忙起身相迎。

皇上的脸色阴沉了许多，显然这几日休息得并不好。

皇上坐在皇后的榻前，皇后本想起身行礼，被皇上止住："皇后莫要起身，身子不好要多休息，朕公务繁忙少来看你，对你是疏忽了，你莫要怪朕。"

皇后笑得很深："皇上是天下人的皇上，臣妾怎么敢独享。皇上的脸色也不太好，一会儿臣妾让宜霏炖些燕窝，皇上多少用些。"

"好，朕今日就好好陪皇后。"皇上拉起皇后的手说。见此情景我忙道："禀皇上，臣妾宫里还有些事，望先行告退。"

"宁儿莫走，朕也有事想问问皇后，你不妨留下听听。"皇上摆手让我坐下。

我下意识地看了眼皇后，见她也冲我点头，我只得硬着头皮坐了下来。

"沈丞相弹劾吉家之事，皇后想必已有耳闻，"皇上说着凑皇后更近了些，"朕着人去查了此事，吉家虽有些结党营私之事，但比之吉家的贡献，也算功过相抵。但罚总是要的，只是淑妃是后宫的人，朕觉得还是由皇后出面处理为宜。"

皇后的手微微抖了抖，脸上的笑却丝毫没散："不知吉家之事，淑妃可有参与？"

"据朕所知，淑妃并不知情，是淑妃兄长吉荣所为。"

"既然淑妃并未参与，只是其家兄利用她的地位作乱，臣妾觉得就大事化小吧，再怎么说，淑妃是皇长子的生母，与社稷有功。"皇后一脸平静地说。

"咳咳，只是现下淑妃协理后宫怕是不适合，皇上当小惩大诫。"皇后话锋一转。

"这话有理，那就先夺了她协理之权，其他的还是皇后处理吧，"皇上说着起了身，"朕还有政务处理，皇后要多休息，朕改日再来看你，宁儿你多陪着点儿皇后，朕也好放心。"

"是，皇上。"我回道。

皇上说完便匆匆离开，内殿里只剩下我和皇后，中宫主子的脸更苍白了。突然皇后开始猛咳起来，我忙上前扶着她，一口血咳了出来，染红了褥子上绣着的金线凤凰。

我转头想唤人，被皇后止住："清浅，得步摇者得圣心，果真如是。哈哈，这步摇大概比整个坤宁宫都金贵，哈哈哈。"

皇后的脸笑着却流下了一滴眼泪，入宫多年，我第一次见到中宫流泪，一时不知如何宽慰。

"皇上是舍不下淑妃，吉家最多丢几个官。皇上心思细，他怕在太后那儿不好交代，让本宫这个侄女来出面，太后也就不好说什么了。"皇后一字一顿道。

"皇后娘娘先安心养好身子吧。"我有些不忍。

"让本宫再想想，天大的事都会有个了结。"皇后已经恢复了国母的平静端庄。

我们两人一时相对无言，廊下皇子、公主和一众宫人的笑声一阵阵飘入内殿，格外刺耳。

蓉儿扶着我走出坤宁宫，我抬头看了眼满是阴霾的天空，轻叹了句："得步摇者得圣心。"

"娘娘说什么？"蓉儿不明就里。

"没什么，走吧。"我正打算离开，宜霏走出宫来，手里提着个精美食盒，见我

还没走远，忙下礼道："宁嫔娘娘万安。"

"平身，快些去吧，这燕窝凉了药性就不佳了。"我笑道。

宜霏愣了一下，随即恢复了微笑："是，奴婢先行告退。"

不出几日，皇上下令罢了以吉荣为首的几个吉家男子的官位，吉荣之位由左都统韩放接任。同时，一道懿旨晓谕后宫，淑妃任兄为恶，暂夺协理后宫之权，在永寿宫里思过，并罚俸半年。

后宫里从不缺人精，淑妃虽然被罚，吉家也元气大伤，但宫人都明白淑妃在皇上心里的地位。只是，皇上的行事又岂是人人能算到的。淑妃被罚不过半旬，皇上便下旨晋封了好几个妃嫔。

明黄的圣旨传到拾音殿时，我一点都不知情。

"恭喜娘娘封为宁贵嫔。""恭喜娘娘。"宫人们喜笑颜开，奴凭主贵。

"公公，皇上就封了本宫一人？"我回过神，问传旨太监。

"禀娘娘，尚阳宫静贵嫔娘娘封为贤妃，赐协理后宫之权。福嫔娘娘晋为福贵嫔娘娘，僖嫔娘娘晋为僖贵嫔娘娘。"

"多谢公公，蓉儿。"我使了个眼色给蓉儿打赏，传旨太监果然乐呵呵地退了出去。

我屏退了左右宫人，命蓉儿为我沏了新茶，一个人陷入了沉思。不知过了多久，蓉儿小心入内，走到跟前："娘娘，嬷嬷问今日是否要抱公主来？"

我摆了摆手道："不必了，今日本宫有些乏了。"

"娘娘，恕奴婢大胆，今日是娘娘晋封的大好日子，娘娘为何不大高兴？"

"蓉儿，去关上门，你是自家妹妹，本宫对你向来直言，"我又叹了一口气，"皇上今日封本宫，那是拜淑妃所赐。看来，吉家那些事淑妃没少参与，皇上终究要保自己的女人，这一点倒是和吴王有几分像。"

"不过，虽不重罚，但重赏了别人，未尝不是一种罚呀，蓉儿，宫中有四妃，贤淑宸丽，这贤妃可排在淑妃之前，而僖嫔是淑妃宫的宫女出身，又时时伴在淑妃身边，如今却也只差了她一个位阶，淑妃心里能好受吗？"我抬起头看着蓉儿。

"皇上这招也太……"蓉儿刚想出口。

"皇上的心思又岂是妃嫔们能算计到的,至于本宫和福贵嫔,多半是产下了皇女,皇上不想落下厚此薄彼的口实,才一并晋封的。"

"吉家经此一事,元气大伤,皇后和淑妃也算彻底撕破脸了,只是淑妃向来城府深,这次没有扳倒她,往后之事便不太好说了呀。"我说出心中的忧虑。

"娘娘。"嫣儿突然在外殿喊了一声。

"进来。"我正了正身子。

"娘娘,体和殿的太监来报,今晚皇上翻了娘娘的牌子,请娘娘入殿侍寝。"嫣儿小心禀道。

热腾腾的水汽中,蓉儿伺候我轻解罗衫,躺在这满是花瓣的桶子里,我难得松了些精神。

"蓉儿,今日怎么换了花样?"我迷迷糊糊地问她。

蓉儿调皮地笑笑:"奴婢知娘娘素爱边地玫瑰,只是如今正是桂花满天、香气袭人的时节,奴婢就斗胆为娘娘换了味道,娘娘是否不喜?"

"蓉儿安排,本宫向来喜欢,再说这花香之事本宫并不十分讲究。"我转了个身,任她为我擦洗。

"娘娘,您更瘦了,奴婢真是心疼。"蓉儿叹了声。

"傻蓉儿,"我摸了摸她的青丝,"本宫的命是捡回来的,多活一日赚一日,无谓掉几两肉。"

掌灯月上,我在体和殿里正襟危坐,太监来报皇上今日政务繁忙,要晚些回来。我看着这方无数宠妃躺过的地方有些发愣,如今绝代佳人们又都在哪儿?即使尊荣如太后、皇后,又谈得上有多少幸福?

深宫,无尽的哀怨与孤独,注定要葬送所有的女子,为何还要争得你死我活。不远处,一个飘来的声音打断了我的思绪:"皇上驾到。"

我理了理装饰，忙起身接驾。

"宁儿等了许久了，没等恼了吧。"皇上一扫前两日的阴霾，心情似乎好了许多。

"臣妾怎么敢恼皇上。"我小心回着。

"朕当日送宁儿的手镯，宁儿倒是天天戴着。"皇上的手轻柔地划过翡翠料子。

"皇上所赐的，臣妾自是爱不释手。"我刚说完，皇上笑得更开了，从袖子里抽出了一个华美的盒子："既然这样，朕再赏一物，就当是贺宁儿晋了贵嫔。"

"是什么呀，皇上？"

"头钗，"皇上拉我坐下，"宁儿打开看看是否喜爱？"

那一刻，仿佛是一滴清泉滴入了死潭，一阵一阵的涟漪化开了。我对眼前这个男子忍不住动了下心，不同于当年对如风的一腔热血，这回是众里寻他千百回，他却在屏风底下坦然微笑。

可他是杀如风的人，我的心一时五味杂陈，说不出的滋味盘踞在一起。我几乎能肯定这锦盒中为何物，"得步摇者得圣心"这句话萦绕在耳边。

"宁儿，"皇上唤了声有些发愣的我，"不看看吗？"

"是，臣妾领旨。"我回过神，在他热烈的注视下，控制着已经颤抖的手，小心翼翼地打开盒子。

明黄色布下罩着的是一支用极透的昆仑白玉打造的和合二仙，并不是那足以让整个后宫侧目的金步摇。

我显然吃了一惊，眼前的男子是何等仔细厉害的人物，一眼看出了我的神情不对："宁儿，这是怎么了，不喜欢吗？朕可以让尚宫局按你喜欢的样子再打一支。"

"不，不，臣妾是喜欢极了，一时有些失态了，"我忙掩饰自己的迷惑，"和合二仙意为皇上和臣妾恩爱白首，臣妾怎会不喜欢。"

"那就好，"皇上喜笑颜开地为我插上了头钗，"对了，近来贤妃学着些协理后宫之事，说是有些力不从心。皇后病了多时，也不好操劳，不如宁儿也跟着学些，好帮衬着点儿。"

"臣妾向来愚笨，皇上就当是爱惜臣妾，别让臣妾去献这个丑了。"我决绝地回掉了皇上的念头，并不愿陷入宫中纠葛。

皇上也不生气，拍了拍我的肩道："朕就是问问，宁儿不愿就算了，时辰也不早了，早些歇息吧。"

那日之后的事我也记不真切了，只有这和合二仙始终在我发鬓间摇曳，当真是猜不透皇上的心思。就这样，日子转眼到了成德二十一年的新春。皇上在前朝总是有忙不完的事，偶尔会来看我，就像偶尔会去看其他妃嫔一样，并不厚待哪位妃嫔。

我也偶尔会在后宫某处看到韩都统，只是他连个笑都不愿给我，每次远远见到我，就绕道走了。情之为物，当真是你欠着我的，我欠着他的，到头来也就两个字，罢了。

不知哪一日，我在太液池边遇上裴大人，她本是清冷之人，却饶有兴趣地看了好一会儿我鬓上的那支和合二仙。直到元宵节那日，也就是个平常家宴，皇上重臣喝着酒，妃子宫人看着趣，秦美人虽得了圣宠，但尚无所出，遂抱着长英不放手。我本有些倦意，但场面上的事多少要撑着些。

一杯暖酒下肚，看到何德匆匆走到皇上身边耳语了一番，皇上极自然地扫了我一眼，眼神却冷峻犀利，随即又恢复了惯常的平静自持。

我却下意识感觉要出事，而且绝非善事，皇上从没有这么看过我，是怎样的事让他如此冷冽？我细细想了想，并没做错过什么，一股浓重的忧愁涌上我的心头，我转头看了眼长英，她正在嬷儿的怀里天真地笑着。

第二日天微亮，皇上便宣我到紫宸殿。

"蓉儿，"我看着正在为我小心梳妆的她道，"本宫有不祥之感，皇上昨夜有些反常。"

"娘娘多虑了吧，奴婢没觉得皇上有何不对。"蓉儿边说边仔细编着她最擅长的发髻。

"本宫总觉得有些异样，但愿是本宫多虑了，"我深深叹了口气，"今日让嬷儿早些去抱长英来，本宫有些想她。"

"是，娘娘。"蓉儿领命。

第十二回　寂寞空庭春欲晚

天子在龙椅上正襟危坐，面无表情地看着款款步入正殿的我。除了何德，没有其他宫人，我在冰冷的正殿上下礼道："臣妾林清浅给皇上请安，皇上万福金安。"

皇上并没有让我起身的意思，任我跪着，沉默许久，没有开口说一句话。

虽是隆冬，我额上的汗却一滴滴冒了出来。

"朕让你杀了吴王，你可有怨朕？"皇上突然开了金口。

"怨，"我用最后的清醒拼命强压下喉咙中的那个字，看着他的脸违心道，"吴王是在充军途中暴毙的，乃是天意，臣妾何来有怨？"

"是吗？"皇上突然冷笑了一声，"昨日掖庭局犯妇陈敏柔，也就是昔日的吴王妃，告发你和吴王有私情，是私情。"

"臣妾冤枉。皇上，吴王那杯送行酒可是臣妾亲自去送的，皇上难道宁可相信一个犯妇，也不相信您的枕边人？"

"可是，陈氏桩桩件件都说得清楚明白，特别是吴王因思慕你还亲自画了你的像，挂在密室里。"皇上语调里终究有点激动。

"皇上，若真有此画，那日抄吴王府时早发现了，何必等到今日来说。"我只有一个念头，保住自己、保住身边的人。

"陈氏道抄家那日，吴王想的第一件事就是烧了这幅画。"皇上又冷笑一声。

"皇上，臣妾与吴王的确只有点头之交，并无私情，求皇上明鉴。"我把头埋得更低了。

"也罢，朕也不想冤了你，从今日起宁贵嫔在拾音殿养病，非朕的旨意不得出殿。朕自会着人细查此事。"皇上冷峻地对我摆了摆手，我终于俯倒在地，深知大势已去了。

房檐上一排排棱子缓缓淌着水，月亮苍白冰冷地悬在天边，这月宫里是否真有碧海青天夜夜心的嫦娥仙子？我真想变成一阵清风，飞离这幽深无望的心牢，去山水间，去天地间。

"娘娘，"蓉儿为我闭了窗户，"天寒地冻的，窗口久站容易着凉。"

"多少日了？"我有些呆滞地问道。

"快二十日了，娘娘，"蓉儿说得轻极了，怕让我伤心，"娘娘不如早些歇息吧，奴婢为娘娘暖床去。"

幽禁期间，掖庭局除了最基本的吃食，其他用度基本都停了，不是奴才们胆子大，自然有人在背后指使。没有炭火，蓉儿只好夜夜为我暖床，今日亦不例外。

"不必了，本宫不困。蓉儿，这殿里还有哪些宫人能使唤？"

"除了我，也就嫣儿，还有大丰小丰两兄弟。"蓉儿仔细看了我的脸色。

"也好，让本宫看看，哪些人是真心，哪些人是假意。"

我又道："本宫有些饿了，还有什么能吃的？"

"只剩一些面粉，能起个锅，做个糊糊面。"蓉儿回禀道。

"本宫很久没有吃过糊糊面了，你让嫣儿去煮吧，放些大红，再把他们几个奴才都叫进来。本宫今日兴致高，请大家一起用食。"我出乎意料的平静。

蓉儿知道我近几日用膳极少，今日竟主动用膳，自然高兴："娘娘等着，奴婢这就去安排。"

几个宫人跪在地下，怎么都不敢和我同桌用膳。

我只得开口："本宫自入拾音殿以来，也未曾厚待过你们。难得你们在本宫最落魄的时候，还能真心待本宫，本宫心里感激。只是今时今日，本宫也就剩这些东西，本宫自知这　劫是绝避不了，到时候你们去各个宫所，必是要受本宫的牵连，日子不会好过。本宫库里还有些赏玩之物，你们喜欢就尽管拿，本宫是用不上了，也省得搜宫时便宜了外人。"

"娘娘，奴婢是娘娘从坤宁宫里带出来的，娘娘对奴婢还有大恩，奴婢不愿离开娘娘。"蓉儿流着眼泪，勉强说了句全话。

"娘娘，奴婢从小就被人嫌脑笨手粗，得娘娘提拔做了随侍宫女，奴婢也誓死效忠娘娘。"嫣儿跟着哭道。

"奴才们也誓死跟着娘娘，娘娘对下人的好，我兄弟二人铭记。"大丰小丰两个小太监也不甘人后，表着忠心。

"好，就凭你们这几句，本宫这面你们就一定要同用。若本宫避不了此劫，他日清明冬至，你们在心里放一放本宫，本宫也就值了。"说完我拿起碗大口吃了起来。

待宫人们退却，我一个人躺在芙蓉帐下，这床大得我的心都空落落了，蓉儿悄无声息地走了过来，欲言又止。

"有事吗，蓉儿，今日可不是你守夜。"我问道。

"娘娘，奴婢大不敬。"蓉儿突然跪倒在地，行起了大礼，哆哆嗦嗦地从袖子里抽什么。合欢玉牌，光线虽暗，我一眼便能认出来。故人贴身之物，我的心怎么能不一阵阵剧烈地抽痛起来。

"娘娘，奴婢明白娘娘与吴王的情谊深厚，只是此物留不得了，皇上随时会下令搜宫的。"蓉儿轻声附耳道。

我接过玉牌，小心抚摸着，当日的情愫一点一滴涌上心头，怎一个痛字能解。"本宫怎会不知留这玉牌的后果，只是这是本宫与吴王最后的一点情谊，断不能再毁了啊。"我终于忍不住流下了眼泪。

蓉儿见状，忙来为我擦泪："娘娘，您不为自己想，也要为公主打算。"

听到公主，我心里更难受了，我已多日见不到公主。我顿了顿道："天下哪个母亲不爱自己的孩子，只是吴王的命断在本宫手上，本宫本就有负于他，本宫心意已决，宁可舍命不舍玉牌，蓉儿不必再劝。"

"那奴婢找个地先埋了吧，好歹能躲一时就一时。"蓉儿知道劝我不住，想起法子来。

"藏与不藏都不重要，皇上那儿这几日便会有结果，本宫可能命不久矣，你可要好好照顾公主。"说这话的时候，我已平静得没有一点起伏。

第二日掌灯时分，我没等来皇上的谕旨，却来了位不速之客。"妹妹，姐姐来看你了，"僖贵嫔假笑盈盈地走了进来，"怎么妹妹连炭火也不生，缺什么要和姐姐说。"

"是僖姐姐，姐姐可极少来我这拾音殿，蓉儿，上茶，"我向蓉儿点了下头，又转向僖贵嫔，"只是妹妹殿里没茶叶了，只能委屈姐姐喝些白水。"

"不妨，不妨，姐姐来是有些事说与妹妹。"说着僖贵嫔看了看左右。

我会意道："你们都先下去吧。"

"皇上明日便会传召你，妹妹可想好怎么应答？"僖贵嫔单刀直入。

"能怎么说，有就是有，没有就是没有。"

"妹妹，依姐姐的愚见，妹妹还是认了吧。免得皇上查出来，妹妹的日子更难过。"僖贵嫔温柔劝道。

"姐姐，没有的事，你让妹妹我怎么认。"

"妹妹真是固执，只怕育嗣宫里长英公主突染恶疾，妹妹可要为公主着想。"

"僖贵嫔，你居然拿公主来要挟本宫，你也为人母，怎可如此恶毒？"我听到长英有危险，再无法控制自己的情绪。

"恶毒，妹妹的话太刺耳了，妹妹面前就两条路，妹妹一定要想清楚。"僖贵嫔走到我身边，眺着斜眼，我顿感一阵发冷。

"愿闻其详？"我强忍激动。

"一是明日大殿认罪，皇上送妹妹上路，本宫保证淑妃娘娘一定会好好待公主，让她安然长大，再为她寻个好人家。当然，妹妹也可以不认，明天殿上皇上不仅查出

妹妹的事，公主不日也必将暴毙，即使妹妹有幸保住性命打入冷宫，公主之事妹妹也无力回天了。"僖贵嫔笑得更开了。

"真是滴水不漏，僖贵嫔娘娘不愧是淑妃娘娘的帐下军师，"我冷笑一声，"好，本宫知道该怎么做了。"

"那就好，天色也不早了，长琳这两天总闹腾着，本宫还要去育嗣宫看看，顺道也看看三公主，"僖贵嫔转身离开，又意味深长地道了句，"去看看宫人们有没有怠慢了三公主。"

长夜漫漫，我躺在芙蓉帐下默默流泪，明日这高床暖枕便不再属于我，是三尺白绫还是冷宫幽深，我都认了，为了长英，也为了能早日解脱。

龙椅上曾和我有肌肤之亲的男人面无表情，中宫皇后不得不拖着病体陪在一边，各宫的妃子小主也鸦雀无声地小心站着。我暗笑一声，好大的阵仗，不愧是公审后宫罪妇。

紫宸殿里阴风阵阵，让我脊背发冷，我等着李家的正主赐予我的宿命。

"宁贵嫔，朕已经派人去查了此事。朕再问你最后一次，是否真有此事？"皇上终于开了金口。

我抬头看了他一眼，也好，早些解脱吧，哪怕为了我唯一的孩子长英。

"禀皇上，臣妾，臣妾……"我下定了决心。

"贤妃娘娘驾到。"殿外太监大声禀道，打断了我。

贤妃抱着长英走了进来，给皇上下礼："臣妾见过皇上，皇上万福金安。"

"贤妃，你怎么把公主抱来了？"皇上的脸上闪过一丝不悦。

"禀皇上，臣妾听闻公主几日没见母嫔，有些病了，便去看了看。皇上你看公主哭了几日，都瘦了好多，臣妾这才自作主张把公主抱来了。"贤妃波澜不惊地回道。

"既然来了，让朕抱抱。"皇上看到公主，气消了不少。

贤妃走上前去，把公主交给皇上时，似有若无地看了我一眼。

"长英，朕的小公主，小福星，让朕好好看看。"皇上在长英面前自然流露出了父亲的关爱，虽然只是一瞬，转而又一脸肃然地看着我："宁贵嫔，朕在问你话。"

我复看了眼皇后和贤妃道："禀皇上，臣妾乃奸人诬陷，臣妾是无辜的。"

皇上听完眉头紧了紧，顿了好一会儿，缓缓道："起来吧。"

"前几日掖庭罪妇揭发宁贵嫔和谋反之臣有私情，后宫中一时谣言四起。现下，朕当着众人的面问了贵嫔，也派人查了此事，结果自是子虚乌有。从今日起谁都不许再谈此事，违者朕绝不姑息。至于诬告之人，宁贵嫔这次蒙了大冤，此人就交给你来处理吧。皇后，朕这样处理可妥？"皇上正色说道。

"皇上圣明。"皇后苍白的脸上露出了一丝微笑。

"宁贵嫔，到朕身边来吧。"皇上唤我上前，把长英送入我的怀中，长英温顺地冲我笑了一声，我的心终于落了地。

初春的夜晚，依然有丝丝的寒冷入骨，蓉儿扶着我走下轿辇，掖庭局的门外，首领太监领着一众宫女早就候着了。"奴才掖庭局首领太监萧奇携掖庭局上下向宁贵嫔娘娘请安，娘娘千岁千岁千千岁。"首领太监带着众人行了大礼。

"起来吧，"我挥手示意笑道，"大家不必太过拘谨，本宫也是掖庭局出身，这可是本宫的娘家。"

"娘娘这么说可折煞奴才们了，娘娘何其高贵，奴才们是万万不能相比的。"萧奇讪讪回道。

"好了，你们都退下吧，萧公公陪着就行了。"我示意宫人们都退下，萧奇领旨陪在跟前。

蓉儿推开一间还算干净整洁的房门，陈氏坐在床边，哄着李懋入睡，看到我一脸不屑。

蓉儿厉声道："大胆，见到宁贵嫔娘娘，还不下跪。"

"嘘，你没看到世子刚睡着，大胆的奴婢。"陈氏平静回道。

蓉儿还想说什么，被我制住："来人，把懋儿抱出去。"

萧奇使了个眼色，两个小太监忙走上前去抱李懋。

"大胆，你们这些狗奴才，本宫让王爷斩了你们！"陈氏用手拼命抱着李懋，拉扯之间弄醒了李懋，李懋大哭了起来："母妃，母妃……"

"懋儿，你莫哭，你要记住，就是这个女人害死了你的父王，今日她也要害死你的母妃，你一定要记住这个女人，为母妃报仇！"陈氏疯狂地叫嚷着。

我强压着怒火，又看了一眼萧奇，萧奇见还在僵持不下，就亲自走上前去，终于把李懋抱了过来。

"好了，你们都出去吧，这里蓉儿留下伺候就可以了。"

"娘娘，这恐怕……万一陈氏伤了娘娘。"萧奇有些犹豫。

"没关系，她若敢伤本宫分毫，你们会怎么对待她儿子，她心里清楚，你们在门外小心候着便是。"

"是。"一众人等这才退身离开。

蓉儿扶着我坐在桌边，我看着瘫坐在地上的陈氏开了口："敏柔，别总坐在地上，会着凉的，快起来吧。"

陈氏冷冷看了我一眼，狠狠吐了句："虚情假意。"

"哈哈哈，"我大笑了一声，"虚情假意，论这个本事，本宫远远不如你。"

陈氏听了这句，拍了拍身上的灰尘，终于站了起来，走到我的跟前坐了下来。

"大胆，一个奴婢居然敢和娘娘平起平坐。"蓉儿想将她拉扯开。

"不必了，蓉儿，"我平静地看着陈氏，"无论过去如何，本宫毕竟和敏柔一同长大，敏柔若想同坐，本宫自然应允，而且，这大概也是我俩最后一次见面了。"

"贱人，你有什么就直说吧。"陈氏嘴硬极了。

我未作声，蓉儿已忍不住上去给了她一记耳光。陈氏的脸涨得通红，一副要扑上来的样子。

"唉，"我看着她叹了一口气，"为什么到了最后，你都一点儿不知悔改。当年，你与本宫一同长大，就半点情谊都不存了？你顶了本宫的名位进了内侍监，也因此亲近了王爷，而本宫多年来却不得不在御膳房里烧火，好，这不提也罢。当年你也是偷了本宫写的建言书才得到王爷的倾心，当上王妃享尽富贵，可你又冤枉本宫戕害你的孩儿，致使本宫被贬入恶气房，九死一生。种种往事，都是你对不起本宫，你为何还不放过本宫？"

"你，一个贱人，凭什么和本宫相提并论，本宫只是利用你罢了。你这么卑贱，王爷居然会对你动心，真是让本宫恶心。"陈氏依然端着王妃的架子。

"本宫可以放过你一次又一次，但是你杀了常瑛，她就要出宫了，本宫没法再原谅你，"我说着悲从中来，"就是在这掖庭局，你也丝毫不知安分，本宫不知道僖贵嫔答应了你什么好处，但是你那么聪明，与虎谋皮又能有什么好下场？"

陈氏不再说话，恶狠狠地看着我。

我沉默了一会儿，站了起来，平静地说："敏柔，你知道吗，入宫十年，能让本宫真正起了杀心的，你还是第一个，说到底还是你有本事啊。"

"你想干什么？"陈氏顿时紧张了。

"你放心，王爷临走时，本宫答应他会善待你们，所以本宫不会杀你。懋儿还小，本宫会择掖庭局德高望重的宫人好好教养。至于你，就回到你该去的地方吧。希望以后的时日，你能好自为之。蓉儿，我们走。"

走出陈氏的房间，李懋正哭闹着，看到我就更激动了，太监们拉着他，不让他冲上来。

"萧公公何在？"我唤了一声。

萧奇小心上前伺候，我使了个眼色，萧奇忙引着我走到角落。

我小心吩咐道："李懋未及幼学，尚未到充军之岁。他父亲是谋逆之臣，但他毕竟是李氏之后，你找个德高望重的嬷嬷来好好教导吧。至于陈氏嘛，本宫听说恶气房最近又有宫娥暴毙，缺人手。萧公公知道怎么处理了吗？"

"是，奴才明白。"萧奇低头应旨。

"萧公公办事，本宫自然放心。蓉儿，我们走吧。"我示意蓉儿扶着我离开。

廊外寒风阵阵吹入，我坐在窗边发着愣。

蓉儿为我整理好被褥，小心问道："娘娘，时候不早了，不如早些歇息吧。"

"蓉儿，本宫不困，就是心里有些悲凉。"我转头对她说道。

蓉儿忙拿起一件流苏纱为我披上："娘娘小心着凉。恕奴婢直言，娘娘是为陈氏的事难过吧，她可是干尽了坏事。"

我摇了摇头，叹了一口气："不是，本宫悲凉的是，她是第一个，但绝不会是最后一个。"

蓉儿听了脸色变了变，默默退身出殿，好一会儿，为我端上一盘小点，是去年秋天藏的蜜桂花做的桂花糕。蓉儿知道那是我最喜爱的小点，每次吃到它，我心情都会好些。

春意渐浓，百花复艳，这两日，后宫里一派熙熙攘攘，又到一年宫女离宫之期了。只是，成德二十一年的春对我有些不同，如果没有过去种种，我也年期已满，是时候出宫了。

我站在顺意门边，静静看着宫女们整理好细软热热闹闹地离开。我何尝不想离开，但是此生再无机会。

蓉儿想劝我回去，我止住她道："让本宫再看看吧。"

"娘娘再看心里更难受，奴婢还是扶您回去吧。"蓉儿有些呜咽。

"对了，蓉儿，明日你出宫一趟，带几句本宫的口谕给紫烟。"我转头附耳道，蓉儿点点头不再说话。

回到拾音殿，已是用膳之时。嫣儿在门外候我，禀道："娘娘，贤妃娘娘来了好一会了，正在内殿坐着。"

"是吗，快进去吧。"我快步入内。

贤妃正仔细端详着那尊送子观音。"臣妾见过贤妃娘娘，娘娘万福金安。"我忙下礼道。

"快起，"贤妃示意侍婢扶起我，"妹妹不怪姐姐来得唐突吧。"

"怎会,妹妹只怕请不来姐姐。"我请贤妃坐下,示意嫣儿去端热茶和小点。

"你们都下去吧,本宫和妹妹聊些家常。"贤妃小心屏退左右,我也点点头,一众宫人便退身离去。

"姐姐,妹妹谢姐姐救了妹妹和公主之命。"我说着又想下礼,被贤妃止住。

"妹妹蒙不白之冤,本宫怎能置之不理,公主更是无辜,"贤妃一脸愤恨,"那些小人真是越发嚣张了。"

"不过,公主之事,妹妹当真谢错了本宫,本宫也是被人指点,方才救了公主一命。"贤妃话锋一转,微笑说道。

"有人指点,不知……"我刚想追问。

贤妃便摆了摆手:"妹妹莫问,那人不愿透露名号,亦不想卷入是非,也是一位玲珑剔透的女子啊。况且本宫瞧着皇上无论如何也是想护着妹妹的,只是事情出了,也不好不做出些样子来。"

我摇摇头道:"只怕皇上心上记下了,臣妾百口莫辩。"

"妹妹也无谓多想,先解了眼下之困最重要。对了,今日本宫还有一事,今届采女大挑在即,前届乃是淑妃主理,本宫毫无头绪,实在是无从下手,想请妹妹来帮帮本宫,不知妹妹可愿意?"贤妃挑明了来意。

我端起茶水抿了一口,想了想:"妹妹本不想管后宫之事,只是姐姐对妹妹和公主有大恩,妹妹自当报答。采女之事,姐姐只管吩咐就是。"

"妹妹见外了,本宫才要多谢妹妹,"贤妃终于笑了笑,"对了,这送子观音可真精美。"

"哦,此乃福贵嫔娘娘所赠。"我如实回道。

"甚好,妹妹要小心供着。"贤妃说着起身出殿。

"是,妹妹明白。"

"娘娘,当真要管采女大挑之事?"蓉儿小心抽去我的发饰,整理梳妆。

"不管也不行了，贤妃娘娘都开口了，本宫怎么拒绝，"我叹了口气，"又复一年采女入宫，时间真是快呀。"

"娘娘，奴婢有些担心。"蓉儿忧心忡忡。

"担心什么？"我轻笑了一声。"奴婢是怕，今届采女中万一有个像敏慧丽妃那般美貌的女子，皇上那……"蓉儿止了话端。

"哈哈，敏慧丽妃本不是个坏人，若真有这般天人之姿的女子，本宫倒乐得她去陪伴皇上。本宫只怕再多个像僖贵嫔这般心机极重的女子，本宫才更头疼呢。"

我说完转身拉住蓉儿的手，又道："皇上虽没查到实证，但是那次以后，你看皇上来过拾音殿吗？一次都没，皇上的心里是记下这个疙瘩了，哎，这才是死结呀。"我深深叹了一口气。

又复一月，各地的三十名采女便如期住进了钟粹宫，我仔细帮着贤妃忙前忙后。后宫主事可真不容易，忙里偷闲还去了一趟坤宁宫，我心里明白皇后娘娘就是再病着，对新入宫的采女还是十分在意的。

今届采女并无敏慧丽妃般惊为天人的人物，至多勉强有个大学士苏连海之女苏宛如，颇有大家闺秀之风，通诗文善音律，其他不过庸脂俗粉。

摘星楼里，莺莺燕燕，新入宫的秀女们正使出浑身解数博得皇上的一眼青睐，宫中各主却是一副"但见新人笑，哪闻旧人哭"的沉重，我有些食不知味地看着这个熟悉的场面。果然，只有秀女苏宛如的古筝《海棠春》让皇上勉强有些精神，其他不过是过场罢了，祥和融融的底子里却是又一场人人自危的开始。

"娘，娘。"长英这两日居然会说这一个字了，我高兴极了，宋太医的一番话更是宽慰我不少，既然长英这么早就能开口，说明当年药量适当，没有留下病根。我摇着小鼓，哄着长英多叫几声娘，外殿蓉儿却急急入内。

"娘娘。"蓉儿欲言又止。

"你们抱公主去院子里赏花去。"我会意屏退左右。

"娘娘，皇上昨夜翻了苏秀女的牌子。"蓉儿说出了我早料到的事。

我笑了笑道："此乃早晚之事，皇上向来喜欢清淡平和的女子，更何况她也算文臣之女。"

"娘娘，今日一早后宫就传开了，"蓉儿咽了咽嘴，看了眼我的脸色，终于继续道，"皇上赐了金步摇。"

"什么，"我的手下意识地抽动了下，"很好，得步摇者得圣心，皇上终于又找到了可心的女子。"

"娘娘，您没事吧。"蓉儿小心扶着我。

"没事，皇上此举无非是晓谕后庭下一个宠惯后宫的女子是谁，"我的脸色有些苍白道，"也罢，本宫当年承宠是为了报仇，如今吴王府都烟消云散了，本宫还得了长英这个可爱的公主相伴左右，值了。至于皇上以后宠爱多少女人，与本宫并不相干。"我看着蓉儿淡然道。

白日里，在人前我自可泰然处之，芙蓉帐下却最是辗转难眠，一滴泪静静滑落下来，他是公主的父皇，亦是我此生唯一的男人。

可是，那又能怎样，他害死了我的心上人，我也不得不终其一生困守红墙，而他却永不会只属于一个女人，他属于无数个风华绝代的女子，属于高高在上冰冷的皇权。如风的事他放在了心上，下半生我注定无宠，正如这注定又是一个不眠之夜，怎能不叹一声奈何。

未到荷花开尽，苏秀女已然一晋再晋，封为苏婕妤，其父升任首领大学士，但真正让后宫侧目的还是她鬓间摇曳的金步摇。

"娘娘，紫烟带人来了。"蓉儿轻唤了一声正在发呆的我。

"是吗，快传。"我理理了衣冠，正襟危坐着。

一年不见，紫烟更显成熟大方，她笑着下礼，身后跟着个略显佝偻的矮个男人。

这个男人，我多少有些认不出了，只见他跪着道："小人林奇器见过宁贵嫔娘娘，娘娘万福金安。"

这还是那个夏日里牵着我抓河鱼，冬日里替我暖被窝的人吗？我有些迟疑，复而

颤声道："平身吧，大哥。"

原来入宫两年后，家乡的一场瘟疫带走了爹娘和村里半数的人，哥哥不得不寄宿在潘员外家，受尽虐待，落下一身的病，这就是多年来始终没有家人来看望我的原因。

我屏退左右，终于能和大哥抱头痛哭。"大哥，如今妹妹多少有些恩宠，你就在京中买套大宅，好好安顿下来吧。"我拭去眼泪，恢复了理智。

"娘娘，这戏文里都唱皇宫到处杀机，可委屈娘娘了。"大哥担心道。

"一切都不能回头了，大哥莫担心了。听说大哥至今孑然，不如早些讨个娘子安顿下来吧。"

大哥有些紧张，背显得更伛偻了："是，娘娘，只是……"

"大哥，有话不妨直说。"

"娘娘，小人不才，心中喜欢紫烟姑娘，望娘娘说媒。"

"什么，"我哭笑不得，"紫烟是本宫故人之人，本宫说了可不算，这事除非紫烟姑娘自己愿意，否则大哥还是趁早打消了这念头。"

"其实，紫烟姑娘对小的也……望娘娘成全。"大哥的脸有些微微泛红。

第十三回　山雨欲来风满楼

"娘娘，林大爷和紫烟姑娘成亲的礼单送来了，奴婢已点算过了。"蓉儿笑吟吟地呈上礼单。

"本宫就不看了，这些事蓉儿你来打点就好，大哥这次能成亲，又娶上紫烟这样的好女子，真是我林家之福。"我揉了揉耳廓。

"娘娘。"嫣儿入内。

"怎么了？"我勉强撑起点儿精神。

"刚刚奴婢得到个消息，苏婕妤她有喜了。"嫣儿的声音比平时轻了许多，但足够让我听得明白。

春深殿里，拥满了各宫的主子，当然真正的主角是当今陛下和他的新宠苏婕妤。如今婕妤有喜，天子的脸上挂满了高兴。

我已有数月未蒙圣宠，乍见之下，觉得十分陌生，皇上小心扶着苏婕妤，那似曾相识的感觉多少让我起了些心酸，贤妃受托照顾苏婕妤，添丁之喜足够让这后宫又热闹一番。

皇上的眼神无意间穿过众人望到了我，我小心低下头，再抬首时，皇上的眼神已飘向了别处，并最终停留在了婕妤的肚子上。

得到一些东西，就注定要失去一些，这个道理我从来都该明白。

从春深殿出来，我示意蓉儿不必急着回去，先去御花园走走，我心里憋闷得慌。

"姐姐，姐姐。"嫚儿从远处小跑过来。

"你慢些，"我假意责怪道，"都是皇上的美人了，可别让奴婢们笑话。"

"是，姐姐，你这是去哪儿？"嫚儿问道。

"去御花园，荷花开得正是时候。"我笑着回道。

"那嫚儿也去，嫚儿最近无趣极了，暖云阁离体和殿是近些，可离其他妃嫔的宫殿就远了好多，还是以前的钟粹宫好，热闹。"嫚儿没心没肺地说。

"好了，这些话姐姐听了就罢，别的可别瞎说，谁不想离天子近些。"我示意她小声些。

"皇上已多日不来我这儿了，唉。"嫚儿长长地叹了一声，我突然发现她好像长大了些。

日子就这样不咸不淡地过了下去，拾音殿里再不复往日光景，幸好我还有长英相伴，否则漫长无望的日子真不知该怎么打发。

刚下完的暴雨驱散了暑热，我便坐在廊下听几个婢子在说各自家乡的趣事，正在兴头上，蓉儿托着果盘走近："娘娘，这是今年岭南送来的荔枝，奴婢刚冰的，娘娘用些。"

我望了眼道："往年不是进贡许多，分到各宫院的都不止这些，今年收成不好吗？"

"奴婢听掖庭局的小太监说，因为苏婕妤极爱荔枝，又有喜，所以今年各宫的都少了，专供着春深殿。"蓉儿的面色有些晦涩。

"哦，那没事了，你们继续说，本宫还没听完。"我转过头继续听着。

"娘娘，"嫣儿突然从外殿入内，大声禀道，"娘娘，体和殿的传旨太监来了。"

"体和殿，快传。"我下意识地站起身来，这个时辰来传旨，多半只有一个意思，皇上翻了我的绿头牌。

蓉儿的笑都快堆满脸庞了，她手脚麻利地为我梳妆，这打扮的功夫她也荒废了有些时候。复宠有望，我突然有些百感交集，如风，我因你而得宠，也因你而失宠，如今，我的心却不知不觉挤进了另一丝道不明的情愫。

体和殿里，我小心端坐着，不让衣服装束有一丝褶皱。算算时候，皇上也应从紫宸殿回来了，这路也不远，我却好似等了很久。终于一阵凌乱的脚步急急走近，我抬头望去，却不是他。

何德一脸的汗水，走到跟前禀道："娘娘，春深殿的宫女突然来禀，说苏婕妤饭后呕吐不止，皇上得去看看，不过皇上怕娘娘等急了，让奴才先来禀报，皇上说一会儿就过来。"

"知道了，婕妤的身子为大，本宫等会儿，不碍事。"

何德说完赶紧去伴驾了，我抬头望着满殿的明黄，突然心里有些憋闷。

晨曦从窗缝透了进来，我抬起沉重的眼皮，发觉自己竟趴在体和殿的桌子上睡了一夜，皇上果真没有回来。他是仍心有芥蒂，还是婕妤有意留他？我不知道，但我清楚明白的是，今日，我成了整个后宫最大的笑话，合宫津津乐道的可怜人。

拾音殿里，蓉儿一支支为我拔去发鬓的簪子，小心问道："娘娘，奴婢准备了早膳，都是娘娘爱吃的，娘娘不如先用些。"

"不必了，本宫累了，早些就寝吧，"我毫无表情地回道，抬眼看着她正拔去最后一支簪子，"对了，这支和合二仙以后别插了。"蓉儿本想回些什么，但终于忍了下去。

几日后，平静的后宫里出事了，"不好了，娘娘，春深殿出事了，苏婕妤的胎没了。"嫣儿跑入内殿，神色慌张。

"不是万分小心着，怎么会……"我怔了怔，"走，去看看。"

我本为前日之事心里多少有些堵，但春深殿出了如此大事，我绝没想到。一路急行赶到春深殿，各宫该来的主子都到了，婕妤哭得梨花带雨，皇上的脸色沉得好比落魂井底。

"查，给朕查，朕倒要看看是天意还是人为？"皇上是动了真火了。

天边突然滚来一阵闷雷，大雨却迟迟下不来。

几天后，我刚用完晚膳，蓉儿紧张地入内禀道："娘娘，何德公公来了，带着一大群人。"

"这么晚了，何德这两日不是奉命在查苏婕妤滑胎之事，怎么会？"不容我深想，何德已到殿外。

"奴才何德给宁贵嫔娘娘请安，娘娘万福。"何德不动声色。

"起来，何公公这两日不是在查苏婕妤之事，怎么会有空到本宫这拾音殿？"我小心试探。

"奴才正为此事而来，恕奴才大胆，此事与娘娘宫中宫人徐嫣儿有关，奴才要带她去调查此事。"

"不可能，何公公查清楚了吗？嫣儿向来实诚，绝不可能和婕妤滑胎有关。"我本能地感到了阴谋的靠近。

"娘娘，请不要让奴才难做，娘娘还是快些交人，否则娘娘也会招人话柄。"

我正左右为难，嫣儿突然跪了下来："娘娘让奴婢去吧，奴婢什么都没做过，请娘娘放心。"

我扶起她："那你和何公公去一趟，若你是清白的，本宫自会为你做主。"

嫣儿点点头，随何德离去。

"娘娘，这……"蓉儿扶我回内殿，不知所措地看着我。

"一石二鸟，既除掉了苏婕妤的龙胎，也扳倒了本宫，"我看着蓉儿道，"只是，不知道她们到底用了什么办法，让嫣儿搭了进去。山雨欲来呀，看来本宫只有一件事能做了。"

"娘娘，奴婢不明白。"蓉儿更担心了。

"你下去吧，让本宫一个人再想想。"我强挤出一丝笑，让蓉儿放心。

天微亮，我已轻声走入了坤宁宫，春桃一脸的疲惫，显然是刚值了夜："奴婢给宁贵嫔娘娘请安，娘娘万福金安。"

"起来吧，皇后娘娘起身了吗？"

"起身了，皇后娘娘的病一直不见好，最近睡得更少了，唉，"春桃很是担心，"呀，奴婢只顾和娘娘说话了，奴婢这就去禀报皇后娘娘。"

"没事，本宫等等无妨。"我笑笑摇头。

"咳咳咳，清浅来了，过来坐吧，"皇后的脸上没有一点血色，"本宫猜到你会来找本宫。"

我走近跪了下来："娘娘，臣妾这次怕是劫数难逃了。"

"劫数，你太年轻了，你们都下去吧，本宫有宁贵嫔陪着就可以了。"皇后命令，一众宫人都退了出来。

"后宫本就是最残酷的地方，你不杀别人，别人就会杀你。清浅，你要吃多少苦头，才能狠得下心，"皇后顿了顿又道，"苏婕妤那件事，本宫听闻是有人在她吃的荔枝上动了手脚。"

"荔枝？"

"有人将荔枝浸泡在藏红花里，若是身体够精壮，吃些也无妨。但是，苏婕妤的胎本也不稳，她又好荔枝，那日用了许多，便就伤了龙胎。至于徐嬷儿，不过是领自家宫里的荔枝时，苏婕妤的宫人小冰儿说要小解，请她帮忙拿了会儿。坝卜，便说徐嬷儿趁这个机会换了荔枝。更重要的是，偷龙转凤的荔枝须在宫房里泡良久才行，便趁机将祸水引向拾音殿。"

中宫不愧是中宫，万事都在她心里。

"娘娘，求您念在臣妾服侍您一场的情分，万一臣妾因此事大限将近，臣妾自己怎样都可以，望娘娘看护公主。"我一阵心酸，如今的处境，只盼长英能安然长大。

"起来吧，咳咳，"皇后淡然地看着我，"这后宫之事你要学的还多着，此事你还是好好想想有无回转的余地，若真到了山穷水尽，你再来求本宫也不迟。"

"是。"我点头答应，心里却恐大祸难逃。

我一个人坐在拾音殿里发着愣，蓉儿忍不住道："娘娘，恕奴婢多嘴，不如我们还是把殿里殿外查一遍吧，奴婢估计何德很快就要来搜宫了。"

我看着她一脸忧心忡忡，竟觉有些好笑："不必了，何德还没搜宫，定是嫣儿忍住了酷刑，还没有松口。不过，搜宫也是早晚的事，如果定要引祸水到本宫这，总会留下祸根，我们现在查不出什么。"

"娘娘，难道我们就坐以待毙吗？"蓉儿不自觉地提高了语调。

"本宫也不知道，真是可怕。"

"娘娘，不好了，何公公带着一大群人来了，"外殿小丰突然进来禀报，"大丰正拖着，娘娘。"

"走吧，是祸躲不过，"我站起身来，"经历了这么多，本宫都还好好活着，本宫倒要看看她们到底要干什么？"

蓉儿忙扶着我走到外殿，何德果然一脸阴沉地等在殿外。

"大丰，你退下，何公公来不知所为何事？"我明知故问。

"娘娘，奴才奉皇命查苏婕妤滑胎之事，此事和娘娘宫中的徐嫣儿有关，奴才这次来是想查一查她的寝阁。"何德极其客气。

我笑了一声："何公公只要查徐嫣儿一人的寝阁就可以了吗？"

"当然，如果娘娘允许，奴才也想看看其他地方，这也是为了娘娘的清誉着想，让后宫都知道娘娘行事磊落，定与滑胎之事无关。"

"娘娘的清誉何须查验。"蓉儿大声维护我。

我忙止住她："蓉儿，何公公也是奉了皇命，不要造次。"

"多谢娘娘，娘娘您看奴才可以开始了吗？"何德不容我多想，步步紧逼。

我心知是躲不过了，艰难地点了点头。就在此时，远处急急跑来一个小太监在何德耳边嘀咕了一会，何德的脸色变了变，又恢复了常态，笑吟吟说："宁贵嫔娘娘，此案有了新的进展。打扰娘娘休息了，奴才这就告退。"

回到内殿，我一把坐在榻上，丝绸袍子里全都湿透了，手止不住地在颤抖，蓉儿忙为我换了衣裳，点了宁神香。

"娘娘，您看此事……"蓉儿很不解何德的突然离开。

我摇摇头道："本宫也不知道何德怎会突然改变主意，看来此事定生了新的枝节。无论如何，明天天一亮，莫说你我，整个后宫都会知道到底发生了什么。"

后宫果然出了大事，我听到时，一股腥甜从喉中涌出，大片大片的殷红吐在帕子上。我不顾一切地跑去坤宁宫，求见皇后娘娘。

"娘娘，贤妃是冤枉的，您明知道贤妃是冤枉的，娘娘。"我流着泪，贤妃不该被拖下水的。

"贤妃已经招供了，宁贵嫔别再为不可改变的事伤心了，起身吧。步摇之身，必能逃过死罪，只是活罪也不好受。"

我勉强收拾了几分清醒，站起身来。

贤妃乃是不孕之人，因苏婕妤得宠又有子，一时想不开，便下了大凶之药，至于我宫里的徐嬷儿只是碰巧经过，被牵连进去罢了。但贤妃终究是礼佛之人，心有余悸，也不想牵连无辜，才向皇后娘娘自首的。

这就是合宫里传的真相，也是皇上唯一得到的真相，听说皇上先是震惊，坐在龙椅上默默良久，后才下了皇命，将贤妃终身囚禁在尚阳宫，忏悔思过。

尚阳宫本在后宫冷清处，贤妃出事后，更是奴才们不再驻足之地。我望着被高墙紧紧包裹着的宫房，敲钟念佛之声从中隐隐传出，宫房的主人似乎终于得到了心灵的平静。

"娘娘，天寒了，奴婢还是扶您回去吧。"蓉儿观察着我的脸色。

"贤妃本是皇上心尖上的人，这是为何，"我悲从中来，"本宫与贤妃本是君子之交，她却为了本宫身陷囹圄，这叫本宫怎能心安。"

"蓉儿，你知道吗，这么多年，本宫终于明白了一个道理，在后宫里，从来就只有两条路，要么争斗，要么死。"说这话的时候，蓉儿扶着我的手颤了一颤。

"只要本宫不死，定要救出贤妃娘娘，用本宫的一切补偿她。"

贤妃被囚禁以后，协理后宫的权力又重新回到了淑妃的手中。淑妃重掌大权的第一件事，就是操办皇后娘娘的寿辰。皇后入宫多年，虽是坤宁宫的正主子，但因初不得宠，后虽有了皇子却缠绵病榻，极少大肆办寿辰。

入冬前，皇后向皇上禀报，说病了多年，希望能冲冲喜。皇上虽不宠爱正宫，但这是嫡妻入宫多年唯一所求，便一口答应，吩咐淑妃要好好办。

摘星楼再一次金杯玉盏，丝竹弹唱，莺声在夜色中滴旋。皇后难得的气色好，笑吟吟地看着特地为她办的寿宴，她的丈夫始终坐在她的身边，不时耳语，当真琴瑟和鸣。

一曲高歌终了，皇上开口道："这次寿宴办得不错，淑妃当赏。"

淑妃站起身来，回道："皇上，臣妾昨刚知道件喜事，但不知在皇后娘娘的寿宴上当不当讲？"

"哦，喜事？当然要讲。"皇上有了些兴趣。

"臣妾有喜了。"淑妃说得很轻，但足够震动整个摘星楼。

没有人开口恭喜淑妃，大家的眼色都扫在了皇后娘娘的脸上。皇后脸色始终平静，复又微微一笑道："好事呀，淑妃有喜，臣妾恭喜皇上再添龙裔。宜霏，一会儿去把本宫那支玉桂如意簪赐给淑妃。"

"多谢皇后娘娘。"淑妃再一次稳稳地站在了权力的中心。

我坐在坤宁宫的软垫上，皇后正趴在床上咳血，她早没了前两日的风采，但她的表情却始终是一丝不乱的。

好一会儿，皇后被宜霏扶在床沿上，才有气无力道："清浅，本宫今日来是有件事想告诉你。昨日，皇上来看本宫，本宫请求皇上晋你为妃，皇上答应了。"

我正要说话，被皇后摆手止住道："本宫这病怕是好不了了，长全还年少，云羡又尚不成器。虽有太后在，可太后毕竟年岁大了，本宫已无力支撑齐家这棵大树了。"

"如今，淑妃有喜，再晋升是铁板钉钉之事，她身边还有个心机极深的僖贵嫔。

皇上现下宠着苏婕妤，贤妃又被囚，本宫早已身心俱疲。环顾后宫，本宫唯一的希望只有你了。所以，你帮帮本宫，越是风光无限，越是杀机将至，是本宫带你入局，害了你呀。"

"娘娘，臣妾惶恐。臣妾得娘娘恩赐才活到了今天，没有负不负的。当初这条路也是臣妾自己选的。"

"你还年轻，还不成熟，只是本宫怕是等不了了。"

"娘娘宽心，为了皇上和嫡皇子，为了天下苍生，娘娘要保重身子。"我试图安慰皇后。

皇后笑了笑，又猛咳一阵："咳咳，下去吧，本宫没法代替皇上给你步摇之宠，但本宫会把能给的都给你。"

三日后，皇上的圣旨传到了拾音殿，我抚摸着明黄的圣旨，从今日起，后宫再没有宁贵嫔，取而代之的是宁宸妃。

宏伟雄壮的翊坤宫，是历代重妃居所，代表着无上的尊贵和荣宠。今日，真真切切地站在这宫门口，是当年的我怎么都不敢想的，我默然看着偌大的"翊坤宫"三个字，情不自禁地问道："蓉儿呀，你知道翊坤宫是什么意思吗？"

蓉儿有些不解，回道："娘娘，奴婢不知。"

"翊坤，翊坤，翊为辅佐，坤为坤宁，就是辅佐皇后的意思。皇后这是告诉整个后宫本宫是谁的人。先帝的睿贵妃入主翊坤宫不到百日就暴毙而亡，至今没有定论，这可不是个吉祥的地方。"

我转头看着蓉儿："走吧，去看看皇后娘娘为本宫准备的一切。"

宫内更加雍容华贵、珠帘绣帐，一个小小的偏殿都比拾音殿要精巧。我在内殿坐定，蓉儿为我捧上了热茶，奴才们都跪着听训，我缓缓开口道："本宫初到翊坤宫，也没什么别的规矩。只一件，在本宫处做事，做好做坏是一回事，忠不忠心又是另一回事。若你们能安分守己，本宫自然不会亏待你们。但若让本宫知道你们中谁胆敢背叛本宫，本宫绝不会再给他第二次机会。都听明白了吗？"

奴才们噤若寒蝉，不敢吱声，蓉儿带头回了句："奴婢明白了，娘娘。"

奴才们这才齐口道："奴才（奴婢）明白，娘娘。"

"很好，本宫就喜欢明白人，蓉儿，一会儿每人打赏五十两银。还有，从今日起，蓉儿就是翊坤宫的首领姑姑，大丰就是首领太监，他们的话就如同本宫的话，不得逾越。"我说完摆摆手遣散了他们。

入夜，我终于可以卸下面具，一脸疲态地坐在窗边，蓉儿轻轻走到身后，我回头问道："那个放好了吗？"

蓉儿自然明白我所思所想，附耳道："奴婢已经将玉牌藏好了，娘娘放心。"

我点点头，又深深叹了一口气："如果一切可以重来，你说本宫是否已经和王爷携手天涯，夏日去江南看回波水漫，冬日去西域看长河落日？"

"娘娘，多思无益呀。"蓉儿有点担心。

我止住了思绪："也对，没有如果，哪来这么多如果。"

我睡得有些晚，头有些沉，突听到嫣儿在外殿禀道："娘娘，奴婢是嫣儿，大爷来了。"

我强打精神，宣他入殿。

"娘娘，草民给娘娘请安，娘娘万福金安。"哥哥行起大礼。

"起来吧，此处没有外人，哥哥不必拘束。"我示意他坐到身边。

"为兄这次来，一是恭喜娘娘晋为宸妃，二是启禀娘娘，紫烟有喜了。"哥哥笑着说道。

听到林家有后，我有了些精神："真的，那可要好好养着，哥哥去告诉紫烟，生男生女，本宫都喜欢，都有赏，紫烟可真是我林家的功臣。蓉儿，一会儿领哥哥去库里，要挑好的贵的，给紫烟好好补身。"

哥哥听到忙站起身："草民多谢娘娘美意。"

"林家有后，爹娘终于可以瞑目了。"我难得如此松快。

天更冷了，一夜之间，自北疆而来的朔风席卷了整个京师。正月就要来了，如今的后宫又是淑妃的天下，我闲来无事，去坤宁宫看望病重的中宫，刚入殿内，就见齐家的公子又跪在了那儿。

　　"呀，是宸妃娘娘。云羡还未曾给娘娘道喜，娘娘真是越来越动人，真倒是有凤来仪。"

　　"哼，"我轻笑一声，"齐公子，这回又犯了什么事？"

　　"哎，一点小事，这不又跪着了，让娘娘见笑了。"齐云羡说这话时没有一点儿悔意。

　　"好吧，本宫去看看娘娘气消了没，若有机会说上一句，也让你早些起来。"我心想着齐家可真出了个败家子。

　　"多谢娘娘，果然娘娘是心地最好的。"齐云羡更放松了。

　　皇后在床上断断续续地咳着，丝毫没有了国母之威，她的脸色暗淡得有些可怕，宜霏小心伺候在旁，皇后的眼光费力地扫到我，我忙下礼道："臣妾给娘娘请安，娘娘万福金安。"

　　"免礼，宜霏赐座。"皇后说话的声音轻得都快听不清了。

　　"娘娘，身子要紧。太医看了这么久，真是没用。不如臣妾去禀报皇上，再择名医来看。"我知道皇后病得很重。

　　"不必了，医者治病不治命。本宫入冬后就觉得身子大不爽了，看来是熬不到来年春天了。"皇后说着竟有些泪光。

　　"娘娘，这话不可乱说。好好养着定会好的。"我安慰道。

　　"本宫虽是国母，到头来也要看淡生死。只是，云羡太让本宫失望，若是本宫熬不过了，清浅你定要保住全儿和齐家。"皇后用我从没听过的、似乎是哀求之声同我说。

　　"娘娘，柳暗花明又一村，您要放宽心。臣妾既为翊坤宫主位，定会好好辅佐娘娘的。"

　　从坤宁宫出来，我心里说不出地难受，皇后毕竟曾是我的救命恩人，可她贵为国母，她的命谁又能救？

齐家公子见我出来，媚笑道："宸妃娘娘，我可能起身？"

"当然不能，公子还是好好跪着，静思己过吧。"我真有些怒其不争。

齐云羡这才叹了一口气，有些耷拉地继续跪着。

蓉儿扶着我离开了坤宁宫，远处小丰快步走了过来，小声禀道："娘娘，边关大捷，秦将军又立战功了。"

"知道了，看来，嫚儿又要晋位了。"我平静地对蓉儿说道。

成德二十二年正月，秦嫚晋为婕妤，摘星楼上，众人都在庆祝新年的到来，只有皇后因病没有出席。皇子、皇女们嬉戏成一片，皇上正关注着淑妃的身子。

突然，毫无征兆地，一只玉盏碎在地上，接着是一个身子重重倒下，众人忙循声望去，倒下的是二公主长琳，僖贵嫔顿时发疯般地冲了上去，大喊道："太医，太医，快传太医！长琳，你怎么了？"

皇上抱起小公主，安慰公主不要害怕。众人都傻了眼，太医忙上去诊了诊脉，脸色苍白道："皇上，下官该死，公主不行了。"

"什么？你们快救公主，否则你们都别想活！"皇上将公主搂得更紧了。

公主被抱回永寿宫，整个太医院都在旁伺候，可惜公主最终没能熬到第二天天亮，离开了人世。僖贵嫔悲痛欲绝，皇上誓要找出害死公主的人，后宫人人自危。皇上的心腹韩放奉命追查，又一场腥风血雨开始了。

我在内殿逗着长英，那日场面显然是吓到了她。"蓉儿，去拿些果子来。"我唤蓉儿道。蓉儿却并不搭理我，发着愣。

我又道："蓉儿。"

她这才回过神："娘娘叫奴婢。"

"你怎么了？"我问道。

"娘娘，奴婢是担心，万一这次又有人想陷害娘娘。"蓉儿说出担忧。

"嫣儿，"我唤了一声，"你抱公主去外殿玩吧。"

"是，娘娘。"嫣儿抱起长英出去。

"蓉儿，你也别多想了，这事本宫也想不透。若是淑妃所为，那不合常理，僖贵嫔怎么愿意毒死亲女。可若不是淑妃一党，又是谁有如此手段，能在后宫取人性命。不过，本宫相信，韩都统很快就能给我们答案。"我说道。

　　"对呀，这事是韩都统查的，他定不会害娘娘的。"蓉儿有些释然。

　　"韩放是个公正之人，本宫相信很快就会有眉目。"我对蓉儿笑了笑。

　　"是，蓉儿明白了。"

第十四回　凤去台空江自流

整个后宫都在等，在漫长而可怕的等待中，等真凶浮出水面。可事情却急转直下，原来当日的玉盏本是给嫡皇子用的，只因二公主看着眼馋，皇子便给了她，凶手真正要毒杀的是中宫之子。

再几日，韩都统又查到毒物的来源竟是永寿宫，皇上一时震怒。

"娘娘，这永寿宫都查了许久，也不知道最后能查出什么？"

"其他事本宫不知道，但此事若真是永寿宫所为，那最终受罚的也只会是僖贵嫔，绝不会是淑妃。这就是后宫的规矩。"我走到窗边，红墙下一株白梅正凌霜盛放。

"自作自受，她们有今日，奴婢这心里真是痛快。"

"只是，僖贵嫔心机如此深沉，若要毒杀皇子，又怎么会不计算到这些，甚至还搭上了自己的亲女，本宫有些想不通。"我还是有些疑惑。

果然，事情的定论是僖贵嫔派人毒杀嫡皇子，却没算到嫡皇子仁厚，把玉盏让给了二公主，害人终害己，僖贵嫔害死了自己唯一的女儿。

皇上听到这个结果，沉默许久，只对何德吩咐了一句："僖贵嫔痛失爱女，突染重疾。虽经太医极力救治，终不治而亡。朕特赐僖贵嫔与公主同葬。"

何德领旨，连夜前往永寿宫，有小宫女看到当时好像一行人带着一方白绫。无论怎样，这位没有美貌亦无家势的僖贵嫔娘娘，曾是后宫中无数小宫女们艳羡的传奇人物，在那夜之后便彻底消失了。

气焰高涨的永寿宫经此一事，气势被打压了许多。淑妃有了身子，而心腹却被秘密处死，暂时也没了心情再兴风作浪，宫中终于能平静一段时间。

嬷儿来看我，如今她已是婕妤，当年小丫头的模样渐渐淡去，颇有了些宫嫔的风度。

"姐姐，僖贵嫔的事还真是可怕。"嬷儿起了话头。

"嬷儿，这事皇上不是下旨谁都不让说了，以后你还是小心别说漏了嘴。"我止住她。

"是，姐姐。对了，妹妹最近弄到一服生儿子的汤药，妹妹让太医看过，没什么大碍。妹妹特来送给姐姐。"嬷儿从袖子里拿出一张方子。

"此事本宫也不怎么在意，生儿生女本是天意，不必过分强求。"我笑着看着她，想着这个丫头真的长大了，居然在想这些事了。

蓉儿突然从外殿走入，在我耳边急禀："娘娘，皇后娘娘急召。"

我站起身道："嬷儿，姐姐今日突有些事，过几日姐姐定来承乾宫看望妹妹。"

我不知道皇后急召我所为何事，但我知道此事一定非同小可。坤宁宫中，大小宫女都红着眼，章院判正在殿外候着旨。宜霏引我入内，皇后的脸色难看极了，那种晦涩而绝望的脸色，我曾在敏慧丽妃的脸上见过，对，就是那种行将就木的脸色。我的心一沉，皇后怕是快不行了。

"清浅来了，你们都下去，本宫和宸妃要说说话。"皇后看到我，强打起几分精神。

"娘娘，几日不见，您怎么成这样了。"我上前扶着她。

"清浅，今日本宫召你来，是有几句话要交代，你一定要听清楚，"皇后说道，"本宫的身子不行了，时辰到了，富贵荣华一朝抛，空留相思寄故人。"

"娘娘，您说吧，臣妾听着。"我用手给她顺了顺气。

"本宫这一生，看似母仪天下，风光无限，可只有本宫知道，本宫太不幸了。皇上原是本宫最应该去爱，也最应该爱本宫的人，可他却从未对本宫上过心，他的心里只有庆贵妃。说来也好笑，淑妃作恶后宫，与本宫作对多年，可本宫并不太在意，此生，这偌大的后宫，本宫唯一恨过的妃嫔只有庆贵妃。"到了此时，皇后终于能坦然道出多少年来压在心中的痛苦。

"当年庆贵妃的死真的和本宫无关，可皇上却将此事怪罪在本宫身上，他恨了本宫多少年，就冷落了本宫多少年。清浅，本宫死后，你一定要踏着本宫的路走上来，只有这样你才能护着要保护的人。为了这个愿望，本宫最后尽了力，除去了僖贵嫔，但是淑妃，本宫再没有时间了，后面的人或事只能交给你了。"皇后面无表情地说着。

"难道，公主之死……"我心里打了个冷战，面上却尽量克制地波澜不惊。

"本宫是想除去僖贵嫔，但稚子无辜这个道理本宫岂会不懂。所以，那杯毒物本是要让长全服下，却不想天意让长琳服下了，"皇后说着咳了几口血，"长全是本宫唯一的皇儿，本宫自然不会冒险，已命太医事前让他服下解药，那日后，皇儿至多会病一场。可怜长琳没事先服过解药，一命休矣。所以，本宫的初衷，无非是把僖贵嫔打入冷宫，并不想要她或公主的命。"

"娘娘宽心，世间万事自有天意，僖贵嫔手上人命不少，此次是上天借娘娘之手惩治了她。至于公主……也只能叹一句，来生莫入帝王家。"我安慰皇后。

"来生莫入帝王家，哈哈哈，"皇后惨笑一声，"清浅，你觉得本宫是不是很狠心，为了算计，连自己的孩子都投毒。"

我摇摇头，没有说话，我又有什么资格去评说皇后，我自己不是也做过毒害亲子的事，这后宫，泯灭的又何止是母性。

"本宫最近总想起少时在闺阁中的趣事，那时云羡最喜欢缠着本宫，听些古今奇闻。到了下朝的时辰，本宫拉着他在府门口等着爹爹，老远看到轿子，云羡就跌跌撞撞地奔上前去，爹爹总会带上些市集上买的好玩东西，哄着我们。唉，一晃二十年了。"皇后断断续续地回忆着。

"那年上元灯节，姑姑省亲，本宫第一次看到皇上，不对，那时他还是先帝的三皇子。姑姑说等本宫长大了，让本宫嫁给三皇子，问本宫愿不愿意。本宫看着皇子的脸，羞涩地点点头。爹爹和姑姑就笑了起来，让本宫站到皇子的身边，这一站本宫就站了一辈子。那时，哪里有什么庆贵妃、淑妃。后来，本宫有时会想，如果当初本宫道一句不愿意，命运会不会有所不同？"

"娘娘，您定要宽心，娘娘与皇上本是青梅竹马，皇上又怎会慢待您。"我小心拭去皇后脸上滑落的泪水。

"两小无猜，昔日汉武帝与阿娇皇后何尝不是两小无猜，武帝愿以金屋藏之，结果小小一个卫子夫就把阿娇皇后活活气死在长门宫。到底咱们的皇上还是重情义的，他虽从来没有爱过本宫，本宫却还能在坤宁宫寿终正寝，也算是皇上对本宫的情分了。"皇后说完直起身又猛咳了几下，一大口血吐了出来，我想宣太医，却被止住。

"清浅，大限已到，荣华也罢，富贵也罢，都能看开。只是，我齐家满门的身家性命，皇子的命运前程，只能托付给你了，希望你能答应本宫。"皇后的声音越来越低。

我看着她，沉默了一会儿，站起身下礼道："臣妾的命，是娘娘给的，多谢娘娘给臣妾尽忠的机会。"

皇后满意地笑了笑，对我摆手道："本宫没看错你，本宫走后，宜霏会帮你的。"

我退身出殿时，宜霏正引着齐云羡匆匆入内，这位世家子弟的脸上露着从未有过的绝望和惨白。在擦肩而过的一瞬间，我好像突然看到了多年前，长姐带着弟弟在深宅内院嬉戏读书的场景，只是，一切都已经到了最后，不得不诀别的时候了。

我不会忘记，那夜的坤宁宫是怎样的灯火辉煌，皇上、太后、妃嫔们、皇子皇女们都到齐了，这样的坤宁宫，大概除了皇后大婚那日后再没有过，可是这一切都是坤宁宫又一位年轻的主子用命换来的。

不知是几更，我恍惚间看到宜霏走了出来，轻声道了句："娘娘殁了。"

那日距上元灯节不过两日，可惜，国母已去，坤宁无主。山河撼动，万民同悲。

皇上三天不上朝为结发妻子守灵，末了下了两道旨意，一是封嫡长子李长全为太子，入主东宫，二是宫中从此不许再庆祝上元节。

冬日的深宫，竟下起了连绵的雨。蓉儿扶着我走到坤宁宫前，望着满眼的悲伤。

"娘娘，您注意身子。"蓉儿安慰我道。

"蓉儿，你我都是坤宁宫出来的人，坤宁宫那个传闻你还记得吗？"我转过身看着她。

"奴婢怎么会忘记，本朝入住坤宁宫的正主子都很难善终，三百多年来，只有两位皇后活着成了太后。"蓉儿小声道。

"对，这话果然又应验了。"我看着雨中湿漉的中宫大殿。

"娘娘，恕奴婢多嘴，奴婢听闻大行皇后生前曾向皇上建议，由您为继后。娘娘，奴婢看这坤宁宫，心里总有些瘆得慌。"蓉儿有些担忧。

"你多虑了，蓉儿。前几日，有官员上书皇上请立继后，沈丞相一言不发，可见太后心里另有人选。"

"另有人选，如今宫中只有娘娘和淑妃有资格为后，淑妃一向和大行皇后不睦，太后怎会再有人选？"蓉儿更不解了。

"正如蓉儿所言，坤宁宫不是人人能待的，聪慧如大行皇后，还不是含恨而去。本宫并无此心，只是，本宫有些担心……"我轻叹一口气。

"担心？"蓉儿不解。

"没什么，走吧，去看看太子。"我示意离开。

东宫，在正三宫的最末端，皇上少年为帝，东宫已多年没主子入住，太监、宫女们都过惯了闲适的日子。刚到宫门口，就听到太子在其中大声哭闹的声音。

"发生什么事了？"蓉儿大声叱问。

太子看到我，来不及擦去脸上的泪水，扑了过来："宁娘娘，儿臣要见母后，儿臣要见母后。"

宜霏在一旁不知如何答话。

"太子，乖，你的母后暂时不能来见你。你乖乖听话，好好去睡，她会在梦中来见你。"我抱起太子，替他擦去眼泪。

"真的吗？"太子紧紧抓着我的袖子。

"真的，太子去睡吧，明日宁娘娘抱长英来陪你玩。"我示意小宫女来接过太子。

"宸妃娘娘，奴婢有些事禀告，"宜霏将我扶入内殿，屏退了左右，从袖子里抽出一封信，"这是大行皇后在内宫外廷所有可以信任的人，请娘娘速速过目。"

我拆开信封，一行行密密麻麻的字映入眼帘，我努力记下所有名字，将信还给宜霏，宜霏立即付之一炬。

"宜霏，以后你有什么打算？"我抬头看向这个时刻都冷静清醒的女子。

"奴婢只是宫中婢子，以后自然要听掖庭局的安排。"

"那好，今夜你留下陪着太子。明日，本宫会差人去掖庭局，今后你就留在东宫当差吧。"我站起身来，准备离开。

"多谢宸妃娘娘。"宜霏终于有些激动，下跪行起大礼。如果我没记错，多少年了，这是宜霏第一次如此恭敬地向我行大礼。

纵然国母不再，春天还是如期地光顾了，一个久违的不速之客走入了后宫，齐家最后一个适龄女子——玉婵郡主。我的预感成真了。

"姐姐，合宫都知道大行皇后当初是指你为继后，太后娘娘怎么可以这样。玉婵郡主一入宫就要封妃。"嬷儿很有些气愤。

"好了，别晃来晃去了，到这边坐下，"我示意嬷儿坐到我身边，"什么继不继后，这种话以后千万不要说了。玉婵郡主身份尊贵，自然位分要高些。我们安于本分，无愧于心就好。"

玉婵郡主入宫那夜，皇上破天荒地翻了我的牌子。我走入体和殿时，皇上一脸心事地坐在床边。

"臣妾见过皇上，皇上万安。"我小心行礼。

"宁儿，来了，到这边坐。"

"是。"我看着他阴郁的脸色，小心地挨着他坐下。

"朕有些时日没翻宁儿的牌子了，宁儿怪朕吗？"皇上突然说了句没头没尾的话。

"没，"我早已习惯下意识地猜度他的想法，"皇上日理万机，臣妾怎么敢怪皇上。"

"哎，那件事是朕错怪你了，你别放在心上。"皇上把手搭在了我的肩上。

"玉婵入宫，太后的意思是过两日就封妃。若朕封她为丽妃，你可有想法？"皇上看着我问道。

"玉婵郡主是太后的远房侄女，身份显赫，皇上无论给什么位分，臣妾也不会有什么想法。"我心里突然闪过敏慧丽妃的脸。

"那就好。"皇上终于笑了笑，手慢慢滑了下来，我感到被他紧紧地抱在了怀里的炽热。可惜天子的胸怀里待过太多女人，以前如此，以后亦复如是。

三日后，圣旨晓谕后宫，齐家女儿齐玉婵蕙质兰心，封为丽妃，入住长春宫。只是，这个消息很快被另一道圣旨给掩过了风头。我跪在翊坤宫冰冷的地上，接过了明黄色的圣旨和碧色的翡翠玉印。

"娘娘，恭喜娘娘。"宫人们高兴地恭喜我。

我被封为皇贵妃，位同副后，而翡翠玉印意味着只要后宫一日没有皇后掌金玉凤印，我便执掌整个后宫。

"恭喜娘娘，"蓉儿高兴极了，"奴婢明日就去酬神。"

"傻蓉儿，皇上让本宫为副后，不过是因为丽妃年轻，既无子嗣又无经验，让本宫帮着她几日，好让她日后能顺利为后。"我一语道破了天机。

"怎么会？"

"怎么不会，大行皇后虽然指本宫为继后，但是太后娘娘又怎么会让一个外人来入主正宫。只是，玉婵太年轻，若过早为后，那便是众矢之的。太后之所以会同意让皇上封本宫为皇贵妃，一来本宫不似淑妃在前朝背景深厚，二来本宫也没有儿子，将来没有资格去争夺天下，所以在丽妃真正成熟起来前，本宫就是最好的人选。"我幽幽道。

御花园内，百花吐信，我抱着长英四处闲逛。不远处，丽妃正在责难宫人。

"娘娘，我们要不要去看看？"蓉儿附耳道。

"不必了，由着她吧。"看来丽妃虽然长大，性子倒没怎么改变。

我正欲转身离开，丽妃却叫喊道："是皇贵妃娘娘吗？"

我只得笑着应酬几句："是丽妃呀，这是怎么了，本宫来得好像不是时候。"

"哪里，这个奴婢弄坏了臣妾的一只纸鸢，臣妾正责罚她呢。臣妾记得，以前也有一个下贱的宫婢弄坏了臣妾的心爱之物。哦，给娘娘见笑了。"丽妃的话里充满了挑衅。

"奴婢做错事，是要罚。不过，有些事贵在适可而止，本宫奉劝你一句，这后宫里名声可是很重要的。此事若是传到皇上耳里，坏的可是妹妹的名声。"我不徐不慢道。

"你，好了，住手，别打了，"丽妃的脸色难看极了，"臣妾谢皇贵妃娘娘的教诲，臣妾会谨记的。"

"御花园春色满园，妹妹还是不要辜负了这景致为好。"我示意蓉儿扶着我离开。

多少年前，这里曾有一个宫女被玉婵郡主责罚，只是那个宫女运气好，得到了吴王李如风的说情。多少年后，这个宫女和罚她的主子都在，这皇城的景致也还在，当年那个多情潇洒的王爷却永远离开了。

"娘娘，娘娘，您怎么了？"蓉儿打断了我的沉思。

"没，没什么，"我揉了揉额头道，"丽妃虽也是齐家女儿，比之大行皇后，差太多了，唉。"

皇后大去，皇上准我前往云岩庵祈福。人间四月，绿柳新发，桃花如细雨般落下，我又来到了当年的小屋，如今故人都已去，我的心再难起波澜。

"娘娘，"蓉儿入内道，"您要找的人来了。"

一个满身酒气、蓬头垢面的人跟在蓉儿身后，跌跌撞撞道："草民见过娘娘，娘娘万安。"

"你就是司马长空？"我定睛打量他。

"正是在下。"来人说着又喝了口酒。

"准备一下,随本宫入宫。"我说道。

"草民无才亦无德,不愿去那深宫大院。"来人断然回绝。

"大胆。"蓉儿恶狠狠地瞪着他。

"哈哈,这位姑娘生气了。"来人笑开了。

"蓉儿,你先下去吧,本宫有几句话同司马公子单独谈谈。"我示意蓉儿退下。

"本宫不管司马公子是真醉还是假醉,权当公子是清醒的,"我笑看着他,"公子自然可以不随本宫入宫,但是让你入宫,并非本宫的意思,而是,大行齐皇后的遗愿。"

话刚停,来人握着酒瓶的手猛地抖了抖。我又道:"公子和大行皇后有何故交,本宫无意打探。只是,公子想必知道齐皇后膝下只有一子,储君之位险象环生,公子忍心小小稚子孤身奋战吗?对,太子身后是有太后和齐家,可太后年迈,云羡不成气候,丽妃新人入宫,太子的前途不可谓不凶险。公子可以考虑几日,若公子执意不愿入宫,本宫绝不勉强。如果公子改了主意,自然知道该去找何人吧。"

入夜,蓉儿伺候我抄写完佛经后,小心替我卸了妆。

"娘娘,白日那个草民也太猖狂了,居然这么不识抬举。"蓉儿还想着白天的事。

"非也,你可知他是何人?他是当年齐府里最有智慧的幕僚,云羡公子的老师。若非他不肯入仕,多少年前他便可以状元及第了。还好哥哥找到了他,本宫有信心,他一定会入宫辅佐太子的。"我冲着蓉儿点头道。

"蓉儿,本宫有些胸闷,陪本宫出去走走吧。"我站起身来,子夜的深山,一片静谧,却风寒入骨。

"娘娘,您怎么了?"蓉儿看着我的异样。

"只是故地重游,想起了一些往事罢了。已是青山埋幽骨,再回不了头了。若有来生,我只愿站在那开满了花儿的道路尽头,远远看着他策马而过便够了。"我望着寂寥的夜色。

"娘娘……"蓉儿想安慰我。

"蓉儿，你知道吗，我有时会努力地回想他，但我却发现渐渐记不得他的脸庞，他曾经精致而让我着迷的脸庞，蓉儿，我居然记不清了。"

"皇上杀了他。他们是亲兄弟，我总觉得皇上笑起来有些像他，所以我也曾有过一丝心动，一丝幻想。可皇上终究是皇上，他是天下的皇上。他的杀伐决断，他的后宫三千，甚至他的每一句话都带着城府。皇上终究不是他啊。"我终于可以说出心里话，在这远离皇宫的深山里。

天微亮，众尼礼佛，我潜心听着。佛事毕，我附耳蓉儿："去告诉住持，给本宫安两个平安位。"

"两个？"蓉儿看着我。

"一个是给本宫故去的双亲，另一个是给他的。如果有人问，就只说给本宫的双亲。"我说明用意，蓉儿点头去操办了。

"娘娘，"侍卫入内禀道，"昨日那人又来了，说要见娘娘。"

"知道了。"我走出殿外，不同于昨天，一个俊朗飘扬，气质卓然的男子站在我面前。

我笑了，笑得很有深意，无论昨天多么情深义重、痛苦绝望，今天我们还是要为需要我们的人活下去，我是这样，司马公子亦如是。

"司马长空拜见皇贵妃娘娘，皇贵妃娘娘万福金安。"司马公子行了大礼。

"起来吧，司马公子不必客气，本宫相信司马公子在东宫定大有作为。"我抬手让他起来。

一路颠簸方回到宫中，却看到皇上的轿辇停在翊坤宫门口。我急忙入内，看来皇上等了有些时候，正翻着我案上的几本书卷。

"皇上，臣妾有罪，不知皇上正在等臣妾。"我忙行了礼。

"什么罪不罪的，朕只是来你这里看会儿书，这怎么是宁儿的过错了。"皇上示意我坐到跟前。

"朕今日来是问问宁儿初掌后宫，是否有些不适，如果有人敢为难你，宁儿随时可以告诉朕。"皇上看着我道。

"没有，臣妾还在学习，还望皇上多指点才是。"

"这样啊，对了，苏婕妤又有喜了，朕也是刚刚知道，你看朕赏她些什么好？"皇上果然说到重点了。

"皇上想赏婕妤什么就赏什么，若皇上定要臣妾给些意见，臣妾以为当下最重要的是婕妤的胎象，不如请章院判亲自照顾。至于位分，皇上也可再晋一晋。"

"既然这样，朕就封她为嫔，赐号'宛'。"皇上看似无意地说道。

"甚好，妹妹有了身子，臣妾自当好生照顾。"

"宁儿，你就受累了，如今淑妃和宛嫔都有了身子，朕的后宫就交给你了。"皇上说着拉起我的手。

"臣妾明白。"我突然想到，是否当年皇上也是这样在坤宁宫中告诉大行皇后他对各宫妃嫔的封赏。

"对了，皇上，臣妾正好也有事向皇上禀报。太子虽年幼，但终究是一国储君，还是早立太子学为好。"我进言道。

"设立太子学，朕不是没想过，只是一来全儿年幼，又刚刚失了母后，二来这合适的老师一时也难找到。"

"臣妾斗胆，当年皇后还在时，曾同臣妾说过云羡公子的老师司马长空才智俱佳，若能由他教导皇子，定然可助皇子成才。如今司马公子愿意入侍东宫，臣妾恳请皇上见见。"

"好，既然是大行皇后指的人，朕当如她所愿。"皇上略想了想，便点头同意。

已是初夏时节，荷花池边没有一丝微风。

"今年的荷花怎不似去年开得好？"我有些不悦。

"娘娘，这……该是天气太热了些。"御花园的首领太监战战兢兢地回着话。

"是这样吗？"

"娘娘，其实，可能还有些缘由，奴才不知当讲不当讲？"首领太监欲言又止。

"讲。"

"其实，去年冬天，这里淹死过一个宫女。娘娘知道荷花池是死水，怕是因此污了花根吧。"首领太监小心回报。

"淹死了宫女，这么大的事，本宫怎么不知？"我问道。

"这些事本是掖庭局管辖，当时齐皇后在病中，便没力气再管这些小事，交给下面料理了便是。"太监小心回道。

"罢了，连这一方幽静之地也充满戾气。待立秋后，你们把太液池的水引进来，把这荷花池养成一池活水吧。还有，你去告诉掖庭局，以后本宫不想听到再有什么人命闹出，否则本宫定不会轻饶。"我起身离开，蓉儿来扶我。

我想了想又对蓉儿道："明日开始，正午过后，合宫每个奴才赏绿豆汤一碗，当值从两个时辰一轮改为一个时辰一轮。至于绿豆汤的花费，从本宫月例里扣。"

"娘娘仁厚。"蓉儿笑着接旨。

第十五回　可怜绣户侯门女

司乐们在翊坤宫中吹奏着秋肃之调，仿佛真能寒到人的心底。

"娘娘，恕奴婢多嘴，这哀伤乐调多听可对娘娘的身子不好。"蓉儿为我端上一杯热茶。

"是吗，"我摆摆手，"那你们都下去吧。"

"哎，这么快就立秋了，到了这个节气，本宫心里总有些沉，"我想了想，"罢了，今日就出去走走，去东宫，看看司马大人授学如何？"

东宫亦是龙气所在，连宫人们的脸色都滋养得格外红润。宜霏引我至太子学，司马大人正聚精会神地授学，太子本就是喜静的孩子，此刻正认真伏在案上。

多少年前，他的母后和舅舅也正是这样听着课吧。宜霏刚想上前禀报，被我止住，我转身走向正殿。

为等太子下学，我的茶都凉了好几杯。众人跪在地上，太子撒娇似的扑在我的怀里，司马大人则站在一边。

"本宫今日来，也没什么大事。太子年幼，你们要万分小心伺候，若是有闪失，不管是谁，本宫都绝不会轻饶。若是伺候得好，本宫自有封赏。还有，今日开始东宫的首领宫女就是宜霏，首领太监是小丰，你们听明白了吗？"

"是。"地下齐刷刷地响起叩头声。

话毕，我起身离开东宫，只准了司马大人一人相送，众人在后面小心跟着。

"这秋来得可真快呀。"我感叹了一句。

"娘娘，四季交替本是平常，秋去春来，希望也就跟着再来。"司马大人饶有深意地回了一句。

"哈哈，本宫本不是伤春悲秋之人，如今该是上了年纪，竟也有了些感叹。对了，司马大人在东宫一切可好？"

"都不错，除了没了自在。太子聪慧，人又仁厚，将来必定大有作为。"司马平静说道。

"不对吧，"我抬头看了他一眼，"本宫怎么听说大人在东宫可自在得很，宫女们莫不和大人交好，只因先生有一手测字看相的好本事。"

"非也，非也，这只是下官当年在民间赖以立命的江湖小技罢了。"司马立刻摆手。

"哈哈，司马大人不必紧张，本宫也只是好奇，何时大人有空，也替本宫算上一卦。"我打趣道。

"娘娘天生凤命，下官怎敢胡说，"司马也笑了，却突然话锋一转，"只是，娘娘眉宇间似有一块黑云，最近可能有心烦之事。"

"娘娘，"远处嫣儿大步走来，"娘娘，永寿宫急报，淑妃娘娘要生了。"

我转头看了司马，叹了口气："本宫就此别过了。看来下次，也要请大人为本宫细细算上一卦。"

"下官遵旨，娘娘万事小心。"司马回道。

折腾了一天一夜，淑妃终于生下了她的第二个皇子，蛰伏了多时的吉家再次起势，幸好大行皇后看不到了，她得到了最后的平静。

不出一月，皇上的圣旨一道又一道地下来，吉家不仅当初被贬官的几个兄弟都复了职，淑妃也熬到了她人生中的又一次胜利，皇上决定晋她为贵妃。

我坐在金碧辉煌的翊坤宫中，如坐针毡，直觉告诉我后宫平静得太久了。

"娘娘，娘娘，"蓉儿唤了我几声，"大爷刚派人来报，紫烟夫人生了对双生子。"

"什么，真的，太好了，我林家有后了，多谢列祖列宗。"我忙起身，在送子观音前虔诚叩首。

不几天，哥哥果然亲自入宫报喜，不待坐定，哥哥就开口道："小人给娘娘报喜了，紫烟给小人生了一儿一女，小人高兴坏了。"

"紫烟真是我林家的功臣，一会儿本宫让蓉儿多拿些补品，哥哥带回去，告诉她辛苦了。"

"对了，小人此来，是想请娘娘为两个小的赐名，请娘娘万不要推辞。"哥哥起身下礼。

"哥哥平身吧，"我摆了摆手，"那这样吧，儿子就赐一个'斌'，意为文武双全。至于女儿就赐一个'珑'，意为玲珑剔透。哥哥看可好？"

"甚好，多谢娘娘赐名。"哥哥把腰弯得更低了。

近日，阴雨绵绵而不绝，当年我在司判房里受过苦，如今一到阴雨天，身子就不爽，太医院的药怎么也不见效。皇三子的百日宴刚刚尘埃落定，吉贵妃复宠，丽妃气盛，桩桩件件都是让我头疼的事。

"娘娘，"蓉儿的唤声打断了我的胡思乱想，"何公公来了。"

"奴才何德，见过皇贵妃娘娘。"何德下礼道。

"起来吧，何公公所来何事？"

"皇上听闻娘娘近日身子不爽，命奴才送些高丽人参来给娘娘。"何德呈上东西。

"多谢皇上，"我递了个眼色给蓉儿，收下了人参，"对了，何公公，最近皇上多是去哪儿休息？"

"皇上近日来忙于政务，极少回后宫。就是回，也只是去永寿宫那儿看看贵妃娘娘。"何德看着我的脸色小心答道。

"知道了，公公请回吧，烦请公公转告皇上，天气反复，要多注意龙体。"我示意他下去，脸上努力不表露一丝波澜。

"娘娘。"蓉儿担心道。

"本宫终于知道当年大行皇后为何久病难愈，在这个位置谁又能不病。"我眺望着一派冷清的前院。

"娘娘，"大丰走了进来，"掖庭局来报，犯妇陈氏昨夜病死在了恶气房，请娘娘示下，奴才们好办事。"

"什么，她也死了，罢了，该怎么办就怎么办吧。"我挥了挥手，让他下去。

"本宫和陈敏柔斗了半辈子，如今连她都解脱了，本宫却不知还要困在这里多久。"我有些感怀，蓉儿不作声，只为我披上一件秋衣。

几日后，天气暖和些，我决定去东宫看看太子，这个时辰，太子估摸着还没下学。离得老远，就看到太后的凤辇停在宫门口，大行皇后生前，我并不常见到太后，太后多是在慈宁宫里清修。

步入东宫，太后、丽妃正陪着太子坐在凉亭里，司马大人从旁伺候。

我移步入内，小心行礼："臣妾拜见太后娘娘，娘娘万福金安。"

"哦，是皇贵妃来了。皇贵妃统领后宫，事务繁忙，怎么有空来？"太后的脸色波澜不惊。

"臣妾是看日头渐暖，来看看太子，真巧太后娘娘也在。"我小心应道。

丽妃也起身，漫不经心地行礼："给皇贵妃娘娘请安，娘娘万福金安。"

"起来吧。"我示意她平身。

"既然来了，皇贵妃也别站着，赐座吧。"太后终于让我坐下。

太子看到我，自然是高兴的，一把冲进我的怀里，丽妃的脸色似乎有些难看。

"太后娘娘，这是在聊什么？"我起了个头。

"也没什么，就是他母后少时的一些趣事罢了。"太后的眼睛笑得有些深意。

"臣妾想起宫中还有些事要处理，臣妾须先行告退了。太后娘娘，您看可否？"我站起身来，禀道。

"后宫之事重要，哀家这里也就聊聊家常，你先去吧，无碍的。"太后点头让我离开。

我抚了抚太子的脸："宁娘娘有些事要先办，过两日，宁娘娘再来看你。"太子

不舍地拉着我的衣袖，我转身离去。

蓉儿扶着我走过御花园，宫人们小心地在后面跟着，蓉儿关切地问道："娘娘，您的脸色不好，没事吧。"

"没事，今日，本宫讨了个没趣。人家在说家事，本宫一个外人还是速速离开的好。太子年幼，太后此时让他和丽妃培养感情自是容易些。"我叹了一口气。

"娘娘，您别多想了，"蓉儿安慰道，"您毕竟是看着太子长大的，太子将来定会对娘娘好的。"

我刚要说话，却一眼瞥见荷花池的尽头，皇上正陪着宛嫔散步，那温柔的眼神是那么熟悉。

"娘娘。"蓉儿唤了声正在出神的我。

"什么，"我回过神，"走吧，回宫，天怎么有些凉了。"

深秋，御花园里层林尽染，落地鎏光，我看着这满眼枫红，怅然若失。远处，小太监气喘吁吁地跑来，在蓉儿耳边说了几句。

蓉儿忙上前禀道："娘娘，皇上来了，正在翊坤宫等您。"

"是吗，那回去吧。"我理了理头绪，准备回宫接驾。

"臣妾见过皇上，皇上万安。臣妾让皇上等久了吧。"我小心下礼。

"没等多久，宁儿快来朕身边坐。"皇上笑吟吟地示意我走近点。

"皇上，到用膳的时刻了。不如臣妾传膳可好？"

"好呀，朕也有段时候没在你这儿用膳了。"

菜式自然都是皇上爱吃的，皇上的胃口很好，用了不少。用膳完毕，皇上有些倦意，侧躺在榻上，说了些少时的趣事。

"哈哈，当年平乐公主就是这个臭脾气。对了，说到她，她也一把年纪，如今还不肯出阁，朕为这个也有些头疼。"皇上的话题转到了他最心爱的妹妹身上。

我为他斟上一杯热茶，陪在一旁道："皇上，恕臣妾直言，平乐公主至今未出阁，想必是没有找到可心的。所谓解铃还须系铃人，皇上不如问问公主是否有理想的夫婿人选？"

"也是，不说她了。今日朕有些乏了，还是早些就寝吧。"皇上说完站起身来。

他的双手自然地褪去我身上的衣物，他的吻热烈而有力，从额头径直而下，我对他有些动心，更有些憎恨，说不清道不明的复杂心情让我不敢靠得太近。但渐渐地，我还是被他的热情所融化，忘记了所有的不快。

我们就这样，安静地睡着，不再是皇上和妃嫔，而是最普通的夫妻。这时刻却太短暂了，还未深睡，何德惊慌失措地在帐外禀道："皇上，出事了，宛嫔娘娘落水了。"

我慌忙帮皇上更衣，何德断断续续地说着："春深殿的宫人来报，娘娘晚膳之后有些胸闷，便去太液池边走了走，就近身的宫女明蕊跟着，也不知怎么就掉进了太液池。"

"走，去春深殿。"皇上打断了何德，准备离开。

"皇上，臣妾也去。"我掌管后宫，亦有责任。

宛嫔躺在床上，迷迷糊糊地发着烧，当值的宋太医紧张地诊治着，各宫的其他主子也匆匆赶来。

皇上在外殿大发雷霆，审问着明蕊："到底怎么回事，宛嫔怎会落水？"

小宫人好似吓坏了，跪在地上，只会哭。好一会儿，才回道："晚上，娘娘说有些胸闷，就让奴婢陪着出去走走。走到太液池的时候，娘娘说有些凉，就让奴婢回来拿件袍子。奴婢回去的时候，就看见娘娘落水了。奴婢什么都不知道，求皇上明鉴。"

"宛嫔有了身子，你们怎可留她一个人！"天子盛怒。

"皇上，"宋太医此时走了出来，"娘娘已无大碍，母子平安。只是娘娘受了惊吓，有些发热，待微臣开几服压惊退热之药，自然会有所好转。"

"这就好，否则朕绝不会轻饶你们。皇贵妃，此事你看着办吧。"皇上的脸色终于有些缓和。

我忙跟了句："幸好宛嫔母子平安，臣妾想下人们也是无心之失。皇上念在他们

是初犯，就各自罚半年俸禄，明蕊再去司判房领三十板子，皇上看可好？"

皇上想了想，点了点头。

"啪"。大殿的一角突然发出一声清脆的响声，众人忙回头望去，本是安放在佛龛里的送子观音不知被谁推了下来。

"啊啊，"离得最近的小宫女突然叫了起来，"不是奴婢，不关奴婢的事。"

"怎么回事？"皇上好容易败下的火又有些上来。

何德走上前去看了看，脸色大变道："皇上，这观音里有东西。"

皇上大步上前查看，我忙跟过去看了眼，就一眼，一阵冷汗顿时冒了上来。

观音只碎了一角，却足够看清里面藏着什么，做工精良的厌胜偶人静静地躺在里面。

我下意识地看了一眼皇上，他的脸色却平静得可怕，好一会儿，才开口道："何德，敲开看看，里面到底是什么？"

"是。"何德接令，一榔头砸了下去。这一砸，整个春深殿就会被砸掉多少性命。人偶做工用线都十分精致，一看便知是后宫之物，更令人触目惊心的是，人偶的背面赫然写着宛嫔的生辰八字。

"皇贵妃。"皇上转头突然对我说道。

"是，皇上。"我战战兢兢地准备接旨。

"朕没想到，朕的后宫居然还有这厌胜之术。限你一月之内，查清是谁所为，无论查到谁，杀无赦。"天子一怒，必将血流成河。

"臣妾领旨。"我下跪回道。

皇上转身走入内殿，照看宛嫔的病况。

"娘娘。"蓉儿小心叫了叫几乎出神的我。

"传本宫口谕，春深殿所有宫人押入司判房。令掖庭局先调一批宫人来照顾宛嫔。还有，让李尚宫和吴司判来见本宫。"这次我终于下了狠心，此事定要有个决断。

司判房里的惨叫声仿佛半个后宫都能听到，每个人都俯下身子，希望能躲过这场狂风暴雨。不出数日，吴司判已经查出些眉目，前来翊坤宫复命。

"娘娘，奴婢查出这尊送子观音是明蕊抱来的，然送观音的人是……"吴司判没敢说完，看了看我。

"说。"我严正问道。

"是长春宫。"吴司判的声音轻得都听不清，我却着实打了个冷战。

"怎么可能，丽妃才入宫，怎么会牵连此事？"我不由提高了声音。

"是明蕊亲口所说，说是丽妃娘娘的近侍红妍抱来的。奴婢不敢私自去拿人，还请娘娘示下。"吴司判知道其中厉害。

我下意识地觉得有些口干，用了口茶道："拿吧，皇上这次是动真格的了，任凭是哪个宫里的，你尽管去拿，就说是本宫准的。"

吴司判领了这命，顿时放下心来，去拿人了。

我最担心的事还是发生了，红妍指证是丽妃指使，只因为妒忌宛嫔得宠又有了龙脉。皇上下令让丽妃自省，从丽妃囚禁长春宫的那日起，太后便不再进食。

皇上在体和殿里雷霆大怒，我入殿求见的时候，他刚打碎了一只心爱的夜光杯。

"宁儿，你来得正好，朕说过，厌胜之术为我朝所不容，无论查到谁，杀无赦。现下倒好，母后用这种办法逼朕大事化小。这，分明是干政！"皇上激动地拍了下桌面。

"皇上，恕臣妾直言，太后娘娘只是心疼自家的侄女，此事尚未查清，不如等真相大白之后再做定夺。"我小心劝道。

"大白天下，如今丽妃的近侍和制造局的太监都指证了丽妃，还要再查什么？"皇上脸色更难看了，"莫不是，宁儿想着丽妃是大行皇后的妹妹，想徇私？"

"臣妾不敢，"我忙跪下否认，"臣妾只是想着此事兹事体大，想再查上一查，皇上明鉴。"

"不必了，你都查了一个月，既然所有人都指证丽妃，你就不必再偏袒她了。朕说过，朕绝不允许有人在朕的后宫里行厌胜之术。"

"可是，丽妃若被正法，太后娘娘怎么办？"

"这……再容朕想想。宁儿，你先平身吧。"皇上终于让我起身。

几日后，皇上的圣旨晓谕后宫，长春宫宫女红妍勾结制造局太监及春深殿宫女明蕊在送子观音中暗藏厌胜偶人，诅咒当朝妃嫔，罪不容诛，赐死。长春宫丽妃虽不知情，但看管下人不利，囚禁长春宫一年，静思己过。

赐死他们的那天，我去了，小宫人们虽不敢说出主谋是谁，却哭得死去活来，求我饶了他们。可我又能怎样，身为皇贵妃，我深深明白，他们的死会让真相永远长眠于地下。

入冬的时候，宛嫔终于能下床走动，皇上似乎觉得此事亏欠了她，下了朝终日陪在她的身边。

那日，我正在太液池边喂鱼，迎面又撞上了皇上陪着宛嫔在散步。

"宛嫔，朕有些事要和皇贵妃说，你先行回宫。一会儿，朕来你这儿用晚膳。"皇上遣宫人送宛嫔回去。

"宁儿，我们走走吧，"皇上下旨道，"朕要和皇贵妃散散步，你们在后面小心跟着就是。"

"是。"宫人们小心地退了几步。

说是散步，皇上并不和我说话，只一个人慢慢走在前面，我仔细跟着。走了好久，快到明堂的时候，他才回头淡淡地看了我一眼，开口道："朕的旨意，宁儿都听到了。"

"是，那几个宫人已经赐死，丽妃也已经在长春宫静思己过了。"我回道。

"不，朕说的旨意是在春深殿的旨意。"皇上的话总藏着更深的一层。

"春深殿，"我想了想，"杀——"

"朕金口一出，绝不会改变。只是百善孝为先，朕也不能过于顶撞太后。丽妃行厌胜之术，留不得了。"皇上终于把话挑开了。

"皇上，"我提高了些音调，"此事尚有疑点，皇上您能否看在宛嫔母子平安，丽妃又是大行皇后堂妹的份上，饶她死罪。"

皇上定定看了我好一会儿，才道："宁儿，你这么维护丽妃，是不是为了讨好母后，你是不是知道了当时之事？"

"当时之事，臣妾不明白皇上所指何事？"我不禁问道。

"皇后死前曾请求朕封你为后，朕也是答应的，只是母后不同意，朕才不得不退而求其次，封你为皇贵妃，掌管后宫。你莫不是想讨好母后，好再进一步。"皇上的脸色如一汪死水。

"臣妾冤枉。臣妾不知道皇上说的事呀。"我跪了下来，他的疑心总是伤人至深。

"是吗，为证清白，若是皇贵妃可以一生放弃后位，朕就考虑放丽妃一条生路。皇贵妃不必急于回答，回去好好想想，若皇贵妃不愿为后，后宫里能当此重任的人也大有人在。"皇上的话说得更重了。

"皇上……"

"好了，朕还要陪宛嫔用膳，皇贵妃陪到这里就行了。"皇上摆了摆手，我便不再说什么。

蓉儿扶着我走向长春宫，冬雨绵绵而下，朔风凛凛吹得我凉到了脊梁。玉杯里呈着的是太医院新配的毒酒，丽妃的时辰到了。

丽妃早没有了初入宫时的不可一世，此时正伏在地上，哭喊着，咒骂着。

"丽妃，本宫知道你心里不服，但是皇上圣旨已下，这也是没办法的事。你，就安心上路吧。"说完，我使了个眼色给大丰，把毒酒呈上。

"本宫要见太后，不见到太后，本宫绝不就死！"丽妃丝毫不肯屈服。

大丰看了眼我，我点了点头，奴才们一拥而上，把毒酒强行灌入她的口中，可怜绣户侯门女，落难凤凰不如鸡。

她重重摔倒在地，喉咙里断断续续说道："皇上，臣妾冤枉啊，臣妾是真心思慕您的，皇上……"说完便渐渐不再动弹，美丽的双眸也缓缓闭上了。

"蓉儿，"我吩咐道，"去请太后娘娘进来吧，你们也都退下吧。"

太后是我见过唯一能同皇上媲美，天大的事都能从容不迫的人，她满是慈爱地看着自己的侄女，许久才道："都安排好了？"

"是，娘娘，一会儿就将她送出宫，直奔云岩庵。只是，丽妃虽保住性命，一生却只能在庵中度过了。"我回道。

"一切都是哀家的错。哀家不该不相信你，哀家更不该把这如花似玉的姑娘送入宫。有一个含恨而终的侄女还不够，如今又要多添一个，哀家才是糊涂人。可怜玉婵到最后，皇儿连个封号都未曾赐给她。"太后的语调多少透出点儿悲凉。

"娘娘，臣妾想着等皇上气消了，看看能否有机会再查此冤案。"我安慰太后。

"不必了，皇儿为人，哀家最清楚。皇儿向来心思细密，可惜他一直认为是哀家毒死了庆妃，那么多年都恨着哀家。如今，丽妃这件事不过是报复哀家罢了。可怜你不惜用后位来保住她一条命，皇上才肯让她假死出宫。"太后把手伸向我。

我忙扶住太后，她的手冰凉得可怕。

太后又道："皇贵妃，如今你牵连到这件事，便是牵上了庆妃旧事，怕是要大大影响你的恩宠呀。"

"臣妾明白，如果恩宠能换丽妃一条性命，也算是值了。"

"也罢，这件事该杀的、不该杀的都死了，再查不出什么。只盼着，皇儿经此一事，能消了当年的恨，这才是大幸。况且当年我齐家真的没有做对不起他的事。"太后直了直身子，又看了眼她的侄女，转身回宫。

体和殿外，我正等着求见皇上。已经两个时辰，何德去看了几回，都说皇上正在处理国事，不便见我。可内殿分明传来管弦丝竹之声，我知道皇上心里对太后的气没有消，那只能由我来代劳。

"何公公，既然皇上在处理政务，本宫就先行告退了。记得让皇上别太累着了。"我叮嘱完何德，离开了体和殿。

"娘娘，这不是回宫的路。"蓉儿有些不明。

"不回宫，本宫突然想去明堂。"我旨意已下，蓉儿便不再说话，扶着我走向明堂。

明堂里供着历代先皇和正宫皇后的画像及牌位，齐皇后的画像也静静地挂在这。我挥手让他们都退下，明堂里独独留下我。

我走到齐皇后的画像前，终于能说说心里话了："姐姐，您是解脱了，臣妾可就苦了。臣妾用后位和皇上的恩宠换了您堂妹一条性命，别人不明白，但是臣妾知道，臣妾这么做就只是为了报姐姐当年救命之恩，从此臣妾与姐姐两不相欠。姐姐请放心，臣妾依然会好好照顾齐家和太子，助太子成就大业，将来登基为帝。所以，姐姐一定要帮臣妾向上天多借几年寿命，好让臣妾能安心闭眼来见您。"

恍恍惚惚间，我看到齐皇后的画像冲着我微笑，我想用手去拉住她，却体力不支，跌倒在地，之后便人事不知。

醒来的时候，已是在翊坤宫温软的高床上了，宋太医在身边小心候着："娘娘您醒了。"

"宋太医，"我支撑着要起来，"本宫这是怎么了？"

"娘娘昏倒在明堂了，不过幸好并无大碍。更重要的是，恭喜娘娘，您有喜了。"宋太医脸上的笑明媚而真诚。

"皇上呢？"我四顾望了望。

"娘娘，皇上来看了好一会儿，现下上朝去了。"蓉儿插上话来。

"上朝？"我有些失落。

"是，娘娘，娘娘还是快些用药吧。"蓉儿忙岔开话题。

后来我才知道，就在我昏倒在明堂的那个夜晚，我与皇上都犯了一个错误。我怀上了和他的第二个孩子，而他在体和殿里赐予后宫里又一个女子至高荣宠——金步摇。

梅儿的得宠似乎与我的失宠息息相关，就在皇上赌气的那个夜晚，这个叫梅儿的舞女，以一袭白梅装披身，在体和殿里，成功跳出了当年敏慧丽妃的彩云追月，皇上果然一见倾心，步摇定情便是水到渠成之事了。不日，皇上便封梅儿为梅美人，赐居水榭阁。

成德二十二年的最后一场冬雪快化尽时，宛嫔终于诞下了皇子。那日家宴之上，

皇上大喜，亲口封了宛嫔为宛贵嫔，赐皇四子名"长毓"。

趁着兴头，皇上更是赐了御婚，把最心爱的妹妹平乐公主指给韩放都统。平乐公主一脸娇羞地任凭皇兄作主，我便知道皇上终究是弄明白了公主的心上之人。

第十六回　春去秋来不相待

当后宫里正为王朝公主大婚准备得不可开交的时候，前朝却出了一个天大的消息。皇上在紫宸殿钦点的新科状元，是大行皇后的亲弟弟，齐云羡。

几日后，状元郎亲自来翊坤宫拜见。蓉儿将他引入，曾经闲适安逸的世家子弟眼神中满是冷峻持重，隐隐已露出些官威。

"下官齐云羡拜见皇贵妃娘娘，娘娘万福金安。"状元行了个礼。

"起来，坐吧，本宫看到状元郎如今的气象，大感欣慰。可惜，你姐姐却没能看到呀。"我示意他坐下。

"下官家逢巨变，如今齐家就只剩下官最后一个男丁，实在不该再沉溺于勾栏瓦肆，早当委身于经济之道了。"

"云羡，你能及时醒悟，本宫甚是高兴。对了，本宫听说皇上已命你为潞州刺史，要你即刻赴任？"我问道。

"是，所以，下官特来拜见太后娘娘与皇贵妃娘娘，明日一早，下官就离京赴任了。"云羡说完了低头。

"云羡，你别多想，皇上这么做是为了你好，齐家不比以前了，你又初出茅庐，前朝斗争，尔虞我诈，并非是你如今的年岁可以驾驭的。皇上安排你去潞州，无非是希望你能历练一番，他日招你回朝，堪当大任。"我明白皇上的心思。

"下官明白。"云羡说完，用了口茶。

"一会儿，你去看看太子，也见见你师父，他定会给你些意见，"我关照道，"现下仍是隆冬时节，你多带些棉衣，免得路上着了冻。至于京师，本宫会保太子平安，你可放心。"

"是，下官告退了，"云羡起身走了几步，突然回过身来道，"万望娘娘保全凤体，下官告退。"这话让我心头紧了紧，如果皇后娘娘还活着，看到自己心爱的弟弟被送去千里之外，会是怎样的心疼。

"蓉儿。"我突然想到什么。

"是，娘娘。"蓉儿听着我的吩咐。

"一会儿你去库房里把本宫那几支人参都拿出来，送去东宫。潞州山高水远，万一要是病了灾了的，他也好用来保命，这是本宫唯一能为他做的了。"

"奴婢这就去了。"蓉儿轻声退了出来，追着云羡而去。

慈宁宫中，平乐公主正在侍疾，我坐在一边小心报着公主大婚时的礼单。太后虽病着，一桩一件却问得极细致。

"平乐呀，你虽是当朝公主，但是出了阁，还是要给人去做媳妇的，万事不可再刁蛮任性了。"太后毕竟最是心疼这个女儿，仔细关照着公主。

"知道了，母后。"平乐公主显然是高兴的，看来皇上这个妹婿是选到公主心坎上了。

"皇贵妃，你挺着个肚子，还要忙这忙那的，真是难为你了。"太后转了个话题。

"臣妾还好，多谢太后娘娘关怀，皇儿在臣妾的腹中也不闹，倒是太后娘娘看看还缺些什么，臣妾好安排尚宫局快些补全。"我谢了太后。

"皇嫂，本宫觉得不缺什么了，您还是要多注意身子。万一累坏了您，皇兄可要怪罪本宫的。"公主娇嗔道。

我笑了笑，心里却想着皇上近日多在水榭阁，很久没来见我，也很久没见其他妃嫔了。

蓉儿扶着我回到翊坤宫时，夜色浓稠。蓉儿铺好了被褥，我却毫无睡意，便在榻上看了会儿书。

蓉儿从外殿拿了些点心入内，开口道："娘娘，刚才大丰告诉奴婢一件事，奴婢不知当不当禀告娘娘。"

"说吧，本宫如今还有何事是扛不住的。"我的眼光从书籍移到了蓉儿的脸上。

"娘娘，这两日，有一个黑影会在半夜三更来到翊坤宫，大概要站上一个时辰才走。大丰说，他见过两三回，但此人武功极高，一见到人就消失无踪了，大丰怀疑是大内高手。"

"此事还有谁知道？"我突然坐了起来。

"除了大丰，也就两个值夜太监知道。"蓉儿看出了我的紧张。

"让大丰吩咐下去，谁敢胡说，本宫就立刻让谁永远都开不了口。"我做了个抹脖子的动作。

"娘娘这是怎么了，难道……"蓉儿毕竟跟着我久了，猜到了几分。

"嗯，我也怀疑是他，公主大婚在即，可不要再出什么事了。"我的头又开始疼了。

成德二十三年初春，合宫里张灯结彩，几近铺张，平乐公主终于出嫁了。老宫人说，平乐公主福气好，当年皇上娶齐皇后的时候也就只是这个排场。那夜里，皇上是言笑晏晏，喝了一杯又一杯，直到送公主出宫门，都还在吩咐着韩都统，韩都统的脸色却有些说不出道不明的意味。

我跟着走了几步，突然一阵腹疼，蓉儿忙扶着我，她用手一摸，竟是那一整日见到的喜庆颜色，我见红了。

"娘娘。"蓉儿刚想叫人。

"不要出声。快扶本宫回去，传宋太医，还有千万别告诉皇上，等公主出了正宫门，再派人告诉何德。"我用最后的理智关照着她，说完两眼一黑，倒了下去……

似乎是做了一个很长很长的大梦，我却怎么都不想醒来，直到蓉儿来唤我。坐在

青鸟铜镜前，蓉儿做着再熟悉不过的事，只不过如今多了样，替我拔去白发。

"朝如青丝暮成雪，这话，本宫年轻时总不能体会出个中意境，如今倒是懂了，这日子真是不禁过啊。"我绾起自己的白发笑道。

"娘娘依然如年轻时那样动人。"蓉儿总拣好听的说。

"对了，睿儿的病好些了吗？"我最挂心的就是这个皇儿，都怪当年自己早产，如今他总是三病两痛。

"这些年一直悉心调理着，五皇子的病已经好多了，宋太医说再养上一段时间，都能上场打马球了，娘娘宽心。对了，听司马丞相说太子如今在朝堂之上，国事应答如流，皇上和老臣都很是夸赞他。"蓉儿回着话。

"是吗，司马大人果然不负众望，如今太子也不小了，本宫想着也该为他选个太子妃了。"

蓉儿笑开了："甚好，太子听了定会高兴的。"

"对了，今晚家宴，该准备的都准备好了？"

"是，娘娘放心吧。"

皇上家宴，来的自然都是皇亲国戚，除了太后重病，无法出席。我记得太后最后一次参加宴会，还是平乐公主出嫁的时候，不过那是十五年前的事儿了。抬眼望去，皇子皇女都长大成人了，我也老了。

皇上和梅贵妃来得最晚，这么多年，皇上独宠梅妃，也更宠爱梅妃生的六皇子长曦。平乐公主和韩都统倒是多年无子，甚是可惜。

家宴散时，我的头疼病又犯了，蓉儿忙为我点上宁神香。

"娘娘，可好些了，要不要奴婢去宣太医？"蓉儿有些不放心。

"不必了，小事而已。若是宣了太医，又让人无谓说些装病争宠的话。"我止住她。

"皇上也是，这么多年就宠着那个梅贵妃，还造了白梅园赐她，对娘娘您不闻不问的。"蓉儿有些口无遮拦。

"好了，皇上爱宠谁是皇上的事，再说，后宫里除了梅妃，谁都不是一样。"我知道蓉儿是心疼我，却也不得不打断她。

"奴婢是担心，皇上喜欢六皇子……"蓉儿轻声道。

"现下还不至于，长曦就是长得与皇上小时候再像，再讨皇上喜欢，也不过是黄口小儿，皇上岂会废长立幼。皇子里，长茂是长子，老成持重，城府却最深。太子倒是个仁厚的孩子，可惜心不够狠，怕是要吃亏。本宫倒是极喜欢宛贵嫔生的长毓，长得最是俊秀不说，才能也绝不输他几个哥哥。"我道出心中想法。

太后缠绵病榻多年，但是太子选妃的事，自然还是该先同太后商量。慈宁宫中药味浓重，太后的精神如今大不如前了。

"给太后娘娘请安。"我小心下礼。

"皇贵妃来了，这边来坐。"说着指着床榻道。

"臣妾此来，一来是看望太后，二来是太子年岁渐长，当是立太子妃的时候了，不知太后娘娘可有心仪哪家的姑娘？"

"托皇贵妃的福，哀家如今是大门不出，颐养天年了。这种事还是要劳烦皇贵妃多操心。"

"臣妾不敢，太子选妃，可是定未来国母，臣妾怎敢造次。"我小心试探太后的深意。

"那皇贵妃倒是说说心里是怎么想的？"太后处事向来老辣，要我表明心迹。

"臣妾不才，太子妃乃未来国母，自然要在重臣皇戚家中择才貌双全者为上。当然，更重要的是，能辅佐太子，"我一一道来，"臣妾以为，当朝沈丞相之孙女沈茋蕙质如兰，人品贵重，可做甄选。"

太后想了想，笑了一声道："皇贵妃你就踏实去办吧，皇上那儿，就说是哀家属意的沈家姑娘。"

"是，那臣妾先行告退，请太后娘娘保重凤体。"我小心退出慈宁宫。

沈茋，又怎么会不合老太后的意，当朝左丞相为司马长空，本就是太傅出身，自然是东宫心腹。右丞相沈城，亦是太后故交，虽是垂暮之年，但此人桃李满天下，在清流之中声望极高。三大重臣，唯有御史大夫廖仲是个八面玲珑的人物，不仅得皇上重用，与淑妃一党也走得极近。我对此人极不放心，一时也不知该怀柔还是疏远，只好走一步看一步。

"娘娘，您这是去哪儿？"蓉儿的发问打断了我的深思。

"哦，"我回过神，"走，去东宫看看太子。"

宜霏前来接驾，太子却是不在。

"娘娘，太子和大皇子出宫体察民情去了。"宜霏回着话。

"和大皇子，他们经常这样出宫吗？"我隐隐有些担心。

"是，奴婢也劝过太子，但太子如今大了，奴婢的规劝已不太放在心上。"

"等太子回来就说本宫来过，以后少去宫外，本宫不放心。"我告诫宜霏。

"是，娘娘。"宜霏接旨。

第二日下朝，太子果然来请安了。太子少时爱缠着我，年纪长了倒是和大皇子处得极好，这不免让我有些担心。

"儿臣给皇贵妃娘娘请安，娘娘万福金安。"太子看着心情极好。

"起来，到本宫这儿来坐。蓉儿，去拿些太子殿下爱吃的点心。"我嘱咐蓉儿，又把其他侍婢遣了下去。

"太子，今日本宫有件重要的事要同你讲。"

"是吗，儿臣也正有件重要的事要告诉皇贵妃娘娘。"

"全儿想告诉本宫什么？"我有些疑惑。

"还是皇贵妃娘娘先说，儿臣听着。"太子笑得更开了。

"全儿，你年岁也不小了，本宫想着该给全儿选个太子妃了。这事，全儿要放在心上，本宫过两日择个机会去同你父皇说。"我说出用意。

太子猛地站了起来，脸上挂着的笑明显僵硬了："皇贵妃娘娘，儿臣不想娶亲。"

"这是为何？男大当婚，女大当嫁，何况你是太子。"我看着他，逼问原因。

"儿臣，儿臣已有心仪的女子。"太子的脸涨得通红，憋出了这句话。

"是哪家姑娘？本宫可以在甄选时为全儿留意。"

"其实，她不是皇亲国戚，也不是重臣之女，是，是儿臣在宫外认识的民间女子，叫殷红。皇贵妃娘娘，虽然她出身平民，见识不多，但的确是个好姑娘。"太子终于说出了去宫外的真相。

我的头"轰"地炸开了，这事一闹开，太子就惹祸上了身。

"太子，是不可能娶一个民间女子为妃的，就是本宫同意了，皇上和大臣们会同意吗？"我克制住自己的情绪。

"皇贵妃娘娘，儿臣是真心喜欢她的，儿臣定要和殷红在一起，请娘娘成全。"太子有些激动了。

"好了，全儿你要知道，今天你这太子的身份是你母后拿命换来的。若是为此丢了太子之位，甚至是你的性命，你如何对得起你死去的母后？"大行皇后的名号多少镇住了太子，"这样吧，若是这殷红姑娘真的品行出众，本宫答应你，你安心选妃，将来你有幸登基为帝时，你便可接她入宫。那时，本宫绝不多说一句。"

太子听了这句，一时不知道该回些什么，只得有些怏怏地退了出去。

"蓉儿，你马上传本宫的密旨给林斌，让他好好查查这个叫殷红的女子是什么底细。本宫总觉得事情不像太子说得这么简单。"我下令道。

蓉儿领旨去了林府，如今我身边最得力的只有我唯一的侄儿林斌，这事也只能指着他了。

不几日便是长英的寿辰，我坐在席上，笑看着公主皇子这些年纪相仿的后生们。想当年生她时万般辛苦，如今她也到了花一般的年纪。只是说来也怪，长英无论长相还是性情与我都不十分相近，像着她的父皇多些，嬉笑怒骂也不轻易流于人前。倒是林珑与我年轻时极像，让我很是喜欢这个侄女。长英与太子的感情极好，两人像是有说不尽的话。

酒意正浓，秋风又起，只是皇上还没来，定是在梅贵妃那儿耽搁了。正想着，韩都统冲了进来，向我行了大礼道："启禀娘娘，皇上急召太子前往体和殿议事。请太

子速速起身。"

"何事如此着急,"我隐隐感到了一种久违的压迫,"今日是公主寿辰,不如……"

"娘娘,此事刻不容缓,还是请太子起驾吧。"韩都统的语气更坚决了。

我摆摆手,让太子离开,心里却开始担忧,难道是太子在民间留情的事皇上已经知道?整场宴席,我再无心吃酒,便草草了结宴会。

果然,不到漏夜,夏碧便派人来报,户部左侍郎冒越递了折子,弹劾太子在民间留情。只是我万万想不到,殷红竟是西胡女子,太子犯的是通敌卖国之罪,按律当诛。听完这个消息,我顿感天昏地暗,站立不稳。筹谋多年,太子之位还是要保不住了。

林斌的刺探终究晚到了一步,殷红果然是大皇子领着太子出宫时遇上的,人长得如江南女子般温柔妩媚,太子一见倾心,便由大皇子养在了吉家的外宅里。

更糟的是,太子情深意重,竟与那西胡女子珠胎暗结。

"斌儿,你再去查查这殷红和大皇子有什么关系,本宫总觉得这事和吉家有莫大的关系。"我只盼林斌能查出点儿蛛丝马迹。如今太后缠绵病榻,云羡远在潞州,太子的性命也只能靠林家相救了。

我很清楚皇上这一生始终活在猜忌与被猜忌的痛苦中,除了权力斗争,西胡二字便是他毕生最痛恨的词。太子在体和殿里除了表明不知殷红是西胡女子外,痛快承认了和殷红的关系,还要娶她为妃。

皇上勃然大怒,将太子软禁于东宫,待事情大白于天下后,再定其罪。我去求见了他几回,都被何德拒在了殿外。皇上如今也只听得进梅贵妃的话,可是这梅妃又怎会为太子求情。

我跪在大行皇后的画像前,明堂的灯火在风中忽明忽暗。娘娘,太子爱美人不爱江山,难道我们的牺牲都要付之流水了?吉贵妃隐忍多年,终究棋高一着,如今皇上震怒,太子一旦保不住,血腥的杀戮将无法避免。如果您还活着,面对今天的场面,您会怎么做?可惜,本宫不能亲耳听到您的教诲了,本宫只有按自己的方法走下去。

"娘娘，林大人来了。"蓉儿耳语道。我点点头，让他进来。林斌虽然年轻，却心思城府都有，是个得力的人。

"姑母，侄儿已经打听到，那殷红正押在天牢。皇上准备明日提审她，如果从她口中说出些什么对太子不利的话，恐怕……"

"这个本宫当然明白，你去吧，让她明日开不了口。"我狠了狠心。

"娘娘，恕奴婢多嘴，太子对殷姑娘已情根深种，她亦有了太子骨血，将来若知道是娘娘所为，奴婢是担心……"蓉儿愁云满布，"当年，合宫里传太后毒杀庆妃，只是个没有坐实的传说，就让皇上恨了太后和大行皇后这么多年。"

"这个，本宫自然明白。就是太子将来恨本宫，本宫也要保住他。本宫何尝想双手染血，但他也终要明白大局为重这四个字。"我沉沉叹了一口气。

"娘娘。"大丰在外禀报。

我容他进来，大丰急急说道："天牢里，殷红姑娘茶饭不进，说是一定要见皇贵妃娘娘一面，否则就自绝于天牢。"

"放肆，"蓉儿接口道，"小小民女竟敢要挟娘娘。"

"也罢，本宫姑且去见见她，看看是怎样的女子把太子迷得神魂颠倒。"我示意蓉儿将我扶起，不自觉地抬头看了眼大行皇后的画像，她依然露着那波澜不惊、处世从容的恬然微笑。

阴暗晦气的天牢，多年来始终没变。当年，我还是为了毒杀吴王才来的这里，睹物思人，沉寂已久的内心又开始翻江倒海般地痛。林斌为我引路，在一间狭小脏乱的牢房前止了步，我抬眼望去，一抹纤弱的绯红色正倚墙而坐。

"开门。"我命令道。

"娘娘，只怕……"跟着的牢头们有些担心。

"开门，"我又一次加重了声音，"还有，你们都退到一边去。"

"是。""是。"跟着的人都一一退开。

那抹绯红终于抬起了苍白的脸，缓缓开口道："民女殷红，见过皇贵妃娘娘。"

"不必多礼了，本宫听闻你以命要挟，定要见本宫一面，所为何事？"我开门见山。

"民女自知命不久矣，可怜腹中孩儿不容于世，要跟着我一并离开。想必娘娘也猜到了，民女的确是大皇子安排到太子殿下身边的。当年边疆战乱，母亲带着我一路讨饭到了京城。机缘巧合，做了吉大人家的家奴。"殷红说完顿了顿，眼泪无声地从她美丽的脸上滑落。

"后来，吉大人知道了我们是西胡女子，本想赶我们走，可是他却突然改了主意。从此，琴棋书画样样悉心教导，母亲死后，他们更是我唯一的依靠。可是，我万万想不到，在我十六岁的时候，吉大人向我下了密令，让我接近太子，得到他的宠信，并最终利用我西胡人的身世，废了他。"殷红能吐得毫无保留，倒让我有些诧异。

"你就要成功了，皇上已经震怒，将太子软禁在东宫。太子大难临头，想着的还是你。"我直直地看着她。

"哈哈，"她终于哭出了声，"是呀，我们要成功了。可是，可是，这个计划有一个天大的疏漏。"

"天大的疏漏，"我想了想，靠她更近了，"难道……"

"是，我爱上了殿下。"那声音轻得似乎是从殷红的牙缝间飘出来的。

一时相对无言，我静静看着眼前这个女子，等着她继续说下去。

"所以，娘娘，民女绝不会伤害太子殿下的。请娘娘相信民女。"殷红终于抬起头来直视我。

"本宫得到消息，明日皇上就要见你，你会说出真相吗？"

殷红突然笑了，笑得很轻松："不会。民女没有任何证据能指证大皇子，就是有，吉家当年对民女与民女的母亲有救命之恩，民女也断不会指证他们。但是，请娘娘放心，民女一定会保护太子的。"

"皇上问起，民女会说，当年西胡汗王派了不少西胡人伪装成中原人，接近重臣贵胄，以刺探军情。所以，民女接近太子殿下，大皇子不知情，太子更不知情。"殷红淡淡道。

"你若这样决定，本宫不便勉强。只是，你就为了说这个，才引本宫深夜来访？"我有些疑问。

"非也，民女是有更重要的事。民女心里明白，皇上见我之日，就是我赴黄泉之时。如果说我还有什么心愿，那就是没能见太子殿下最后一面。民女只怕自己死后，太子殿下依然轻信大皇子，或者对皇贵妃娘娘有所误会，所以写下血书一封，请娘娘代为转送。愿得一人心，白首莫相离。这是民女与太子殿下盟心之句，殿下定会知道此乃民女亲笔。"说完殷红的眼睛不自觉地看向了远处。

"娘娘今日夜访天牢，还请您派人保护民女。民女怕有心人知道，让民女活不到明天。若今夜死在天牢，娘娘百口莫辩。"殷红说道。

"本宫今日才知，西胡女子竟也如此义薄云天，本宫是小看你了，"我笑了笑，"可惜呀，你若为中原女子，本宫必迎你入宫。"

"有娘娘这句话，民女便可以走得安心了。"

缓步走出天牢，天已微明，我转头道："林斌，你小心守着。她见到皇上之前，千万不能出事，知道吗？"

"是，姑母。"林斌接旨离开。

"蓉儿，我们走走吧。天牢这地方，本宫都快忘记了。"我慢慢走着。

"娘娘，小心着凉，奴婢知道娘娘又想到那件事，可是当年，娘娘也是没办法。"

"这殷红虽是西胡女子，可以为爱而死。相较之下，本宫却是亲手杀死了心爱之人。只这点，本宫连个西胡女子都不如。"当年的一幕幕又出现在了眼前。

"娘娘，当年你不动手，王爷还是要死，皇上的意思谁能忤逆。"蓉儿一脸心疼地劝我。

"本宫只是有些感慨，突然想到了当年与他的盟心之句。落红乱逐东流水，一点芳心为君死。妾身愿作巫山云，飞入仙郎梦魂里。如今，却早已阴阳两隔。"

翌日，皇上在紫宸殿召见了这个西胡女子，殷红果然信守承诺，只坚持自己是西

胡奸细，与他人无关。

沈丞相与司马丞相力保太子，吉大人却坚持要将妖女打入天牢另行拷问，就在两派争论不休之际，殷红突然仰天长叹一声，咬舌自尽。等太医赶到，已是为时晚矣。可怜此时，太子正在东宫软禁，终是没能见上爱人最后一面。

"娘娘，掖庭局来问殷姑娘的尸首怎么处理？要是一般的，烧了丢下落魂井便是。但是，她又不是内宫中人。还是请娘娘示下。"蓉儿请示道。

"太子知道了吗？"我看着蓉儿。

"嗯，"蓉儿点点头，"殷姑娘死后，皇上的气也大消了。她虽是西胡人，也算贞烈。皇上不打算追究下去，太子虽然还在禁足，过两日也会放了。"

"先去东宫看看。"我起身，蓉儿不敢再问，忙来扶我。

朱红色的偌大宫殿里，没有了以前的灯火通明，我不让宫人禀报，径直走到太子就寝的朱雀殿，宜霏与小丰正守在殿外。朱雀殿内一片漆黑，隐隐传来太子的悲鸣。

"你们都退下吧，宜霏，小丰，你俩要好好看着太子，"我下令道，拿出小心包好的血书，"等太子情绪稳定了，宜霏，把这个给他。"

第十七回　不教胡马度阴山

"蓉儿，你知道吗，当本宫看到太子在东宫里哭泣的时候，本宫突然想着，多年前，皇上是不是也这样悲痛欲绝地在体和殿哀伤着庆宸妃与皇子的离去。真是好笑，男子本该薄情寡义，偏偏这李家个个都是情痴。"说完我抿了口热茶。

"对了，去告诉掖庭局，把殷红的身子烧了吧。烧了后找个干净瓶子，再派两个心腹，把瓶子埋在紫宸殿的偏殿外，让她以后每天能看着太子上朝，将来看着太子登基为帝。也算本宫没误了她的深情。"我有些感慨。

"是。"蓉儿领旨。

"娘娘，大事不好了。皇上，皇上，昏倒在梅贵妃那儿了。"嫣儿冲了进来，惊慌失色。

"什么？快，去看看。"我忙站起来，却感到头疼得一阵厉害。

真龙天子虚弱地躺在病榻上，病得迷迷糊糊。我与皇上虽然淡薄多年，到底夫妻一场，竟生出好些心疼。

"章院判，这到底是怎么了？"我有些生气地责问道。

"禀皇贵妃娘娘，皇上这是风疾发作。待微臣开几服药，定能缓解。娘娘放心。"章院判颤颤悠悠地回着。

"你们给本宫听着，都打起十二分心思伺候，出了纰漏，休怪本宫无情。"我四下命道。

"宸妃，宸妃，朕难受。"皇上突然勉强说了句话，伸出手不知在摸索什么。

"皇上，臣妾是宁儿。皇上，臣妾不会让您有事的。"我接住他的手。天子又如何，还不是凡人肉身。

"娘娘，各宫妃嫔与皇子皇女来了。"何德突然附耳道。

"知道了，你去安排下，轮流侍疾吧。今晚，由本宫侍疾。"说着我又看了眼皇上苍白的脸。

整个晚上，皇上又断断续续叫了好几声宸妃，我替他压住被角，看着他依然俊俏的脸庞，有些发愣。我与他一世夫妻，却各自藏了多少心思与算计。

他虽杀了我最爱之人，可他自己更可怜。庆宸妃的死埋葬了他的心，之前各人，之后各人，哪怕是宠极一时的梅贵妃也不过个替代品罢了。所以，皇上，您更寂寞吧。

两三日后，皇上的病有了起色，人也好些了。可皇上一清醒，便不再要人侍疾，独留梅贵妃伺候在侧。又过了些日子，皇上的病大好了，命何德给各宫侍疾过的娘娘赏赐些绸缎。蓉儿把绸缎抱进来的时候，我总有些说不出的不舒服，连看都懒得看一眼，就命她放入库房。

初夏的一天，太子突然到访，我有些惊讶，太子已经一扫之前的颓废，似乎又回到了当初的意气风发。

"儿臣给皇贵妃娘娘请安。"太子欲行大礼。

"起来吧，都是自家人。本宫今日见你这般风采，终于能放心些了。"我示意他坐下，又命宫人们退下。

"娘娘，儿臣此来是和娘娘商量大婚之事，娘娘上次说的沈家姑娘，儿臣很是满意。请娘娘速办吧。"太子说这句话时，语气里没有一丝波澜。

"婚姻大事，也不必着急一时，全儿不如先见上一见沈姑娘？"

"不必了，儿臣会在大挑的时候选中她的。"

"全儿，本宫多嘴一句，你是否还未能忘情？"我担忧地问道。

"忘或不忘，儿臣都明白自己的职责，娘娘放心。"太子笑了一声，却听着有点儿悲凉。

荷花池里含苞待放的枝叶零零散散，蓉儿扶着我，享受着这难得的平静。如今宫人们多是研究如何更好地种植出品种不同的上好梅花，对荷花池的打理越发不上心了。

远处，两个修长身影正缓缓走近，原来是司马大人与韩将军。来人见到我，纷纷下礼请安。

"今日荷花吐信，本宫正兴致高，不如两位大人与本宫同赏园中美意，也算不辜负了这景致。"

"多谢娘娘美意，只是平乐公主在府中等下官共用晚膳，下官不能让公主久候，望娘娘恕罪。"韩将军淡漠地回绝了我。

"确是本宫思虑不周，忘了公主在等韩大人，大人还是速回吧，代本宫向公主问好。"我笑着说道。

"是，皇贵妃娘娘，下官告退。"韩将军极礼貌地告辞。

这么多年，我还是与韩大哥渐行渐远，本宫又怎会忘记当年若不是你在这荷花池中救了奄奄一息的我，宫中早该没有林清浅这个女子，更没有今时今日这个当朝皇贵妃娘娘。可是，我们已形同陌路。

"娘娘，您在想什么，如此出神？"司马大人打趣地问道。

"没，没什么。"我试图掩饰自己的心思。

"哎，韩大人是驸马，自然要赶快回府。下官不同，孤家寡人，愿陪同娘娘赏玩夏日美景。"司马大人的眼光一如既往的凌厉。

"想当年，本宫初见你时，你还是一介书生，太子也尚年幼。如今，你贵为当朝丞相，太子也将大婚。真是，时移世易。"我感慨道。

"是呀，一晃十几年，不过娘娘依旧如初见时明艳动人，不可方物。倒是微臣老喽。"

"话说大人多年未娶，莫不是放不下旧日情怀，若有相中的女子，本宫可亲自为大人做媒。"

"多谢娘娘，过往旧事微臣倒也淡了。一个人惯了，也就不想男女之事了。"说话间，

司马大人下意识地看了一眼右手腕上一条样式极独特却早已褪色的红绳。

"人人游戏人间的风流潇洒，倒让本宫想到了一个故人。"我叹了一口气。

"哈哈哈哈，"司马大人大笑了起来，"娘娘恕罪，微臣失仪，只是，微臣正有件事想禀报娘娘。"

"哦，大人请讲？"我示意他说下去。

"其实，太子大婚，按理，国舅爷自当出席，微臣正想着怎么向皇上开口，皇上倒自己提出了让齐大人回朝。方才在体和殿，皇上正为此事与微臣、韩将军商量。微臣笑的是，这事真不知是皇上了解娘娘，还是娘娘了解皇上。"

"皇上真让云羡回朝，太好了，本宫正想同司马大人商量怎么向皇上开口，"我舒了一口气，心中大悦，"如今好了，现下只需操办好太子大婚之事便好。"

"娘娘，恕臣直言，皇上召回齐大人，自然是辅佐东宫之兆。只是这些年，皇上独宠梅贵妃，而梅贵妃的哥哥吴寒已贵为大将军，如今握有重兵，连驻守北疆多年的秦将军都只是副将。娘娘要未雨绸缪为好。"司马大人果然老辣，一语就道出我心中暗暗担忧之事。

成德三十八年秋，皇太子大婚，金银珠钗、丝绸绫罗，满室流光溢彩，内廷外朝的达官显贵齐来朝贺，沈苨就这样在万众瞩目中被册封为太子妃，成了东宫正主。这个我精挑细选的儿媳，有着姣好的面容、高挑的身材，更重要的是尊贵的身份，使她注定要成为坤宁宫的主人，也注定了太子对她如当年皇上对大行皇后一般。

太子大婚后不久，云羡进宫给太后与我请安。大婚那日，人太多，离得远，我也没仔细看，如今在翊坤宫接见他时，几乎认不出他了，当年一派风流不羁世家子弟的模样荡然无存，剩下的是饱经风霜的黝黑精瘦，让人心疼得很。

一时相对无言，我竟不知说些什么好。

"娘娘，下官回来了。"云羡终于率先开了口。

"好，回来就好。本宫真没想到，这潞州竟能把人变成这般模样，让本宫怎么对得起大行皇后娘娘的嘱托。"难受像涟漪般一层层荡开。

"娘娘，承皇上厚爱，下官总算是回朝，过两日便去御史台赴任少卿。"云羡说道。

"御史台，那可是廖仲的地方。他是只老狐狸，与吉贵妃走得很近，你万事要小心。"我不放心地嘱咐他。

"是，请娘娘放心。"

太子成家后，皇上的身子似乎大不如前了，一些国事也交给太子去办。前朝危机终于平定，我也能安心打理后宫。这日里，秋风送爽，昭华良辰，江南送来了贡品清水绒毛蟹，我让蓉儿操持了一场家宴，享受着片刻的平静。太子妃虽是初次列席，真不愧是沈丞相的孙女，行为举止落落大方。

"近来，本宫见太子行事更加稳健大度，想来是太子妃的功劳。"我笑着对太子妃说道。

"多谢皇贵妃娘娘谬赞，臣妾惶恐。"太子妃微微起身谢礼。

"本宫如今只有一个最大的心愿，那就是东宫能早日开花结果，本宫也好有皇孙承欢膝下。

太子妃的笑僵了僵，又立刻恢复了自然："是，娘娘，臣妾谨记了。"

"是呀是呀，皇嫂当早些生个皇子，好让我们都玩玩。"长英打趣道。坐在一旁的林珑也跟着笑得欢。

"你俩也别乐，赶明儿本宫也早些给你俩找个婆家，各自给本宫安身立命去，省得整天在本宫面前闹腾。"我替太子妃解围道。

"对了，秦婕妤怎么还没到？"我突然想到向来准时的嫚儿怎么不在。

"禀娘娘，暖云阁的宫人刚刚来报，说婕妤今日早起突感身子不爽，就不来打扰娘娘的雅兴了，还请娘娘恕罪。"大丰禀道。

"什么罪不罪的，都是自家姐妹。大丰，你去太医院宣个太医，去暖云阁走一趟，也好让本宫放心。"我下旨道。

"是，奴才立刻去办。"大丰退身离开。

新酿的女儿红又饮了好几壶，我渐渐有了些醉意。远远见一人影碎步走近，在蓉儿身旁说了几句，蓉儿的脸色突然有些古怪，我勉强让自己清醒："怎么了？"

蓉儿顿了顿，在我耳边轻声道："娘娘，秦婕妤有喜了。"

暖云阁是承乾宫的偏殿，而这承乾宫挨着体和殿最近，偏偏多年来嫚儿也是个少宠的人，虽然晋了婕妤，可终究没什么指望。我去看她的时候，她依然一脸的苍白，躺在床榻上，并不见悦色。

"姐姐，妹妹入宫多年，本已是没了指望，现下有了皇子，却怎么也开心不起来。"

"嫚儿，如今你有了皇嗣，是喜事，你要放宽心。本宫已经派人去禀报皇上了，皇上知道了一定会很高兴。"我宽慰她道。

不多时，皇上果然来了，虽有些倦意，但看得出是一脸的幸福，他坐在嫚儿身边说了好些话，嫚儿的脸色终于露出些红光。

"皇贵妃，你先退下吧，朕今晚留下来陪着婕妤。"皇上命我告退，我亦不想扫了他的兴致，便起身离开。

三个月后，正是初雪季节，我端坐在翊坤宫内听着李尚宫汇报着各宫制冬服的事，大丰不等传讯就冲了进来，一脸失态地禀道："娘娘，皇上他，他……"

"皇上怎么了？"我站起身来。

"皇上他昏倒在长春宫了。"大丰终于说了全话。

"什么？"我的身子颤了颤，"去，快去看看！"

真龙天子早已没有了曾经的不可一世，此时他虚弱地躺在体和殿的龙床上，我坐在他的身边，他却已然不知世事了。

"章太医，你上次不是说皇上已经大好了，怎么风疾又犯了？"我抬头问道。

"禀娘娘，皇上上次的确是大好了，可能是天气骤冷，加上，加上……"章儒林看了眼梅贵妃，欲言又止。

"说。"我忍不住呵斥道。

"加上休息不善，精力消耗所致。"章儒林哆嗦出一句。

"梅贵妃，皇上最近都在你长春宫吧，你说说这是怎么回事？"我直愣愣地看着她。

如今皇上的第一宠妃，后宫最具权势的女子突然花容失色，跪倒在地，呜咽道："皇贵妃娘娘明鉴，臣妾什么都不知道，娘娘。"

"好了，别哭了，皇上还躺在这儿呢，"我摆手让她停止，"至于你有没有错，本宫自会明察，你先回长春宫待着，下去吧。"

"是，皇贵妃娘娘。"梅贵妃难得如此顺从地下去了。

尽管太医院全力救治，我在体和殿里不眠不休，皇上的病却一天重过一天。

这日，我正坐在皇上的床边小憩，只听得蓉儿小声禀道："娘娘，韩将军求见。"

"韩放？让他在偏殿等候。"我有些诧异。

他多年未与我有深交了，怎么突然……我不及深想，已然到了偏殿。

"微臣见过皇贵妃娘娘，给娘娘请安。"韩放的声音让人有种说不出的安心。

"起来，你们都下去吧，"我屏退宫人，"韩将军今日找本宫所为何事？"

"娘娘，吉贵妃的兄长吉荣乃是禁军左都统，如今皇上病着，臣得到密报，他正调集精兵良将，似乎是想……"韩放说着看了看我。

"好啊，皇上还没怎样，有人已经等不及想逼宫了，很好，"我冷笑一声，"皇上真是会宠人。"

"韩将军，如果吉氏逼宫，你有胜算吗？"我看着韩放的眼睛。

他躲开我的眼光，想了想道："臣与他各有一半人马，但吉家多年来与藩王关系匪浅，如果有藩王乘机入京，恐怕……"

"知道了，都是天意啊，韩将军辛苦你了。从今日起，体和殿外只能由你的人把守，一只苍蝇都不能飞进去。还有，速召司马大人入宫。"我下令道。

"是，娘娘放心，臣誓死守护娘娘与太子。"韩放终于抬头看了我一眼。

"韩将军的忠心本宫明白，下去吧。"说这话时，我心里有种说不出的难受。

司马大人到时，已是掌灯时分，烛火无声地绽放在沉寂的夜里，显得格外凄冷。

蓉儿将他引入偏殿，我忙起身相迎："丞相，你终于来了。"

"微臣来晚了，娘娘恕罪。"司马永远是一脸淡然。

"本宫得到密报，吉家蠢蠢欲动了。"我急忙说道。

"此事，微臣已从韩将军那儿听闻，其实解决的方法娘娘应该已经想到，不是吗？"司马大人微微一笑。

"难道就只有这一个办法？"

"娘娘，如今就这一个办法了，兵行险招啊。"司马大人点了点头。

"那好，明早本宫就召吴寒将军率十万精兵火速回朝，驻扎在城外三十里待召。"

"娘娘，此事还是让微臣去传吧，毕竟假传圣旨是要杀头的，"司马大人笑得更开了，"万一将来皇上怪罪下来，微臣也就解脱了。"

"不行，你去宣旨，本宫还是脱不了干系。但是本宫去宣旨，你却可以抽身事外。再者，本宫去宣这个旨，也比司马大人更有信服力。"我摆手道。

"可是……"

"本宫心意已决，大人不必再劝了。"我止住了他。

皇上的烧已经好几天不退了，章儒林抓的药没有任何效果，难道事情真的已经到了无可挽回的地步了？我坐在他的龙床边，难道你真的舍得抛下江山社稷吗，我又该怎么保住你的皇子们和整个大魏？

我的泪无声地滑落在他的手背上，他的手抽了一下。

皇上缓缓地睁开眼，看着我，艰难地露出了一丝似是而非的笑。我想叫人，他极力拉着我道："宁儿，朕，朕有话同你说。"

"宁儿，你快把吴寒叫回来守住京师，朕怕是熬不住了。"他的话轻得我只得伏在他身上才能听清。

"皇上正值壮年，怎么会熬不住，皇上要好生养病，不要多想。"我小心安慰他。

皇上笑着摇摇头，又道："趁朕清醒，有几件事你要牢牢记着，万一朕熬不住，你要保住太子。吴寒虽是梅妃的兄长，但此人忠厚，必不会谋反。何德何在？"

我忙抬头看了眼何德，他一直在内室伺候，自然会意走近。

"何德，把东西给皇贵妃。"皇上努力说着话。

何德听完，看了我一眼，走到墙边突然打开一个暗格，他伸手进去，努力掏出一个紫檀木匣子。

何德颤颤悠悠地走近，又看了眼皇上，皇上点点头，他终于像下定决心一般把匣子递给我。这方紫檀木盒做工精致无比，榫卯工艺镶嵌着八宝，即使在后宫中也是难得一见的宝物，能放在这样宝匣中的自然绝非凡品。

我小心打开匣子，一枚精雕细琢、华美异常的金牌躺在里面，我却一眼认出了这东西，是虎符，可调令天下兵马。

我忙跪下来道："皇上，臣妾，臣妾不敢……"

"宁儿快起，不到万不得已，朕也不想把你卷进去，宁儿要替朕保住太子和江山，朕只能靠你了。记住，太子年轻，必要时，你可监国。"我点点头，接下了这催命的兵符。

皇上的脸露出了难得的轻松："宁儿，朕累了，你到朕身边来陪着朕，朕想再睡会儿，就再睡一会儿。"

"皇上，该用药了。要不等用完药再……"何德提醒道。

"朕累了，等醒了再用。"皇上回绝道。

我站起身，坐到他的身边，看着他又渐渐陷入了无边的睡眠。

"娘娘，这可怎么办？"何德看着我，不知所措。

"去把章太医叫进来，告诉他皇上刚刚醒了会儿，让他来看看。"比起后面的棋怎么走，我此刻更在乎的是他不能出事。

虽然体和殿密不透风，前朝后宫四处飞短流长，形势一时剑拔弩张。我以虎符之令，命韩放以雷霆之势策反吉荣的部下，瓦解吉荣的兵权。吉荣还未及行动，就在温柔乡里被抓。后又命太子布令，任何藩王擅离封地者，按谋反论。

十日后，吴寒终于带着十万精兵赶了回来，各方势力这才不敢再轻举妄动。

外有吴寒把守，内有太子监国，我本想放下些心。可我万万没想到，真正的危机才刚刚开始。

北疆八百里加急文送上了紫宸殿，趁着吴寒带兵回朝，西胡大举进攻边境，秦宝善抵挡不住，连日战败，已有三座城池失守。

太子的脸上写满了倦意，在翊坤宫里正襟危坐着，终于他叹了一口气道："娘娘，您倒是拿个主意。前朝大臣为主战还是主和争执不休，大臣们以国事危急为由，定要觐见父皇，丞相都劝不住。"

"那全儿以为该怎么处理？"我看了眼太子问道。

"请娘娘拿个主意，今日前线又报，我军再失一座城池。"太子已经毫无章法了。

"好了，你也累了，下去吧。容本宫再想想。"

"这……是，娘娘。"太子欲言又止，还是退去了。

乌云遮月，夜已深沉，我却毫无睡意。

"娘娘，您还是早些歇息吧。"蓉儿心疼地劝道。"如今内忧而外患，叫本宫怎么睡得着。看来，就是背着干政的名分，本宫也要趟前朝了。"我终于下定了决心。

"娘娘，值得吗？"蓉儿更担心了。

我轻笑了一声："值得，一头是江山社稷与黎民苍生，一头是虚名与性命，孰轻孰重？"

"娘娘，无论如何，奴婢永远跟随着娘娘。"蓉儿含着泪点头道。

"皇贵妃娘娘驾到。""皇贵妃娘娘驾到。""皇贵妃娘娘驾到。"太监们由近及远的通报声传遍了紫宸殿。

我深吸了一口气，扶着蓉儿的手里攥满了汗，缓步走入紫宸殿，大臣们在左右分别行起大礼。太子一脸释然地扶着我在龙椅边坐定，这明晃晃的龙椅才是真正的催命符，可惜能超脱的人太少了。

"本宫奉皇上口谕，协助太子监国。近日，皇上风疾复发，又逢西胡大军压境，的确辛苦众位爱卿了。等此事过去，本宫一定奏明皇上，各有封赏。"我试探道。

"启禀皇贵妃娘娘，皇上病重，太子监国本是理所应当。只是，娘娘您……"开口的是礼部侍郎。

"方大人问得好，本宫亦知后宫不得干政这个道理，只是皇上重托，本宫难以推辞。此事，千真万确，何德也在场，皇上还特赐虎符为证。"我使了个眼色给何德。

"娘娘所说皆是事实。"何德说着，扯开明黄色的布，虎符就静静躺在上面。

方侍郎还想说什么，被我用手止住："皇上让本宫监国，爱卿们有些疑问无可非议。只是，如今本宫人证物证俱在，再不信就是不相信本宫为人了。再者，本宫也不阻止你们亲自去体和殿奏请皇上，只是皇上的病因此而有所反复，你们有几个脑袋担当？"

"微臣不敢。"众大臣齐刷刷地跪下，不敢再问。

"好了，议事吧。"我点头让太子开始。

"启奏皇贵妃娘娘，太子殿下，西胡攻势如虹，我军连连败退。现下，西胡使节送来了求和议书，要求我方赔偿黄金十万两，牛、羊各五千，并……并割让金云十六州，还请娘娘与太子殿下过目。"沈丞相率先开口。

"金云十六州，汗王的胃口也太大了，爱卿们怎么看？"我问道。

"启奏皇贵妃娘娘，"司马丞相说道，"金云十六州自古便是兵家必争之地，西胡狼子野心，万万不可割让。"

"启奏皇贵妃娘娘，敌军连连得胜，我军主将吴寒调回京师，副将秦宝善负伤，军心不振。敌军所攻之地，必生灵涂炭，百姓苦不堪言。望娘娘三思而行，必要时，臣愿亲往谈判。"廖大夫禀道。

"娘娘，请您下令，臣愿意为大魏战死沙场。"吴寒将军下跪请战。

"太子，你的意思呢？"我转头看了眼太子。

"儿臣愿意代父亲征，为大魏战死沙场，请娘娘允许儿臣为父皇与您上阵杀敌。"太子激愤道。

"金云十六州乃险要之地，一旦割让，中原将再无屏障，西胡便可以长驱直入，攻占京师。可是，我军节节败退也是事实，你们告诉本宫谁可为战？"我大声问道。

"微臣惶恐。"众臣再度齐刷刷地跪倒在地。

"本宫知道你们兵家有这样一句话，士可杀不可辱，我泱泱大国又怎可屈服于此蛮夷。好，吴将军，本宫以虎符之命，令你为征北大将军。至于太子，你乃是国之根本，不可为战，这个代父亲出征的机会，本宫就赐给长毓了。"

四皇子没想到我会用他，显然吃了一惊，但很快走了出来道："谢皇贵妃娘娘，儿臣定不辱使命。"

体和殿内，宛贵嫔泪眼婆娑地来谢恩。

"宛贵嫔，本宫是实在没办法。长睿从小体弱，上马尚且困难，实在无法上阵杀敌。其他几个皇子也非良选，本宫也是母亲，长毓是你的独子，这件事是本宫有负于你。"我宽慰着宛贵嫔。

"是娘娘看得上长毓，娘娘又怎么会有负于臣妾。"宛贵嫔强忍着伤心。

"沙场虽无眼，但请贵嫔放心，本宫会叮嘱吴将军誓死保护四皇子的。本宫答应你，等他们凯旋之日，本宫必奏请皇上封他为王。"

第十八回　最繁华处最悲凉

"娘娘，吴将军在外求见。"何德来报。

"传。"我点头让他入殿，宛贵嫔见状，忙行礼退去。

吴寒虽是得他妹妹梅妃的宠才有了入仕机会，但如今他的确军功无数，在将士心中的地位已在秦宝善之上。

"吴将军明日就要出征，不知准备得如何？"我问道。

"娘娘放心，臣已做好准备，为大魏抛头颅洒热血。"

"臣有些事想单独向娘娘奏报。"吴寒话锋一转。

"好，你们都退下。"我屏退宫人。

"娘娘，恕臣直言，朝中一直有谣言，说臣拥兵自重，更准备他日辅佐六皇子长曦登基。"吴寒说着，小心看着我的脸色。

"吴将军说的这个谣言，本宫的确早有耳闻。不过将军也说了，谣言就是谣言，何必理会。"我笑着回他。

"如今娘娘以虎符为命，赐臣天下兵权，万一谣言是真，臣若借此谋反，娘娘的麻烦可就大了。"吴寒目光如炬。

我顿了顿，慢慢站起身，走到他身边，悠悠道："一来本宫相信吴将军，更相信皇上的眼光。二则如今大敌当前，在本宫看来没有人比将军更可当大任。这第三嘛，若你真的谋反，必是有了万全之策，本宫说一句大不敬的话，本宫宁可天下易主，也决不允许西胡铁骑蹂躏中土，这就是本宫的决心。"

吴寒怔了怔，下跪道："臣必当以死报国，请皇上与娘娘放心。"

"你去吧，保护好四皇子，本宫必倾天下之力来帮助将军。"

"多谢娘娘，娘娘巾帼不让须眉，让臣着实佩服。"吴寒抱拳道。

"下去吧。"我挥手示意他退下。

"蓉儿何在？"我唤道。

"娘娘。"蓉儿小心入内。

"随本宫去趟琳琅阁，去看看公主。"

皇上这些年虽然冷待我，但对这个女儿却是视如瑰宝，偏爱有加。十岁那年，便赐了这琳琅阁给她，还怕她深宫寂寞，特准林珑郡主作为侍读一同住着。我到的时候，两个姑娘正把玩着京城里时兴的皮影。

"母妃来了，"长英见到我也不行礼，"快来看儿臣与珑儿一起想的折子，讲的是一位年轻将军保家卫国的故事。"

"姑母万福金安。"珑儿行了个礼，说真的，这个侄女长得还真同我年轻时颇为神似。

"你们都下去，今日本宫要好好陪陪她们姐妹俩。"我屏退了宫人，静静看着两个小人演的折子戏。

"长英，明日你皇兄就要出征了。"我看着她道。

"儿臣知道，西胡蛮夷实在可恶，明日儿臣要亲自去送出征的将士，可好？"长英问道。

"当然可以，当年也是西胡来犯，就是有了你这个小福星才化险为夷，你父皇为了这个不知偏爱了你多少。"说这些时，我心底起了些酸楚。

"那儿臣的确是父皇的福星嘛。"长英撒娇地扑到我怀里。

"所以，如今形势比当年有过之而无不及，你父皇又病着，母妃想再让你做一次福星可好？"我含着泪，不让它落下来。

"母妃你怎么了，怎么哭了？"长英看出了我的伤心，不知所措。

"长英，你是皇上与本宫唯一的公主。也正因为你是本宫所出，在公主里位分最高。你为天下养，自然要尽到一个公主的义务，你明白吗？"我抓起她的手说道。

"母妃，你想干什么，想干什么？"长英哭着跪倒在我面前，林珑也吓得跪在一旁。

"昔日昭君出塞，保大汉百年太平，美人一出天下安，这招从来屡试不爽。"我的眼泪终于忍不住流了出来。

"不，不！母妃想要儿臣出塞？"长英崩溃了，伏在地上号啕大哭。

"姑母，林珑不才，愿意替公主出塞。"林珑抱着公主求道。

"不，不能让妹妹替儿臣出塞，何况妹妹心里有人了。"长英终于抬头决绝道。

"傻孩儿，想必你也知道西胡此次有备而来，吴将军与你皇兄未必能抵挡。本宫思来想去，唯一的万全之计只有左右夹击，西胡以西乃是贺夏，贺夏汗王曾多次要求与我朝联姻。只有当朝公主出塞方能显出诚意，也才能请贺夏汗王为我朝出兵，你明白吗？"我扶起自己唯一的女儿。

"儿臣明白。"长英伏在我的怀中，悲鸣着。

成德三十八年隆冬，大雪下了几天都不停。吴寒将军出征后不到半旬，我草草给长英准备了些嫁妆，连新春都等不及，就将她送出京了。

嫣儿从小看着公主长大，死活要陪着去塞外，我点头应允，特别封她为陪嫁尚宫。送亲队伍到了玄武门，公主行大礼拜别道："母妃娘娘要保重身子，今后山高水远，此生难见，请娘娘莫要挂念。"

"儿啊，母妃又怎么能不挂念你？可怜本宫贵为皇贵妃，连自己唯一的女儿都保不住，你父皇若是清醒，是万万舍不得的。"我抚摸着她美丽却冰冷的脸庞。

"儿臣是父皇与母妃的女儿，更是天下人的公主，儿臣明白自己的责任。儿臣会好好辅佐贺夏汗王，与大魏和平相处的，请母妃放心。"公主的话泣不成声。

"长英，你走了，就是把母妃的半颗心带走了，您就原谅母妃狠心，为了天下，

母妃只有舍了你了。"我把她紧紧拥入怀中，复而推出，把我唯一的女儿献给了天下。

雪更大了，片片落在我的身上，侵肌裂骨，我支开众人，跪在落魂井边，掩面而泣。常瑛，我有多痛苦，你知道吗？为了报仇，我生了长英；为了天下，我又舍了长英。你若活着，定会懂我，我竟然可以狠心到把自己的女儿给了蛮夷。

一把纸伞挡在了我的头上，我回头看去，林珑正站在身后："姑母，珑儿会一直陪着姑母的，姑母莫要太过伤心，损了凤体呀。"

"珑儿，姑母负了你皇姐呀。"我抓住她的手，撕心裂肺道。一大口淤血吐了出来，复又是一口，林珑忙唤着宫人，我却什么都听不见了，一头栽了下去。

"娘娘，您醒了。"蓉儿的脸上写满了担忧。

我勉强支起身子，宋太医正在帐外看着。

"娘娘，您这病乃气结于五内所致，万事要往开处想，否则对您的病可不好。微臣开了几贴清火去热的药，正在煎着。"宋太医一贯地儒雅淡然。

"本宫也想看开，但终究是俗人一个。"我叹了一口气。

"对了，本宫不是命你专门伺候冷宫失宠的主子吗，今日怎么来了？"我问道。

"回娘娘，皇上的病有些反复，太医们都在体和殿侍疾，所以就派微臣来了。"宋太医小心回着。

病了几日，我有些好转，要起来去陪着皇上，蓉儿也拦不住，就小心伺候着。得空的时候，蓉儿给我报了百官送来的慰问礼单，那支枝叶分明的顶级高丽参是韩放送的，而插在窗边，傲雪而立的两支红梅是司马长空派人送来的，齐家公子送来的则是一只雕着荷花纹理的如意手炉，不一而足。

贺夏出兵后，战局果然得到了扭转，西胡在两面夹击之下，终于显出了颓势，春暖花开前，熬不住退了兵。此后，皇上的病也渐渐有了好转，能下床走动些。又过了半旬，竟大好了。

一日，何德急着把我宣入体和殿，皇上红着眼怒视着我，该来的总逃不了。皇上果然吼道："皇贵妃，你的心也太狠了，长英是我们唯一的女儿。你，你不能在皇家贵戚中挑个好的嫁去吗，为什么？"

"皇上，公主是臣妾怀胎十月生下的，臣妾若不是到了山穷水尽也不会出此下策。"我第一次对着他嘶喊。

真龙天子在我的面前无声地流下了眼泪，很久才开口道："你下去吧，朕累了。"我忍住这么多天的委屈，下礼退去。

体和殿的门口，迎面遇到了梅贵妃，她正春风得意地冲着我微笑。后宫，从来就是个但见新人笑，哪闻旧人哭的地方。翊坤宫内，我不许蓉儿点灯，只有在这无边的黑暗里，我才敢真实地表现出我的伤心与绝望。

几日后，皇上终于能上朝，就等着吴将军他们归朝，好论功行赏。

"娘娘，桂花糕，您最爱吃的，多少用些吧。"蓉儿捧上了甜食。我挥挥手，示意她拿走。

"娘娘，"大丰急着进来，"禀娘娘，皇上来了。"

"快，接驾。"我忙起身走到殿外。

皇上许久不来翊坤宫了，他的脸色好了很多："宁儿，上次朕是因为太伤心才说了重话，你不要放在心上。"

"臣妾不敢。"我面无表情。

"其实，细细想来，朕该谢谢你，不该责备你。"皇上的口气许久没这么温柔了。

"过两日吴寒他们就回来了，到时候朕要论功行赏，你也别住在这儿了，坤宁宫空了这么些年，也该有些人气了。"皇上说这话时云淡风轻。

"皇上，"我跪下道，"臣妾不敢，难道皇上忘了丽妃之事。"

"是，丽妃之事，是朕让你不要觊觎后位。当年之事，朕也有些过了。更何况此次你立下的功劳足以抵消当年之事，朕已经决定了，你就安心当你的皇后吧。"皇上笑着扶我起来，坐在他的身边。

"皇上就不怕各宫有所非议？"我语气疏离。

"她们谁有你这般牺牲，宁儿，朕对不住你。"皇上的话轻得几乎听不清，可"对不住"这三个字却钉在了我心上。

"原来，宁儿也喜爱吃这桂花糕。"皇上顺手拿了一块茶几上的糕点。

"也喜爱，有别人喜爱桂花糕吗？"我问道。

"没，就是一个故人，"皇上又笑了，吩咐道，"何德，今晚，朕留在翊坤宫用膳。"

坤宁宫，虽然金碧辉煌、粉雕玉琢，却因多年无主位入住，反而显得有些冷清。

"娘娘，您终于等到这一天了。"蓉儿激动极了。

"蓉儿，这坤宁宫比之翊坤宫如何？"我笑着问她。

"这怎能比？翊坤宫再好，也是妃子住的。坤宁宫才是正宫娘娘待的地方，是国母之所，天下之望。"蓉儿兴奋地回着。

"非也，"我看着这琼楼玉宇道，"你忘了吗，大魏建国三百年，只有两位皇后活着从坤宁宫住进了慈宁宫。连大行皇后，这么才貌双全的女子，不也是红颜早逝。"

蓉儿显然没有想到我会这么说，她微笑的脸僵在了那儿，不知所措。

"娘娘，裴大人来了。"大丰禀道，不远处，一个白衣飘飘的女子正在待召。

"裴大人。"我唤她走近。

裴敏月依然清冷地笑着："娘娘是邀下官来观赏坤宁宫的？"

"非也，本宫好奇的是，为什么，"我转过身直视着她，"为什么，你要苦口婆心地劝皇上立本宫为后？"

"娘娘何出此问，就算是下官提议，这也是天下归心之事。娘娘为了天下舍弃了自己的女儿，如此壮举，合宫内谁能做到。"裴敏月平静回道。

"就这么简单？裴大人你可是不问世事之人，如此一来你便卷入了后宫争斗。"

"哈哈，"裴敏月又笑了声，"下官有愧于娘娘，是一定要还给您的。下官亦明白娘娘并不是个贪图权位的人，但这是下官唯一能为娘娘做的了。"

"有愧于？"我有些不解。

"请娘娘恕罪，下官只能言尽于此。但请娘娘放心，下官绝不会加害娘娘的。"

"好吧，本宫也了解裴大人的为人，你不想说，本宫自然也不会再问，只是这个人情，本宫不会忘记的。"我点了点头。

"多谢娘娘，敏月先行告退了。"裴监正向来藏而不露。

我示意她退下，对蓉儿道："走吧，去看看，我们都是这里出来的，是时候回去了。"

"奉天承运皇帝，诏曰：皇贵妃林氏，少而婉顺，长而贤明，行合礼经，言应图史。承戚里之华胄，升后庭之峻秩，贵而不恃，谦而益光。誉重椒闱，德光兰掖。宫壶之内，恒自饬躬；嫔嫱之间，未尝迕目。可立为皇后，赐金玉凤印。"我跪在翊坤宫的大殿上，听着何德的宣召。人间富贵时，我终是明白了个中滋味。

坤宁宫里都是些当年伺候大行皇后的老人，他们对我倒是都十分恭敬。皇后娘娘，我虽是顶了你的位分，但当年答应你的事我都奋不顾身地做了，也算报了你这份恩。

皇上近来对我不似前时冷淡，倒显出了几分恩爱模样，可比之梅贵妃的盛宠，这又算得了什么。我只盼着太子能站稳脚跟，我也了无羁绊了。

早春三月，柳烟雾蒙，我得了皇上的恩准，出宫到云岩庵敬香。后山上，我只唤蓉儿一人跟着，微凉的春风习习拂过，满天的桃花如雪纷纷。

"娘娘，了尘师父来了。"大丰带来一个面容姣好的姑子。

"了尘见过皇后娘娘，娘娘千岁千岁千千岁。"了尘行了大礼。

"起来吧，师父在这儿生活得可好？"我问道。

"谢娘娘当年不杀之恩，当年入庵是为了保命，如今倒真看破了红尘，得了大自在。"

"丽，不，了尘师父真的不再计较？"

"后宫争斗，实在可怕。况且，娘娘为了天下太平，不仅辅佐别人的儿子，还牺牲了自己的女儿，试问谁又能做到。贫尼如今在这儿得了大自在，也是托了娘娘之恩。

若是大行皇后还活着，也未必能做到这步。贫尼会在这庵里真心祈祷皇后娘娘与太后娘娘身体安康，太子平安顺遂。"了尘说着露出了真诚的微笑。

我在庵中诵经三日，启程回宫之日，天竟下起了滂沱大雨。

"娘娘，该启程了，韩将军正等着。"蓉儿来扶我出殿。

"本宫只是有些留恋这清静之地。"我的眼光不自觉地看向后山，想寻找些什么。

"韩将军，辛苦你了，劳烦你陪了本宫三日。"我谢道。

"这是微臣分内事，娘娘赞誉。"韩放的话语里没有一丝起伏。

"回宫。"我下令道。

刚出山门，我本想着再关照了尘几句，却听得"嗖"的一声，没等我看清，韩放大叫一声："小心！有刺客！"说完，他挡在我的面前，死死抱住我。

渐渐地，他的手慢慢松开，身子一点点倒了下去，最后努力抬起头看了我一眼，我想去扶住他，惊见他的背上插着一支羽箭。

"快，抓活的！抓住刺客！"侍卫们忙作一团，大丰挡在我的前面，扶我进了大殿。

"娘娘，救不活了，这箭上有剧毒。"这庵里懂些医术的姑子禀道。

"快，去把御医，不，把院判传来。"我哆哆嗦嗦地下旨。

"来不及了，娘娘。"姑子无奈道。

"娘娘，"韩放的脸色一片惨白，"微臣不行了，不行了……微臣有几句话想同娘娘说……"

"你说，本宫听着。"我点头俯在他的身边。蓉儿识趣地屏退了左右，关上房门。

"微臣死后，娘娘不必哀伤。微臣爱慕了娘娘一生，却始终不是娘娘心上的那个人，是有些可惜。不过，微臣不后悔，真的不后悔，只恨微臣命薄，不能陪着娘娘走到终了了，娘娘一定要保护好自己。"韩放的手努力想抓着我，我忙抓紧他已渐渐不听使唤的手。

"韩大哥，你不能死，你是韩家最后一个男丁，公主，公主还在家等你。为什么你要救我，现在如此，当年也如此，为什么？"我的眼泪止不住地流下来。

"微臣与公主多年无子，也怪微臣淡薄了她，望娘娘替微臣好生照顾她，让她择个好的再嫁了吧。"韩放的声音越来越弱，复又吐了几口血。

"韩大哥，是我对不起你，你不能死，不能死。"我把他抱在怀中，哀求道。

"那年，微臣在荷花池救了娘娘时，就喜欢上……娘娘了。如果不是到了最后，微臣也不敢说出口，微臣这辈子，在前朝后宫也罢，在万里沙场也罢，没有一刻，忘记过娘娘。微臣死后，副将邱玄礼为人忠厚，可接我职。"韩放断断续续道。

"韩大哥，我今生最亏欠的人就是你，来生，我必当牛做马报答于你。"我惨笑一声，替他理了理乱发。

"娘娘，微臣最后的遗愿，是……是能埋在皇陵边，这样……这样，微臣便能守护娘娘千秋万代，死生相随，望娘娘成全。"韩放哀求着抬起头望着我。

我重重点头："好。"

人生若只如初见！他笑着低下了头，抓着我的手无声地滑落，血花一朵朵绽放，染红了整件衣袍。

我枯坐在床榻上，任眼泪肆意流淌。

"娘娘，您已经几天没有用膳了，多少用些吧。"蓉儿哀求道。

"蓉儿，当年如风死的时候，本宫尝过这种撕心裂肺的痛。这么多年了，为什么老天爷又要本宫受一次？你知道吗，本宫看着韩大哥一点点死在自己的怀里，却无能为力，这种痛那么真切。"我看着蓉儿道。

"娘娘，"外殿禀道，"皇上的御辇来了。"

"接驾吧。"我勉强支起身子，跪倒在殿外。

"皇后，你不是病着，怎么还出来迎了。"皇上看着我一脸的心疼，扶着我躺在榻上。

"朕听闻皇后几天不怎么用膳了，特来看看你。"皇上说的关怀语句，我却总觉得他不知对后宫多少女子说过同样的话。

"让皇上担心，是臣妾的罪过。臣妾亲眼看到韩将军殉职，吓着了。"我搪塞道。

"朕明白，皇后毕竟是个女子，这刀光剑影的，定是吓得不轻，"皇上示意蓉儿捧上热粥，"但是，皇后的身子朕更担心，你多少用些，好让朕放心。"皇上亲自喂我，我只好勉强吃了几口。

"皇后，你放心，这件事，朕必定彻查，无论查到谁，朕都会给你一个交代。"皇上说着温柔地抚过我的脸。

"皇上，还有一事，韩将军死时，只有一个遗愿，就是希望能埋在皇陵边，生死跟随着皇上。此事，还请皇上圣裁。"我禀告道。

皇上的双眸闪了闪，有些哽咽道："韩家世代忠良，韩放更是为了皇室而死。这个请求朕自当应允，并追封他为忠义侯，永随皇室。"

出殡那天，京师微雨，平乐公主哭得死去活来，我却欲哭无泪。韩大哥，你安心地去吧，皇上答应把你葬在皇陵边，了却你的遗愿。

"娘娘，您的脸色极不好，可要多往宽处想。"不知何时，司马大人竟走到我身边。

我冷笑一声道："人都死了，还有什么好想的。"

"娘娘，那刺客虽已咬舌自尽，但是大理寺已查到他与大皇子有些渊源，你要相信齐大夫，不日就将水落石出。"司马大人禀道。

"吉贵妃，哼，本宫是怕到最后皇上下不了决心。"我暗暗生出些担忧。

"娘娘，"蓉儿走近说道，"前方官道上跪着个民女，说是韩将军生前的下人，一定要见娘娘。"

"韩将军的下人，叫她过来吧。"我微微颔首。

一个衣衫单薄，面色苍白的少女被带到我的跟前，下礼道："民女叶清欢拜见皇后娘娘，娘娘千岁千岁千千岁。"

"平身，你自称韩将军生前的下人，不知来求见本宫所为何事？"

"民女大胆，请皇后娘娘带民女入宫，民女要为韩大人报仇。"叶清欢平静答道。

"大胆，皇宫重地，岂是你一介平民说进就进的。"蓉儿斥责道。

"韩大人乃是民女生前的救命恩人，如今大人突遭变故，民女就是以命相搏也要为大人报仇。"叶清欢冷静的模样与她的年纪完全不符。

"你放心，韩将军的事本宫绝不会就此罢手，定会还将军一个公道。至于你，小小年纪，报仇与你无关，找个好人家嫁了吧。蓉儿，给她一百两银子。"我不忍苛责韩放的故人。

"请皇后娘娘带民女入宫，否则民女就在这儿咬舌自尽。"叶清欢突然抬起头，脸上布满了决绝。

"大胆，还不快把她拖下去。"蓉儿怕出事，示意太监们把她拖走。

"算了，本宫倒是有几分欣赏你这性子。你若真想入宫，倒也不必以命相搏，本宫准了就是。"我改变了主意。

"多谢皇后娘娘，只要让民女报了仇，民女必定一生好好伺候皇后娘娘，以报答娘娘大恩。"叶清欢终于露出了一丝微笑。

"本宫让你入宫不假，但是能不能报仇还是要看你的造化，你明白吗？"我看着她说。

"是，皇后娘娘。"叶清欢又行了大礼。

坤宁宫里，我把叶清欢交给蓉儿亲自调教。

"娘娘，恕蓉儿大胆，奴婢不明白娘娘为何要留一个外人在身边。"蓉儿终于忍不住问道。

"蓉儿，你过来，"我示意蓉儿走近，"本宫已派人去查这个女子，她的确曾为韩放所救，正如当年本宫一样，所以本宫明白她想报仇的决心。"

"这么多年，本宫早已视你为亲妹，所以本宫也没什么不能同你说的。你心细如发，却输在心软上。叶清欢这个丫头则不同，为了入宫可以以死相逼，可见她是个下得了狠心的人。欲成大事者，一要忍得住，二要狠得下。她是块做大事的料，只是知人知面不知心，要用她，本宫还要好好观察她。"我嘱咐道。

"是，娘娘深谋远虑。"

"更重要的是，她若是真心入宫报仇，又何尝不是一种死生相随，所以，本宫成全她。"说完我扫了眼在外殿劳作的叶清欢。

不几日，大理寺便请走了大皇子，吉贵妃披发待罪在体和殿前长跪不起。刚过二更天，残月如钩，夜色如墨，坤宁宫中却灯火通明。

"蓉儿，时候到了。"我下了最后的决心。

"是，皇后娘娘。"蓉儿明白我所指，出宫办事去了。明日天明，就是你死我活之时。

东方既白，皇上的圣旨便传到了各宫，妃嫔主子除了待产的秦婕妤，都跪在了体和殿。

"今日朕招你们来，想必你们也知道是为什么，宫中竟有人要行刺国母，真是罪大恶极。"皇上脸色铁青。

"大理寺已经查明，是长茂这个逆子记恨皇后免了他舅舅的官职，又升为国母，以致他太子之位无望，唯有铤而走险谋害皇后。更令朕心疼的是，吉贵妃竟然也参与了此事。"皇上说完身子颤了颤。

"就在昨夜，吉贵妃的近身侍女芙蓉密报，吉贵妃不仅参与了这次的谋逆，更是宫中多起阴谋的元凶。敏慧丽妃、王贵人、宛贵嫔，她桩桩件件都有份，朕真是痛心。皇后，你是后宫之主，就按祖宗家法办了吧。"皇上说完拍了下御案。

"是，皇上。只是吉氏的两个皇子里三皇子并未参与此事，皇上您看能否轻判？"我小心问道。

"皇后真是仁厚，朕自会考量。"皇上叹了一口气。

冷清多年的尚阳宫门终于打开了，我走入殿内，贤妃正在抄经。

"臣妾拜见皇后娘娘，千岁千岁千千岁。"贤妃见我忙行了大礼。

"快些平身，姐姐，你这大礼，叫本宫怎么承受，"我含泪拉着她坐下，"姐姐，这么多年，辛苦你了，本宫到今日才来营救姐姐，实在罪过。"

"皇后娘娘莫要自谦，这么多年冷宫生活，没有皇后娘娘的打点，臣妾怎么能活到今天。更重要的是，娘娘能让宋太医专司冷宫，是多大的恩典。"贤妃说完又叩首行礼。

"这等小事，何足挂齿，"我笑道，"对了，皇上说了，等你养好了身子，就过来看你。"

"他来也罢，不来也罢，臣妾根本无所谓。"贤妃说了句实话。

"姐姐心里可以不在乎，可毕竟不能驳了他的面子。"我劝道。

"臣妾明白。"贤妃苦笑一声。

"唉，姐姐固然得了自由，可惜这清净是再难有了，"我四顾尚阳宫，"本宫这次来，是因为明晚本宫要亲自送吉氏上路，姐姐可要同往？"

"谢娘娘美意，臣妾礼佛多年，见不得这些了。"贤妃回绝道。

蓉儿为我仔细画眉上妆，今日本宫要送今生最大的劲敌离开了。推开永寿宫门，吉氏正襟危坐着，一脸云淡风清。

"你们都出去吧，本宫要和吉贵妃说说话。"我笑着坐了下来。

"娘娘，不如奴婢留下来陪你吧。"蓉儿有些担忧。

"不必了，若是本宫有半点闪失，三皇子就必定要死，这个道理贵妃娘娘懂。"我挥手让她退下。

"皇后娘娘真不简单，臣妾想，比之当年大行皇后，你才更是个厉害的。"吉氏毫无惧色。

"非也，吉贵妃大概不知道，芙蓉，就是告发你的那个宫女，她就是大行皇后安插在你身边的。还记得当年大行皇后的首领宫女宜霏吗？芙蓉是她的远房表妹，真正能够除掉你的人，从来只有大行皇后。"我道出事实。

"哈哈哈，是吗，臣妾真是输得不甘心。"吉氏笑开了。

"你仗着皇上宠你，在后宫造了多少杀孽。当然这次，大皇子年轻气盛干了蠢事，你倒是真不知情，不过有芙蓉的证供，你也只能认栽了。"我看着她道。

"多一件少一件又如何，反正是个死。只是，希望娘娘能放过臣妾的孩子。"吉氏第一次说了软话。

"皇上已经下旨了，赐大皇子在府邸自裁。三皇子未曾参与，但株连之罪是逃不了的，已下令贬为庶民，迁往海州，"我回道，"你放心吧，本宫会亲自下旨，让他们不要为难长晖，让他平安生活下去，毕竟他是你们吉家最后的血脉了。"

"谢皇后娘娘。"吉氏舒了一口气，下礼道。

"臣妾的确杀过不少人，伤天害理的事没少干。但臣妾这么做，是为了什么，娘娘知道吗？"吉氏含泪道。

"争宠还是皇位？"

"臣妾第一次看到他时就爱上了他，臣妾出身微贱，他的身边却美人如云。后来，臣妾终于得了宠，也生了皇子。可臣妾害怕，无时无刻不在害怕，怕一夕之间就一无所有。所以，臣妾只有往上爬，爬到那最光亮的地方。"吉氏说这话时的神色好像是面对着一位多年未见的挚友。

"可是你也不该杀了这么多人，多行不义必自毙。"我说道。

"娘娘，你真心爱过皇上吗，贤妃真心爱过皇上吗，大行皇后又真心爱过皇上吗？没有，都没有，真心的爱是不允许他身边有旁人的。臣妾才是真心爱他的。"吉氏绝望地吼道。

"这是鸩酒还是白绫？"她指着桌上的明黄布。

"非也，"我扯开布，"是坠金。"

"哈哈，"吉氏笑了，"报应，当年臣妾就是这样杀了怀有皇嗣的王贵人。"

"本宫知道，那日本宫就藏在王贵人的红木柜子里，才躲过杀身之祸。而王贵人死前曾写下遗信，今回也一并取出来呈给了皇上，"我把她扶了起来，"唉，不过本宫敬你对皇上尚有几分真心，自己上路吧。"

"好，只要是他的意思，臣妾就会遵循，"吉氏哆嗦着拿起金块，复又转向我道，"今日我败给娘娘，只有死这条路。不过，娘娘也不要得意，这后位合宫侧目，更有后来人。得宠的梅贵妃也好，旁的人也好，都不会臣服娘娘。到那时，娘娘若是败了，臣妾在黄泉给娘娘做伴。"

"好，真有那时，你我死后再斗。"我点头笑道。

"那臣妾上路了，望娘娘善待长晖。"说完吉氏吞金自尽，那曾迷倒皇上的美丽脸庞扭曲至极，她的身子撞在桌椅边，重重地倒在了地上，却倔强地望着体和殿的方向。

我打开大门，一众宫人正在等我下旨，我看着清欢道："吉氏已经上路，你进去验了后就送去落魂井吧。"

清欢早已按捺不住："遵旨，皇后娘娘。"

一代宠妃，魂归孤井，她后宫争斗的路终究是结束了。皇上这时该是在读桐方的信吧，这重见天日之物在我有生之年呈给了皇上，桐方你可以瞑目了。

转眼就到了初夏，秦婕妤在暖云阁里疼了一天一夜，为皇上生下一个小皇子。皇上一扫多日来的沉闷，赐名皇七子长坚，晋秦婕妤为晴嫔，大宴摘星楼，一时热闹异常。

皇上抱着他的第七个皇子笑得合不拢嘴，俨然是忘了他刚下旨亲手赐死了他的长子，流放了他的三子。我不敢想象，若是我败了，多病的长睿会是怎样的下场。古今多少事，终究逃不过最荣耀时最苍凉，最繁华处最寂寥。

夜宴之后，微风醉人，我踱步到荷花池，当年满池的荷花如今只是稀稀拉拉地开了几枝，掖庭局的那些宫人大抵是跟红顶白的，心思都在白梅园。

我转身对蓉儿道："去传本宫的旨，从现在起，从立夏到秋分，本宫要看到这里满池竞放，少开一日，自己去领板子。"

"是，皇后娘娘。"蓉儿领旨。

如风也罢，韩放也罢，多年前，都是与我在这荷花池引出的一场牵绊。我如今能做的，只有怀念。

当我再回头望去，却看见远处一对璧人的影子倒映在了池中。虽有些朦胧，我却看清了是长毓与林珑，我的侄女也到了情窦初开的年纪了，怪不得长英曾说珑儿已有了心上人，原来是他。

长毓这次立了军功，想必皇上不久就要封王。我也该想着在他去封地前，和皇上说说他们的事。如今长英远嫁，我膝下也就珑儿一个女娃，断不能亏待了她。

不日，皇上果然下旨，封长毓为英王，赐绥远、安宁两处为封地，宛贵嫔晋为宛淑妃。下朝后，皇上难得来坤宁宫用茶，各种小点自是不能缺的，茶叶用的是采自武夷绝壁之上最好的岩茶。

"皇后想必知道朕今日早朝刚封了长毓，朕想着长睿也大了，照祖制，皇后之子当封为京师王，改日朕挑个机会也一并封了吧。"

我忙起身下礼："多谢皇上，臣妾的儿子臣妾自己知道，长睿从小就身子不好，常常缠绵床榻，又怎能为京师王，更别说带兵戍卫京师，还请皇上收回成命。"

皇上深看了眼我，想了想道："皇后请起，朕就这么一说，皇后多虑了。还是等长睿的身子再养好些，朕再思量此事吧。"

"哦，对了，前几日廖仲来找朕，说起他儿子，就是现在在礼部任职的廖儒俊，他思慕林珑郡主已久，想求朕赐个御婚。朕想着这虽是个好事，但林珑毕竟是皇后你的侄女，想着还是先同你商量。"皇上突然话题一转，却着实吓到了我。

"皇上，这，突然之间，臣妾，臣妾不知如何是好？"我一时难以回答。

"朕想着廖仲是御史大夫，乃是当朝重臣。那廖儒俊是他的独子，也算年轻有为，若不是喜爱已深，以廖仲的个性，断不会来求朕。皇后不如同林珑说说，以成就这桩美事。"皇上淡笑道。

"是，臣妾领旨。"我五味杂陈。

"对了，梅贵妃那儿新得了一套上好的定瓷，朕去看看，皇后不如同去？"皇上起身问道。

"不了，一会儿尚宫局有事来奏，臣妾就不去了。"我深知皇上的本意。

皇上刚走，蓉儿便忍不住了："娘娘，恕奴婢大胆，您不是要撮合林珑郡主与英王殿下吗，为什么刚才……"

"蓉儿你不懂，英王与林珑情投意合，本宫自然想成全他们。可是如今太子根基未稳，前朝三大重臣，沈丞相德高望重却重病缠身，即将致仕。司马大人虽是我们的人，但廖仲却多年来心机极重，左右摇摆。"我有些犹豫。

"那廖儒俊是否真的思慕林珑，本宫不得而知。但是，廖仲亲自去求赐婚，却是向本宫示好的表现。如今，吉贵妃已死，本宫贵为皇后，又是太子嫡母，廖仲这只老狐狸自然明白，捧着本宫比捧梅贵妃容易得多。但若是本宫轻易拒绝，廖仲就可能投靠梅贵妃，此消彼长，便会动了国家的根基。本宫不得不三思而后行。"我道出心中的担忧。

"可是娘娘，林珑郡主心里那人是英王，只怕……"蓉儿接着道。

"椒房贵戚，谁又能主宰自己的命运。听皇上的意思，也是赞成这门婚事的，唉，容本宫再想想吧。"我无奈道，突然想到了千里之外的长英。

几日后，趁着清风徐来，荷花盛开，我邀林珑一起赏玩。林珑正值韶华，明媚娴雅之态更胜以往。

"珑儿给皇后娘娘请安，娘娘万福金安。"林珑笑着下礼。

"起来吧，你们都下去吧，今儿珑儿陪着就行了。"我屏退了左右。

"珑儿，姑母叫你来，一是欣赏这满池的荷花美景，二是前几日皇上和姑母说起你也大了，当是嫁人的时候了，皇上的意思是亲自给你赐婚。"说到这，我见林珑的脸涨红了，却没有吭声。

"其实，姑母知道珑儿心里已经有人了，只是，只是，皇上相中的是廖大夫家的独子，在礼部任职的廖儒俊。"我终于说了出来。林珑显然大受打击，整个身子焉了焉。

"珑儿，姑母也是女人，自然明白男人爱的是天下权势，而女人爱的只有自己心上那个男人。所以，一个女人最大的幸福是嫁给自己的心上人。"我扶她在身边坐下。

"但是姑母亦是国母，步步都要先天下而后己，所以姑母才不得不把自己唯一的女儿远嫁，也不得不拉拢廖大夫这个重臣。珑儿，你从小就像姑母，姑母向来偏爱你几分，你是林家的女儿，姑母决定给你自己选择的机会，如果你下决心要嫁给心上人，姑母就是再凶险也会保住你。"我缓缓道来。

"姑母，这……"林珑欲言又止。

"不急，你回去想想吧。"我止住她。

我不知道林珑那几夜是怎样过的，我在坤宁宫中辗转难眠，希望她断然回绝我，去嫁给自己心爱之人生儿育女，完成我贵为皇后却没能完成的心愿。又害怕她拒绝我，廖仲投靠梅贵妃，让前朝形势更加白热化。

这日我刚起身梳妆，清欢进来禀道："皇后娘娘，刚刚林珑郡主派人送来一只锦盒。"

"放下吧，你出去吧。"我支开她，打开锦盒，一枚鲜红的双喜结摆放在里面。

"蓉儿，皇上下朝后，去趟体和殿，"我凝重地说，"请皇上赐婚。"

"是，娘娘。"蓉儿小心回道。

我的侄女注定要走上一条和我一样的道路，心上的那个人，只有梦里再相见了。一个月后，英王带着亲随赶往封地，临行前，他特来向我请辞。我问他是否恨我棒打鸳鸯，他俊美的脸庞上只是苦笑，临到终了才说了句望善待珑儿。多长情的王爷，让我想到了当年的一个故人。

林珑是我唯一的侄女，廖儒俊又是重臣之子，皇上亲自主婚，铺张的程度堪比公主出嫁。香烟缭绕，花彩缤纷，红妆绵绵几里，紫烟含着泪送走了自己的女儿，而我的痛只能藏在心里。

大婚后不久，皇上便擢廖儒俊为礼部左侍郎，官升二级，林珑之兄林斌擢为禁卫军右都统，官升三级。不出几日，告病多时的沈丞相便向皇上请辞告老还乡。皇上挽留多次不得，只得封了司马长空为右丞相，廖仲为左丞相。而接替廖仲御史大夫之职的是大行皇后的弟弟齐云羡，皇上的用心已然天下皆知。

深秋时节，林珑入宫来见我，蓉儿引她入内室，看到她青春的脸庞上写满了苍白，我心疼得很："珑儿，姑母知道你这次是为了大义牺牲了自己，但不代表可以委屈了你，若是那廖家对你有半点薄待，姑母绝不放过他们。"

"多谢皇后娘娘，廖大人与廖郎待珑儿都很好，如今珑儿有了身子，更是疼爱有加。"

"你有身子了？"我有些惊喜。

"嗯，姑母，珑儿也要做母亲了，就是为了这事，才着急入宫觐见的。"林珑苦笑一声。

"好,好,"我抬头对蓉儿道,"去把公主那颗南海夜明珠拿来。"

我拉起林珑冰冷的手又道:"既然有了身子,就更要好好爱惜自己,南海夜明珠能压惊定神,是举世无双的宝物。这本是当年大行皇后的陪嫁,赐给了尚在襁褓中的长英。她走得急,未及带走。姑母就赐给你腹中的孩儿了。"

"姑母,这礼物如此贵重,珑儿不敢收。"林珑起身拒绝。

我忙扶她坐下道:"你若不收,姑母的心就更歉疚了。你为了姑母,为了太子,嫁给了不爱之人,这份牺牲又是多少人能及的。你就收下,方能稍稍安了姑母的心。再说,你的皇姐长英若是在这儿,也会赞成姑母把此物赐给你。"林珑听了这话,不再回绝,收了下来。

临走时,我让蓉儿把坤宁宫中能安胎的补药都赐了她。林珑只一味不说话,临了才对我说了句:"姑母,珑儿听说宛淑妃娘娘正在给英王择英王妃,英王喜爱温婉娴静又能通晓音律的女子,姑母能否适当关心些。"

我心头一酸,忙点头答应。林珑这才笑了一声,转身离去。

三个月后的某日,我去晴嫔处逗玩皇上最小的皇子,晴嫔有了这个皇子后,皇上对她果然比之前关心多了。晴嫔爱食甜,用的小点多是些甜食,我尝了片水晶杏脯,用了些奶茶。

晴嫔道:"姐姐,臣妾听宫人们说,前次在南苑狩猎,皇上说长曦最像他,也最得他欢心。这话让人有些心忧。"

我看了眼她,抱起长坚道:"妹妹多虑了,皇上的确偏疼长曦些,但其他的皇子他也不会薄待的。长坚是他的幼子,如今他来你这暖云阁的次数可不少呀。"

晴嫔有些尴尬:"是,姐姐,臣妾多嘴了。"

"别多想了,你看长睿病几日好几日的样子,皇上不一样心疼着。"说完我继续逗着怀里的长坚,不谙世事的孩子笑得咯咯出声。

"娘娘,"大丰大喊着失态冲了进来,"娘娘,大事不好了。"

"怎么了，好生说话，不要吓到小皇子。"我有些生气。

"娘娘，林珑郡主，林珑郡主她，她……"大丰不敢说下去。

"她怎么了？"我直起身子。

"她大去了。"大丰终于挤了出来。

皇上御赐的金婚，我亲自做的媒，就这样把我唯一的侄女逼上了绝路。我在林珑的灵堂上，泣不成声。

"娘娘，"蓉儿打断了我的悲伤，"不好了，林将军与廖侍郎在外殿打了起来。"

"放肆，珑儿还躺在这里。"我示意蓉儿扶我起身，走了出来。两人虽火气旺着，见到我都停下了手。

"打呀，打死了，本宫也省心了。"我怒斥道。

两人刷刷跪了下来道："皇后娘娘恕罪。"

雨打芭蕉，寒风凛冽，我在坤宁宫里呆呆地坐着，思念着我的侄女与未出生的侄孙，蓉儿为我添了新茶，披上孔雀裘，继而开口道："娘娘，廖丞相正跪在殿外，您看是否传召？"

我抿了一口茶道："让他先跪着吧。"

两个时辰后，蓉儿提醒我，丞相还跪在外面。

"你去召他进来。"我下定了决心。

第十九回　九州王气黯然收

"罪臣叩见皇后娘娘，娘娘千岁千岁千千岁。"廖仲行了大礼。

我顿了顿道："起来吧，外面冷，廖卿过来用杯热茶，免得寒气上身。"

"罪臣不敢。"廖仲并无起身的意思。

"廖卿贵为三公，功劳卓著，何罪之有？"我面无表情问道。

"娘娘，请您放过逆子一条贱命吧，罪臣定当以残生报效娘娘与太子，求娘娘开恩。"

"廖卿，这里没有外人，本宫明人不说暗话。林珑是本宫唯一的侄女，本宫向来视如珍宝，若不是你亲自求娶，本宫断不会急急嫁了郡主。这可倒好，不出半年，人就没了，你对得起本宫吗？"我愤恨道，"本宫听说林珑自嫁入你廖府就备受廖儒俊冷落，经常拳脚相加。可她有身子了，那是你廖家的后人，居然能宿醉后失手打死，一尸两命，这就是你报答皇上和本宫的赐婚吗？"

"求娘娘饶了那个畜生吧，毕竟他是罪臣唯一的血脉。"廖仲把头低得更下了，语言间带着掩饰不住的起伏。

"郡主的陪嫁丫头本宫都打发回乡了，外人只会知道郡主是病死的，卿就放心吧。"我强压下怒气。

"娘娘，罪臣，罪臣，"廖仲跪着向前了几步，"罪臣万死以报娘娘。"

"万死就不必了，不过本宫要你答应本宫三件事，否则你应该明白后果。"我止住他。他重重点头，我复而道："第一，你为左相，要好好辅佐太子殿下，断不可有二心。第二，廖儒俊辞去官职，为郡主守丧三年，之后永不可再娶正妻。第三，也是最重要的，把郡主的身子还给我们林家，她就是死了也不想再待在你们廖府了。"

廖仲狠狈地点头应允，便匆匆退出了殿阁。我站起身来让蓉儿扶着我出去走走。蓉儿默默挑起灯笼为我引路，不知不觉我走到琳琅阁，曾几何时，我最心爱的两个姑娘无忧无虑地住在这里，享受着天家的富贵。

可惜，我亲手把一个姑娘送上茫茫大漠出塞之路，从此音信难通。又狠心断送另一个姑娘的终身幸福，把她赐予了豺狼，最终葬送了卿卿性命。为了天下大业，为了太子登基，我甚至放过了害死她的人。

"去把首领宫女叫来。"我坐了下来，命道。

一个清瘦的宫人上前行礼："奴婢萧薇，是琳琅阁的掌事宫女。原首领宫女萧洁已经随公主出塞去了。"

"哦，也去了，"我这才想起，"你们都姓萧，难道有些亲缘？"

"不瞒娘娘，萧洁是奴婢的胞姐，当年我们一起入的宫，后来一起被分来伺候公主殿下。姐姐是首领宫女，自然要陪同公主殿下出塞，奴婢位分低，没有福分跟着伺候公主。"

"哎，双生姊妹，奈何生离，"我长叹了一口气，"你过来，同是天涯沦落人，本宫今日就赐你坐在本宫的身边陪着本宫看戏。"

"奴婢不敢。"萧薇的身子钉在了地上，丝毫没动。

"起来吧，本宫记得公主与林珑郡主曾排过一个折子戏，让奴婢们去演一场吧，本宫邀萧姑娘一同看。"我示意蓉儿扶她起来。

萧薇这才勉强坐在我的身边，戏开演了，悲伤地离家，愤然地出征，深爱的男子化为了无定河边的尸骸，苦守的女儿花开花落之后熬白了头发，曲终了，谁在叹息？我转头看了眼萧薇，她的双眼里含满了泪花，却不敢流下来。

我抓起她的手道："明日你就出宫吧，本宫会赐你足够的安生费，你回去好好侍奉父母，让他们能颐养天年，权当本宫对你们姐妹的一点补偿。"

　　萧薇忙行了大礼："谢皇后娘娘恩典。"

　　无声的大雪毫无止意，涓涓而下，真到了隆冬时节。皇上携梅贵妃上了骊山，我坐镇中宫，虽有蓉儿为我温了酒，暖了阁，不免有些寂寞心冷。入宫多年，就是今日已为国母，却终究没有什么滋味。

　　我推开窗棂，一阵刺骨的冷风打断了我的胡思乱想。"娘娘，出事了。"大丰的禀报再一次刺激着我摇摇欲坠的心防。

　　"娘娘，骊山急报，皇上昏倒在了梨花池里，太医们正在诊治。"大丰道出了我最担心的事。

　　"什么？皇上昏倒，传旨，本宫要速上骊山。"我站起身来。

　　"娘娘莫急，皇上现下已清醒，也下旨要立即回宫，怕是这会子已经快到京师了，请娘娘速去迎接。"大丰禀道。

　　"什么，龙体还没恢复，如何经得起颠簸，皇上是怎么了，"我更担忧了，"快，准备接驾。"

　　我在体和殿里见到皇上时，他的脸色难看得异常，这种脸色我太熟悉了，就如同当年的敏慧丽妃、大行皇后一般，我知道怕是要大不好了。我跪在他的面前，眼泪无声地滑落。

　　"娘娘，皇上病重，却一定要赶回来，微臣怎么劝都劝不住。"章院判轻声禀道。

　　"章太医，这是怎么了，你上次说皇上的风疾不是好些了，怎么会？"我很是上火。

　　"微臣有罪，风疾之症本就是顽疾，极难痊愈，又容易反复。皇上在极寒之天远上骊山，加上大病初愈，大概就是促使风疾复发的原因吧。"章院判战战兢兢。

　　"算了，本宫知道这次上骊山是梅贵妃的意思，也不是你一个院判能拦着的，"我压了压怒气道，"现下，可怎么办？"

　　"娘娘，恕微臣直言，皇上是大不行了，娘娘还是早做打算为好。"章院判说着

就跪在地上，叩了个响头。

"何德何在？"我抬头问道。

"奴才在。"这个忠心的老奴才已经满脸泪痕了。

"去传本宫的旨，所有宫嫔、皇子皇女、外庭重臣速速赶来，皇上病重了。"我挥挥手，示意他快去。

体和殿里，只有我与皇上的母亲二人侍疾，老太后病了多年不出慈宁宫，这次却恐怕要白发人送黑发人了。皇上的身子烫得让人心焦，太医院送来的药是一口都用不进去了，太后没有掉一滴眼泪，安静平和地看着自己的儿子，仿佛在看一个刚出生的婴儿。

皇上的手抖了抖，终于勉强睁开了双眼。我忙唤道："章太医，章太医，皇上醒了。"

章院判忙来把了把皇上的脉，神色更凝重了，对我们摇了摇头，我明白该是道别的时候了。

"皇儿，有什么话，你就同母后说吧。"太后把皇上搂得更紧了。

"母，母后，儿臣恨，恨了母后这么多年，淡了母后这么多年，母后不要怨儿臣。"皇上的脸色稍稍有些泛红，正是那回光返照之兆。

"你是母后唯一的儿子，母后怎么会怪你。儿呀，母后的皇儿呀，母后真想拿自己的命去换你的。"太后终于有些把持不住了。

"母后原谅儿臣，儿臣就放心了。"皇上有些顽皮地笑了笑。

"儿呀，有件事母后一定要再说一遍，母后与玉凝都没有对庆妃下毒，到了这个时候，母后没有任何骗你的必要了。这么多年，你错怪了母后与玉凝。"太后说道。

"儿臣明白了，待儿臣去了，定向皇后好好赔个不是。"皇上释然道。

咳咳咳，皇上又一阵猛咳，帕子上绽出一大朵的暗红，皇上的眼光无力地扫向我。太后似乎是看出了什么，默然地退了出去，内殿里只剩下了我与皇上。

皇上的手努力伸向了我，我走到他的身边，紧紧抓住了这只手。皇上的脸上笑得更开了，仿佛是初春里第一道明艳的阳光，我与他终于也到了不得不分离的时候了。

"皇后，朕的皇后，你的鬓上什么时候也被岁月留下了丝丝白发，你我都老了。可朕怎么就忘不了初见你时的样貌，"皇上的眼睛努力看着我，"知道朕为什么急着赶回来吗，朕是想见你最后一面呀。"

"皇上，"我终于克制不住，拥他入怀，"您会好的，大魏的江山社稷不能没有您。"

"这天下永远都只属于百姓，少了谁都可以。如今，太子羽翼丰满，可以荣登大宝了。朕只是有些不放心，梅贵妃母子盛宠，她兄长又握了兵权，难免恃宠而骄，也得罪了后宫不少人。朕走后，望皇后善待他们母子。"皇上的话让我有些说不明的失落。

"皇上放心，臣妾会好好待他们母子的。"我点头答应。

"皇后，朕对不住你。朕其实早就知道你的心思在如风身上，是朕为了皇权杀了他，让你记恨了朕一辈子吧。"皇上突然话锋一转，我感觉自己的身子不自觉地震了震。

"皇上，臣妾……"我不知如何应对。

"罢了，朕是真心爱你的，所以朕更容不了你心里装着他，若是当年朕没杀如风，你的人生不致如此凄凉呀。"皇上挣扎着用手抹去我脸上的泪珠。

"你知道吗，当年先皇本属意把皇位传给如风，因为母后和重臣的势力才作罢，可他还是京师王，掌京师重兵，让朕如鲠在喉。如今到了这会儿，朕是没脸去见这个皇弟了。"皇上断断续续地说着。

"皇上，天子当杀伐决断，王爷他的心太软，是注定成不了一个好皇帝的。"我的心绞痛起来。

"太子何尝不是这样，皇子中朕最喜欢长曦，不是因为朕宠爱他的生母梅贵妃，而是因为这孩子最像朕。但朕不能把皇位给他，他太年幼，主少则国疑。况且梅妃没有你的坚忍与包容，不堪为天下之母。"皇上说完又咳出不少血。

"朕走后，恐有血雨腥风。你速把英王召回，守住京师。还有，何德会把虎符交给你，你要好好收着，望能保你万全。咳咳……"

"皇上，您别说了，身子为重。"我规劝道。

皇上摇摇头道："宁儿，你莫要恨朕，朕要走了，当年大行皇后死后，朕一直没给个谥号，那是朕觉得亏欠了她，给什么谥号都换不回。如今，再不给就真没机会了，告诉新帝，朕赐他生母齐玉凝谥号'柔穆皇后'。"

"是，皇上。"我点头道。

"宁儿，若是有来生，朕希望那时你我都是普通百姓，过着布衣的日子，你愿意吗？"皇上的身子颤了颤，眼泪无声地滑落在了我的袍子上。

我轻轻笑道："好，臣妾答应皇上。"

"哈哈哈，好，"皇上说完突然直起身子，望着远处，"定陵里怎么这么冷，这么暗，庆妃，皇后，你们怎么来了，宁儿，宁儿，朕……"

他没有说完这最后一句，身子便倒在了我的怀里。我紧紧抱着他，可是我搂得再紧，他本是发烫的身子还是渐渐冷去了，没有了一丝的温热。

他的嘴角还挂着温柔的微笑，只是过了今夜，他便不再是天下之主。这个龙椅上波澜不惊的男子，高堂老母、妻妾儿女、万里河山、天下苍生，终是没有能留住他。

"何德，何德。"我高声唤道。

"奴才在。"何德闻声进来，看到了皇上最后的面容，跪倒在了地上。

"你去传旨，说皇上的病略有好转，各宫都先退下吧。"我下旨道。

"可是，娘娘，皇上他……"

"去传本宫密旨，速召英王入京，待他入京后，方可通报皇上龙驭归天之事。"我看着何德，坚定地说道。

坤宁宫内，我的眼泪无法止住，是他杀了如风，是他冷了我这么多年，为什么我会这样伤心，这样绝望。

"娘娘，您已经三天没进膳了，这是奴婢做的蜜汁桂花糕，是娘娘平日最爱用的。"蓉儿苦口婆心地劝我道。

"蓉儿，为什么，为什么他死了，本宫这么伤心，为什么？"我一把抓住蓉儿。

"娘娘节哀，您不能有事。皇上走了，但是您还有长睿，还有太子。"蓉儿安慰着。

"娘娘，何德来了。"大丰禀道。

"传。"我拭去眼泪，正了正身子。

"奴才何德见过皇后娘娘，娘娘万福金安。"何德行了礼。

"起来吧。何公公，你要死守着体和殿，皇上归天的事绝不能让任何人知道。"我嘱咐道。

"是，娘娘，此物是皇上生前交予奴才，说是万一自个儿走了，一定要交给皇后娘娘。"何德手上捧着的锦盒，我自然认识，那里面藏着的是统领天下重兵的虎符。

蓉儿为我更衣，点了宁神香，我坐在芙蓉帐下发着愣，小心地抚摸着精美的锦盒，大行皇帝留给我最后的东西。

一龙一凤雕刻得精致异常，紫檀散发出阵阵奇香，只是这龙爪怎么有六只，我有些奇异，用手抚了抚，没想第六爪竟有些松动，我再用力一按，"啪"的一声，锦盒的底部竟弹出一个暗格。暗格上却是合了暗锁，看来还需要找到这暗锁的钥匙。我把锦盒举到更近处，端详这锁竟是和合二仙的制式，难道钥匙是……

"蓉儿，快，去把皇上赐给本宫的和合二仙玉簪拿来。"我着急地唤着蓉儿。

蓉儿为我取来玉簪，我颤抖着插进锁孔，分毫不差，我忙打开一看，顿时惊住了。

一支无比华美的金步摇安静地躺在那儿，等待着重见天日的那一天。

"娘娘，"蓉儿显然也没想到，"这，这是皇上赐给娘娘的金步摇吗？"

我惨笑一声，看着蓉儿道："不，这是皇上赐给庆妃的金步摇。'得步摇者得圣心'，贤妃也罢，吉氏也罢，宛淑妃也罢，她们正是因为多少有些像庆妃才得到了这步摇之宠，从此扶摇直上，成为一宫主位。可是，皇上心里真正爱过的，也唯一爱过的是红颜薄命的庆妃。蓉儿，你看这支步摇比之其他几位嫔妃的步摇要更大些，样式也更早些。你只要去尚宫局查查，便能确定这就是当年那支传说已随庆妃下葬的定情之物。"

"可皇上为何，为何要赐娘娘此物？"蓉儿更不解了。

"哈哈哈，'得步摇者得圣心'，皇上，太晚了，"我笑着拭了拭眼泪，复而道，"蓉儿，本宫饿了，去把桂花糕拿来。"

"是，娘娘。"蓉儿听到我愿意用膳，忙去捧来了糕点。我仔细品着桂花糕的香甜，为什么我这么喜欢吃桂花糕，我仿佛突然又回到了那年。

年少时闲来无事，我与桐方相约去太液池边赏桂花。桐方调皮，见那桂花树上一枝桂花开得正艳，便上树采摘，却一脚踩空，滑下树来。

她哭得极伤心，不料哭声惊扰到了正在赏桂的皇上与新晋封的吉嫔娘娘，何德便把我们二人引去御前。

皇上那会儿年轻，吉嫔又是新贵得宠，鬓上的金步摇闪闪发亮，让人侧目。听得桐方哭泣的原委，皇上不但没有怪罪，还赏了桂花糕给我们。回去的路上，桐方还一口一个地称赞皇上仁厚。

这是我初见皇上的时刻，为什么我会忘记，这才是我爱这桂花糕的原因。世事弄人，最后我与桐方都成了他的嫔妃。此刻，桐芳大概已经见到他了吧，向他诉说着她的爱恋与不幸。

"蓉儿，吃完这碟，本宫此生再不食甜。"我下旨道。

"娘娘，您这是何苦？"蓉儿很是心疼我。

"本宫心意已决，还有那些华服美饰，你也都收起来吧，除了皇上赐的这支和合二仙，其他的本宫都不会再戴了。"我决绝道。

"是，娘娘。"蓉儿不再劝我。

原来一直都是你，原来你也曾想用和合二仙放下过去的羁绊，可是从一开始我们便身隔万里，你冷了我多年，我怨了你多年。

"娘娘，梅贵妃娘娘要硬闯体和殿，何公公请娘娘赶紧过去一趟。"清欢突然进殿禀报。

"该来的终究要来，看，这就是第一个。蓉儿，更衣。"我下旨道。

体和殿外，重兵包围，梅贵妃正在叫嚷。

"大胆，梅贵妃，你不知道皇上重病？若打扰了皇上养病，该当何罪？"我怒斥道。

"皇后娘娘，臣妾正是担心皇上的病才一定要入殿求见，求娘娘让臣妾见皇上一面吧。"梅贵妃说这话时咄咄逼人。

"不行，除非皇上病情稳定，否则任何人不得入内。梅贵妃，这里天寒地冻的，你身子弱，还是早些回去吧。"我略略温婉了些。

"请娘娘成全，否则臣妾就在这体和殿外长跪不起。"说完梅贵妃便跪了下来。

"梅贵妃，本宫好歹是皇后，你竟敢以下犯上。来人，把梅贵妃送回去，随行宫人一律幽禁。"我下令道。

我坐在坤宁宫里，等着英王班师回京，太子便能安然即位。

"娘娘，大事不好了，"大丰冲了进来，紧张异常，"吴寒造反了。"

我感到身子猛地一颤，幸好蓉儿一把扶住我。

"娘娘，吴寒手握三十万重兵，正从北疆攻回来，所到之处不是吓得弃械投降就是他曾经的门生，娘娘请速做决断。"大丰禀道。

"造反，造反，太子即位天经地义，吴寒怎敢造反。"我有些不知所措。

"前方来报，说是您伪造圣旨，皇上本意是让六皇子登基的，现下您正幽禁着皇上与梅贵妃母子，他是救驾来了。"大丰说道。

"救驾，京师禁军不过三万人，就是英王赶来也就十万人，各地藩王只会观望，待收渔翁之利，这可怎么办？"我的头疼得裂开似的。

"娘娘，恕奴婢直言，不如杀了梅贵妃母子，吴寒便无人能拥护。"蓉儿进言道。

"不行，挟天子以令诸侯，吴寒造反，就算本宫杀了六皇子，他还是能拥护其他的皇室贵胄登基，结果还不是一样。况且，本宫现在杀了梅贵妃母子，倒真落了天下人的口舌。"我摆手止住蓉儿。

"大丰，他们如此行军速度，入京还需几日？"我问道。

"只要他们过了黄河，至多不过五日便能兵临京师。娘娘。"大丰说完跪了下来。

我端坐在正殿，太子、司马长空、齐云羡都到了。

我打破了沉默："现在在这里的都是自家人，本宫不妨直言，皇上已经龙驭归天了。"众人听闻，忙跪下行了大礼。

"吴寒携三十万重兵倒戈，本宫恐守不住大魏江山。万一京师失守，司马大人、齐大人，你们要带着太子速速前往江南，以图复国。这里有先皇亲赐的虎符，可号令天下。你们一并带去吧，遇上忠贞之士定能帮上你们。"我小心拿出虎符，想交予太子。

太子跪着道："母后，儿臣与大魏共存亡，儿臣绝不会走的。"

"胡闹，"我斥责道，"本宫命你走，你死了谁来复国？拿着。"

太子僵了僵，接下了虎符。

我抬眼望向司马大人，司马大人长叹了一口气道："娘娘凡事要往好处想，真到了山穷水尽的那一日，微臣答应娘娘一定保住太子，并辅佐他复国。"我颔首微笑，复又看着云羡。

云羡向我走近几步道："娘娘，请娘娘随我们一起走吧。"

"本宫走不了了。本宫记得十四岁入宫时，就盼望着能离开这里。没想到最后，本宫是最不能离开的人了，"我止住伤心，不让眼泪流出来，"身为国母，理当殉国。"

"既然娘娘这么想，也请娘娘成全微臣，微臣也愿追随娘娘，以死殉国。"云羡跪下行了大礼。

"你不能死，太子是你的侄儿，你有责任替你姐姐照顾好他。"我一把抓起他。

"娘娘，太子自有司马大人辅佐，天下义士追随，臣留下保护您。"

"哈哈，"我轻笑一声，"若皇城不保，本宫会一把火烧了这坤宁宫，凤凰命格，注定要涅槃的。你也追随吗？"我看着这位世家子弟问道。

"臣无悔。"云羡跪地行了大礼。

"好吧，本宫成全你，"我转头对着太子说道，"本宫与英王会为你们争取最后的时间。"

此语一落，众人皆跪地不起。

"你们不必难过，本宫等这解脱之日太久了。本宫怕的是没能保住大魏江山，愧对先帝与祖宗呀。"我的眼光穿过窗棂，望向虚无幽深之处。

"娘娘，"大丰禀道，"英王入京了。"

"是个好孩子，本宫要亲自去迎他，他是先帝最了不起的儿子。"我起身把手递给蓉儿。

顺意门下，我等来了英王，英王本是先帝最英俊的皇子，可他的脸上却写满了沧桑。我把他引入体和殿，他哭着拜别了他的父王。

待两人坐定，我道："英王，万一城守不住了，你要保住太子逃亡江南，并助他复国。"

"娘娘，那您……"

"本宫老了，走不动了，这难的事留给你们年轻人吧。"我笑着回道。

"微臣愿意与娘娘共生死。"英王下跪禀道。

"不行，待太子出城后，你也速速离开。你是我大魏的忠王，断不能死于乱军之中。再说，本宫已经欠林珑一条命了，怎能再做让她伤心的事。"我说到林珑时，英王的脸更憔悴了。

"本宫对不住你，珑儿不该死的，"我咬了咬唇，"有样东西本宫早就想给你了。"

"什么？"英王激动地抬起头。

"珑儿的骨灰。你带着她离开这里，去江南，去山水间吧。这是本宫最后能为珑儿做的事了。"我说道。

几天后，吴寒叛军打到了蕲州，离京师不到三百里。我让蓉儿为我梳妆画眉，换上了皇后的朝服，插上了皇上留给我的和合二仙，对着铜镜贴正花黄："蓉儿，城破之日你就逃难去吧，坤宁宫里有什么好东西，你都拿着，将来会用得上。"

"娘娘，蓉儿的心娘娘知道，蓉儿生生世世服侍娘娘，若娘娘不要蓉儿了，蓉儿就三尺白绫了断在这坤宁宫里。"蓉儿坚定回道。

"罢了，本宫明白你的苦心。本宫要站在这城墙之上，让吴寒看看，让天下看看，本宫绝不屈服。"我站起身来，笑着道。

黑云压城城欲摧，英王站在我的身边没有一丝怯意。远处，一声长哨卷着硝烟的白气直冲云霄，震天的马蹄声渐渐逼近，喊杀声从四面八方响起，吴寒在叛军中显得异常出挑。皇上，本宫会守着大魏到最后一刻，绝不辱没大魏国母的名号。

眨眼间，叛军已兵临城下，谁都没有想到，吴寒拔出三尺剑锋，突然自刎而死。叛军一时大乱，英王见此，果断命守军出击，将士们士气高涨，一呼百应。

三天三夜，两军厮杀不止。叛军终因主将自刎而军心大乱，败下阵来。紫宸殿上，我终于说出了皇上已经归天的消息，也终于把太子扶上了龙椅。

先帝出殡那日，我站在长街上，天空中下着鹅毛大雪，天地间连成了白茫茫的一片。他要去定陵，去陪着他生前爱过与被爱的人们了。

新皇登基，改国号为"充元"，我最后看了一眼中宫，搬入了慈宁宫。

叛军清剿后，秦宝善被俘。吴寒的副将道出了一个凄恻的故事，原来真正想造反的是秦宝善，可他没有吴寒的威望与作战能力，就拿宫中梅贵妃母子的性命相要挟，吴寒知道无论他是否答应秦宝善都会造反，不如自己当个千古罪人，在最后一刻，以死谢罪，到时军心必乱，秦宝善也必败无疑。

听到这个消息时，我气得打翻了一杯子，并命大丰把暖云阁搜了个底朝天。

"汉家旌帜满阴山，不遣胡儿匹马还。愿得此身长报国，何须生入玉门关，"我看着跪在地上的晴太嫔道，"嬷儿，你还记得这首诗吗？"

"臣妾记得，太后娘娘。"晴太嫔毫无惧色。

"那你为什么呀，哀家对你不好吗？天家富贵哀家与你同享，你的儿子，长坚，将来必定裂地封王，你到底是为什么？"我不解地问她。

"因为臣妾是女人，更是母亲。当年先帝并不宠爱臣妾，就是有了长坚，先帝还是更宠爱姐姐们。臣妾算什么，只是先帝与哥哥之间的工具罢了。可是，没想到臣妾做了母亲，为了长坚，臣妾不得不打算，只有他登上帝位，臣妾才能活在万人之上，真正做一回主子。"当年天真无邪的秦采女早已荡然无存，成长为城府极深的宫嫔，我却懵然不知。

"你太让哀家失望了，枉哀家这么多年来如此爱护你，"我气得直发抖，"长坚是先帝幼子，长幼有序，嫡庶有别，你不明白吗？说什么为他打算，哀家没有皇子吗？太子是天命所归，你这么做才是真正害了你自己的儿子。"

"嫚儿，你的近身宫人为了保命，已经把你同你哥哥通信的内容呈给了皇上，你的谋反之罪是逃不了了。"我叹了一口气。

"怎么可能，臣妾记得……"晴太嫔有些惊慌了。

"聪明反被聪明误，你以为你烧了那些信，就没有证据了吗？你的宫人为了给自己留一条退路，在信送入暖云阁前就拓了一份。后宫人心险恶，你连造反都敢，怎么这点心思都看不透。"我冷笑道。

晴太嫔突然跪了下来，哭道："姐姐，你看在妹妹也曾和姐姐真心好过一场的份上，放过长坚吧。"

"谋逆大罪，哀家也帮不了你。哀家只能去求皇上，看在长坚年幼，流放时请人好生照顾。"我说道。

"谢姐姐，谢姐姐。"晴太嫔舒了一口气。

"嫚儿，你我相交一场，你走到今天这一步，哀家是万万没想到。哀家记得水晶杏脯是你最爱用的，哀家带了些来，你好生用吧。"我示意蓉儿把果盘递上。

晴太嫔笑了笑道："谢太后娘娘赏赐，嫚儿来生再报答姐姐的恩德。"晴太嫔用了几颗后，开始不断地咳血，她想最后起身行个大礼，却控制不住地摔在了地上。

我看着她狰狞的面容，突然眼前一黑。

"娘娘，您终于醒了，皇上都来看了几回了。"蓉儿关切地看着我。

"哀家这是怎么了？"我问道。

"太后娘娘，您两天前，昏倒在暖云阁了。"蓉儿小心地将我扶起。

"哦，对了，告诉皇上，善待长坚，毕竟他是先帝最小的皇子。"

"是，娘娘。"

充元元年的春天来了，皇后陪着我在御花园里赏花。自上次昏倒在暖云阁后已数月，我的身子却一直不见好转，今天难得天气好，就陪我散心走走。

我关切地问道："皇后，如今你也是国母，贤良淑惠你自不待言，只是皇家开枝散叶也是顶重要的。"

"是，母后娘娘，臣妾领旨了。"皇后回得有些勉强。

"哎，哀家也知道皇上有些委屈你，不过哀家相信你真心为他，时间久了，他的心自会像这春日般回暖。"我安慰皇后道。

"谢母后娘娘提点，臣妾会努力的。"皇后回道。沈苪是我亲自挑的，气量品格我自然是放心的。

慈宁宫不比坤宁宫，除了前院里栽了好些桂树外，这里真是分外的冷清。太皇太后重病缠身，很少出东殿。

先帝归天虽非人事能改，章儒林还是辞官归隐了，如今在慈宁宫里伺候太皇太后与我的病的是宋之闻院判，我在榻上冒着冷汗，让他请脉。

"宋太医，哀家这是怎么了？先帝去后，哀家这病就没好转过，如今按说已是大地回春之时，哀家的身子却一日比一日重。"

"请太后娘娘放宽心，娘娘是思虑过重，加上先帝之事加重了病灶，待微臣为娘娘开几服药，相信娘娘的病定能好转。"

"唉，哀家的身子是大不如前了，"我叹了一口气，"宋太医不必骗哀家了，哀家是快去见先帝了吧。"

"娘娘莫要多想，微臣一定好好为娘娘调养身子，只求娘娘万不可再操劳了。"宋太医不敢多言。

"母后，母后。"皇上的声音由远及近。

"皇上，你来了。"我忙想起身。

"母后您躺着，朕听说母后又身子不爽，特来看看。都是皇后不好，提议母后去御花园赏花。"皇上止住我。

"关皇后什么事，是哀家实在闷得慌，求着皇后陪哀家去看看的，你可莫要怪皇后。"我嗔怒道。

"是，母后，朕今日还有件要事要同母后商量。"皇上突然露出些似曾相识的严肃。宋之闻见状，就先行告退了。

"母后，今日早朝，司马丞相突然向朕辞官，说是要寄情山水。司马丞相是朕的帝师，又辅佐朕多年，朕好容易登基了，都没好好报答司马丞相，他却要辞官归隐，朕想请母后去劝劝她。"皇上道出原委。

"哈哈，"我大笑一声，"司马长空，富贵荣华、天下权柄果然留不住你。"我伸手让皇上扶我坐起。

我想了想道："司马大人劳苦功高，如今你帝业已成，他想归隐，你当成全。"

"可是，母后，司马丞相走后，谁可为相？"皇上追问道。

"皇上聪慧过人，这个问题想必皇上早就想好了，又何必多此一问。"我看着皇上道。

"是，母后娘娘。"皇上意味深长地点了点头。

三日后，司马长空消瘦的身影第一次出现在了慈宁宫。我让蓉儿看茶，屏退了左右，笑道："哀家知道，你走之前一定会来，才不枉你我相交一场。"

"草民已向皇上辞官，下月初一是个出行的好日子，草民打算就此出京，永不回来了。"司马长空说完抿了口茶。

"寄情山水，很多年前也曾有个人对哀家说过。哀家守了一辈子的江山到底是个什么样子，哀家都没亲眼见过，真是可笑，"我摇了摇头，"去吧，替哀家，替姐姐去看一看，这万里河山到底是什么模样。"

司马长空听到柔穆皇后，怔了怔道："茶是最好的茶，人是最好的人。如今她唯

一的皇子已经登基为帝，草民也算对得起这场注定没有结果的相思了。"

"司马兄，她是爱过你的，只是她是齐家的女儿，注定要带着家门的荣光成为国母。"说完我拿起手边的木盒，缓缓展开木盒中的画卷，一个芳龄二八的曼妙女子娉婷而出。

"当年入宫前你为她画的画像，她从来没有丢弃过。如今，哀家替她还给你，希望这幅画如她本人一般陪着司马兄遨游山水间。"我递了过去。

司马长空第一次流下了泪，跪在地上行了大礼："多谢太后娘娘。草民走后，望太后娘娘保重身子，万福金安。"

"走吧，但愿人常在。"我摆了摆手让他退下。

"娘娘，用药吧。"蓉儿见司马长空走了，便端上药来。

"太苦了，哀家不爱用。"我微微推了推，见蓉儿的神色，还是勉强拿了起来一饮而尽。

"太后娘娘，不如再去躺躺，宋院判说您要多休息。"蓉儿想来扶我躺下。

"不用了，哀家这两天躺得够多了，不想再躺了，陪哀家去趟明堂吧。"

"可是，娘娘，外面风大……"蓉儿很是担心。

"哀家的时间不多了，想再看看这美丽的景致，走吧。"我决然道。

第二十回　终究飞鸟各投林

　　我与蓉儿轻车简行来到明堂，本是想来告诉柔穆皇后，她一生牵挂的男人就要离开皇宫，而她唯一的弟弟将是本朝第一个刚过而立之年就位极右相的人，她齐家最辉煌的时刻来临了。

　　昏暗的烛光中，一袭白衣正默默凝视已故皇后的画像，仔细一看是裴敏月。

　　"裴大人，你怎么会在这儿？"我缓缓走上前去。

　　"下官见过太后娘娘，娘娘万福金安。"裴大人仔细下礼。

　　"平身吧，都是几十年的故交了。"我盈盈道。

　　"太后娘娘，下官来是有些话要同柔穆皇后说。既然太后娘娘来了，下官也希望娘娘能听上一听。"裴大人走到一侧，恭候着我。

　　"好，敏月相邀，哀家自然应允。你们都下去吧。"我会意屏退左右。

　　"太后娘娘，罪臣对不起娘娘，请娘娘处置了罪臣吧。"裴大人突然跪了下来。

　　"裴大人才貌双全，在内侍监多年来劳苦功高，堪称我内廷女相，何罪之有？"我问道。

　　"哈哈哈哈，内廷女相，"裴大人突然惨笑起来，"罪臣当不起呀，娘娘若不嫌罪臣啰嗦，罪臣愿从头说说罪臣的故事。"

　　"罪臣裴敏月是在大历十二年因家族牵连了工部贪墨案被没入掖庭的，那时罪臣才十岁。掖庭局里有多艰辛，太后娘娘想必也知道吧。年少无知再加上人心险恶，罪臣认识了自以为最知心的朋友——青莺。"裴大人说到这个名字的时候下意识看了眼我鬓间的和合二仙。

"对，就是后来名动后庭的庆宸妃，"裴大人的眼角渐渐红了，"罪臣自幼承袭庭训，再加上天赋异禀，可七步成诗，过目不忘。此事偶尔让当时还是齐皇后的太皇太后知道了，她惜才，将我带进了内侍监。"

"也因为齐皇后的赏识，罪臣见到了太子，为太子拟写太子令，更渐渐爱上了那个年少有为、温柔多情的太子。这便是罪臣一生所犯的第一个错误，也是最大的错误。"裴大人默默流着泪，看着故皇后的画像。

她努力压抑着痛苦，又道："青莺因为罪臣的缘故，方可以掖庭贱婢的身份出入内侍监。一次，就一次，她见到了太子，太子也见到了她。那一天就是我裴敏月噩梦的开始，也是柔穆皇后劫数的开始。"

"太子情窦初开，对青莺爱之深切，将她调入东宫当值，更想立她为正妃。虽然最后齐皇后让自己的侄女入主东宫，可是青莺没有一天不想取而代之。她也知道罪臣心属先帝，就借故给先帝换了拟旨官，此后罪臣便很少见到先帝。"

"那年她梦熊有兆，命近身宫女茗儿在自己的药里下少量堕胎药，想要做场戏废掉柔穆皇后。茗儿是当年和我们一起从掖庭局出来的，她天生胆小，把此事告诉了罪臣。罪臣便知道了原来青莺接近罪臣就是为了利用罪臣去接近先帝，她从一开始就在利用罪臣。为了报仇，也为了还太皇太后一个恩情，罪臣加大了堕胎药的分量，让她在临盆之前伤了胎气，结果撒手人寰。可笑的是，先帝到最后仍怀疑是太皇太后与柔穆皇后毒死了庆宸妃，而从来没有怀疑过罪臣这个所谓的庆宸妃最好的朋友。"

"这都是过去的事了，裴大人多思无益啊。"我淡然笑了笑。

"娘娘，罪臣罪无可恕。其实，当年陈敏柔调换试卷，罪臣是有所察觉的，但是罪臣一是不愿得罪人，二是怕才貌双全的人入选内侍监而分了罪臣的恩宠，便选择没有作声。当年，如果罪臣揭发了此事，娘娘就不必在掖庭局受这么多年的苦，也许就不会一生困守深宫。"裴大人伏在地上，痛哭流涕。

"原来你知道，"我咬了咬嘴唇，平复好心情，"哀家也曾想过聪明绝顶的你怎么就会不知道底下人做的那些龌龊事，如果哀家当年进入了内侍监，也许就没有了今天站在你面前的太后娘娘。而你最后亲眼看着先帝把哀家迎入坤宁宫，也算是因果轮回了吧。"

"罪臣爱了先帝一辈子，也看着先帝宠着一个又一个妃子。不过罪臣从没有羡慕过谁，包括柔穆皇后，罪臣羡慕的是太后娘娘与庆贵妃，你们是唯一得到过他的心的人。"裴大人说完抬起了头，凝视着我鬓间的和合二仙。

"旧事已经无人知晓，裴大人何必再提起？"我问道。

"他走后，罪臣生无可恋。罪臣希望此事大白于天下，也好还太皇太后与柔穆皇后一个清白。娘娘，请赐死罪臣吧，"裴敏月复而又叩了一个头。

"哀家不能赐死你，虽然你明知入内侍监的人是哀家还默许下人调包，但你也曾帮过哀家，当年先帝怀疑哀家与吴王有染，僖贵嫔想用公主要挟哀家认罪，是你暗中指引贤妃抱走了公主。此事，哀家早就猜到是你做的了。"我看着她道。

"娘娘，您……"裴大人有点诧异。

"稚子无辜，况且长英是先帝最疼爱的公主，这个道理哀家懂，裴大人更懂，这个恩情哀家一直记在心里，"我坦然道，"裴大人服侍了先帝一辈子，劳苦功高，就是过去有什么错，也瑕不掩瑜。"

"这样吧，哀家准你出宫，去皇陵了此残生，常伴先帝吧。"我想了想。

"多谢太后娘娘。"裴大人感激道。

"还有，你死后，哀家会恩准你随葬在先帝陵边，以表彰你对皇室的贡献。"我扶起了她。

清冷孤高的裴敏月再没说什么，她走的那天，绫罗绸缎、金银玉饰什么都没拿走，只带走了一个大起大落爱恨嗔痴的传奇。

我对她从来是亲切的，看着她就好比看着我自己一般，在这宫中再美丽非凡，再才情动人，都比不过心上人耳畔一句温柔之语。可惜，可叹，爱而不得，伤了一生。

皇上登基后越发忙碌了，但也念着我与他多年的扶持之恩，经常来看我。

这日退朝，皇上又到慈宁宫来看我："母后，朕听闻您这两日总是夜不能寐，太医的药也用不下，朕很是担心。"

"皇上勿念，哀家的身子确实是大不如前了，但想着如今你有出息了，哀家很安心。"

"不许母后说丧气的话，朕知道母后向来爱荷花，想着趁夏天之前让奴才们把荷花池扩建几顷，种上满满的荷花，到时朕就陪着母后去赏花可好？"皇上笑道。

"好好，哀家真是好福气。"我点头道。

"对了，母后，朕想着五弟也长大了，是时候封王了，朕就照着祖制，封他为京师王，再让礼部择个好地方，营造京师王府。"皇上又道。

"皇上，万万不可。"我有点儿担忧。

"母后，怎么了？"

"长睿从小体弱多病，一年里有半年都要卧床休养。别说带兵，就是骑马他都吃力，怎么能担此大任。哀家恳请皇上只给他个虚衔就好，千万不能让他掌兵。"我抓住皇上的手。

"母后放心，朕会好好照顾皇弟，不让他领兵就是。"皇上急忙回道。

"还有件事，哀家也想着同皇上说。先帝走前，曾告诉哀家当年吴王李如风的谋反案后来查实是件冤案，但碍于皇家颜面，多少年秘而不宣，先帝心里也有些愧疚。哀家想着吴王同吴王妃都已经走了，倒有个幼子尚在潞州，不如就接回来，皇上如看着顺心，就给个官职，毕竟是自家的兄弟。"这是我最后能为如风做的事了。

"此乃小事，母后作主就是了。"皇上果然爽快同意了。

这里是哪儿，怎么如此云雾缭绕，我不禁唤了几声蓉儿，却听不到回应。

我只得继续朝前走，云终于渐渐散开些，一块石碑赫然在前——玉虚山。怎么可能，我离开这里三十年了，这里离京师千里之遥，我怎么会回到这里？

"哈哈哈。"一声大笑打断了我的思绪，我回头一望，竟是那多年之前遇见的白发老者。

"太后，多年不见了，你可认得老头我吗？"老者发问道。

"认得，你就是那个给哀家算过命的人。"我直勾勾地看着他。

"哈哈哈，富贵荣华、温柔乡里，你也算去过一回。罢了罢了，缘分散了，就莫要强求，"老者含着笑又道，"荷花开时，玉殒香消。你与老头相交百年，记得老头一句话，合欢玉牌定要砸毁，百年之后，方可往北邙山销号，超脱物外，功成身退。"

"你说什么，哀家怎么不明白？"我不由又走近了几步，想问个明白，却不料云雾之下竟是万丈深渊，一脚踏空，什么都没留下。

"啊——"我突然坐了起来，寝衣已经湿透了。

"太后娘娘，您怎么了，怎么脸色这么差？"蓉儿不知所措地问道。

"荷花开时，玉殒香消。"我呆呆地重复着这两句话。

"娘娘，奴婢去宣太医来看看。"蓉儿问道。

我方才回了些神："不必了，哀家这几日是没睡好，今日才睡下就做了个梦。"

"梦，娘娘可是发了噩梦？奴婢明早让掖庭局的人在宫中做几场法事，为娘娘祈祈福。"蓉儿禀道。

"蓉儿，哀家的合欢玉牌呢？"我没头没脑地问了句。

"玉牌？奴婢这就去拿。"蓉儿虽有些摸不着头脑，还是急匆匆去取。

为什么他要我砸掉玉牌？一定是最近身子不好，才做了这扰人心智的乱梦。蓉儿为我取来玉牌，我定定地看着精致的玉牌，这是当年我与如风的定情之物，又怎么能生生毁了它。

白日里，阳光正好，蓉儿扶着我在御花园走走，皇上为我扩建的荷花池已基本成形，很快这里就能种满荷花。

我看着荷花池有些发愣，蓉儿为我披了件裘衣道："太后娘娘，这里是风口，不如奴婢扶您去凉亭坐坐。"

"嗯。"我点点头。

"看，娘娘，这花可真好看，奴婢以前怎么就没见过？"蓉儿笑着指向路边一丛丛白色的小花。

"这是荼蘼。"我淡然道。

"荼蘼，是什么花？"蓉儿更不解了。

"荼蘼开尽处，人间无芳菲。这种花哀家以前也没在宫中见过，倒是在老家山头上见过几回。此花是春天里开放的最后一种花，它开尽之时便是百花凋零之日。"我解释道。

"竟是这样悲伤，奴婢多嘴了。"蓉儿显然怕影响了我的情致。

我复而笑道："没事，春天虽然过去了，夏日里不也别有一番景致？"

突然我感到五内俱焚，巨大的疼痛只一瞬就击倒了我。

我再睁开眼时，宋院判正在关照着下人，我挣扎着想起身，蓉儿忙来扶我。

"娘娘勿要起来，还是躺着为好。"宋院判止住我。

"哀家怎么了？"我问道。

"您是风疾上头，娘娘，不打紧的，下官去配几服药，给娘娘用下就会好转，娘娘安心养病。"宋院判儒雅地回道。

"你们都出去，哀家有几句话要同院判大人说。"我支开了左右。

"这里没有外人，宋大哥，你说实话吧，哀家是不是不行了？"我单刀直入。

"娘娘，此话怎讲，您莫要乱想。"宋院判下跪回道。

"你起来吧，都是自己人，不必整日跪呀跪的，"我示意他起身，"哀家的身子哀家自己知道，自先帝走后哀家的身子便一日不如一日，哀家这辈子该做的事也都做完了，真走了也没什么不放心的了，所以你不必瞒哀家。"

"娘娘此病的确来势汹汹，但下官一定会好好救治娘娘的。之前没说，是皇上让下官不要吓着娘娘。"宋院判终于说出了实情。

"皇上的孝心哀家心里明白，只是俗药治病不治命，命当如此，就不要强求了，"我惨笑一声，让宋院判靠近些，"宋大哥，当年你与韩大哥都对哀家有救命之恩，哀家无以为报。如今你贵为院判，你的妹妹宋之兰也已为内侍监监正，宋家也算是在宫中站住了脚。哀家自然明白，你不在乎这些，可这些能让你时时见到贤太妃，这也是哀家最后能为你做的了。"

"臣谢娘娘大恩。"宋院判说完又要行礼。

我止住他道："哀家唯一求你的是，常瑛是哀家少时最好的朋友，你莫要忘记时时为她添些香火便可。"

"是，下官绝不敢怠慢。"

"还有韩大哥，平乐公主已经改嫁清河郡王，清明、冬至，宋兄也要多去看看他，让他不至地下孤苦为好。"我又关照道。

"娘娘放心，这些下官都在做。"

又复两日，太皇太后、贤太妃、皇后等都来看过我，我病得有些迷糊，清醒的时候也会和来人说上两句。这天我正醒着，不愿在床上久躺，便起了身，把慈宁宫里一众宫人叫到跟前。

"哀家自知天命不久，你们都是跟着哀家的人，哀家要为你们寻个好出路。"我说道。

"蓉儿，大丰，你们跟着哀家最久，日后想去哪里？"

"奴婢死生跟着娘娘，绝不离开娘娘。"蓉儿率先回绝道，大丰也跟着回道。

"什么死生，哀家绝不许后宫出什么殉主之事，"我大声斥责道，"蓉儿与哀家情深，哀家明白。这样吧，哀家走后，你也去皇陵为哀家守陵可好？一来你也算尽忠，二来哀家听闻裴敏月在那儿设了个穷人的学堂，你去帮帮她，也算是了了哀家救济苍生的遗愿。"

"是，蓉儿明白了。"蓉儿不再多说什么，默默垂泪。

"至于大丰，你是太监，不能出宫，你去服侍长睿可好？他是哀家唯一的亲生子，又从小多病，是哀家最不放心的人。若你去服侍，哀家就安心了。"我看着大丰道。

"奴才一定好好服侍小主子，以报娘娘知遇之恩。"大丰跪下行了个大礼。

"至于清欢，你虽跟着哀家时间不长，但哀家看得出你聪明伶俐、为人正直，哀家会安排你去服侍李尚宫，她年纪大了，需要找个接班人了，你明白哀家的意思了吗？"我对清欢说道。

"奴婢明白，谢太后娘娘。"清欢点头道。

还说着话，就听殿外小宫人禀道："启禀太后娘娘，林将军带着李愁公子求见。"

"来得可真巧，宣。"我下旨道。

林斌带着李愁走入内殿，李愁的身形、脸面都像如风，但眉宇间也能看出些敏柔少时的样子，让我有些五味杂陈。

"你们先下去，哀家同李公子有些话要说。"我屏退左右。

"草民叩见太后娘娘，娘娘万福金安。"李愁下了礼。

"平身吧，你本来就是皇室中人，不必拘谨。"我示意他起来。

"哀家知道当年吴王妃死前曾让你报仇，可是哀家都要死了，你还没有回来，又怎么替你母妃报仇，所以哀家这才召你回来。"我笑得很超脱。

"太后娘娘，草民不敢。那时草民年幼，不知母亲颠倒是非，所以才动了报仇之念。如今，草民已经长大成人，如果没有太后娘娘差人照顾，草民绝对活不到今天。多少年来，娘娘为了国家大义做了很多事，甚至送女出塞，草民深感钦佩。"李愁一字一句地回道。

提到长英让我心头一紧，我又道："你父亲当年的谋反罪的确有冤情，但碍于皇室颜面，没有人能旧事重提。哀家让你去大理寺任职，就是因为你明白一桩冤案能害死一个家族。你到了那里，要勤学苦读，报效朝廷。哀家关照过你皇兄，他会好好弥补你的。"

"多谢娘娘。"李愁感激涕零。

"想你母亲毁我一生，但终究做了件善事，为吴王府留了个后，"我看着他笑道，"这是合欢玉牌，是你祖母——也就是前朝温嫔娘娘留给你父亲，而你父亲又留给哀家的，深宫险恶，就是在最苦最险时，哀家都没有毁掉它。如今哀家就留给你了，将来你遇到可心的姑娘，就把它送给那个姑娘。"我拿出玉牌递到李愁的面前。

"娘娘，草民，草民谢太后娘娘。"李愁跪下收下了玉牌。

我笑了，如风，我把你唯一留给我的东西，又给了你唯一的后代，也算了却我这一世的亏欠。

又咳了好几日，我整夜难寐，只一味地吐血。药是用不下了，人却清醒了不少。

蓉儿从外殿折了几支新发芽的荷花插在盆里，我问道："蓉儿，是荷花池的荷花开了吗？"

"是，太后娘娘，奴婢知道娘娘喜欢，这不，花一出了芽子，奴婢就折了来，给娘娘添添喜气。"蓉儿并没有意识到什么。

"好好，荷花都开了，蓉儿，去把皇上叫来。"

皇上听闻我的传召，立刻就赶到慈宁宫中，在榻边陪着。

我抬眼看着他道："皇上，哀家病重，趁着清醒，有些事不得不早些交代你。"

"母后，不要说这些丧气话。"皇上愁容满面。

"非也，生老病死，人之常情，自古以来谁能逃过。哀家不畏惧这个，只是望皇上念在哀家与皇上多年扶持的情分上，答应哀家的几个心愿。"

"是，母后请说。"皇上应允道。

"第一，皇上当以天下为重，孰知水能载舟，亦能覆舟，要时时勤勉，不负百姓。第二，哀家走后，这里的宫人有些哀家已安排了去处，请皇上准许；还有些宫女想出宫，就请皇上给些银子，放出去吧。第三，也是最重要的，哀家死后不入定陵……"我还没说完。

皇上大惊："母后，这是为何？"

"哀家是后宫中的女人，注定要争恩宠，这种钩心斗角的日子，哀家倦了，所以

求皇上在定陵边上另择一个小丘埋了哀家就是。哀家不想百年之后，还要与这么多女人去抢同一个男人，望皇上成全。"我几乎是哀求道。

皇上的心果然还是软了："朕明白了，母后您放心吧。"

"皇上，如今你有齐丞相与林斌将军辅佐，他们人品贵重，哀家很是放心。但外戚势力不可独大，皇上要谨记时时平衡朝堂势力，方图长远。英王是个忠臣，你不可冷待了他。至于皇后，你当存些爱护，为皇家开枝散叶才是头等大事。哀家闭眼前，唯一不放心的，就是没能看着皇后诞下龙子。"我关照着皇上，皇上默然地听着，点头答应。

"下去吧，哀家累了，想躺一会儿。"我笑着让皇上退下。

"母后休息吧，若有何事，朕一定马上赶来。"皇上很是不放心。

"去吧，哀家没事。"我安慰他道。

我在芙蓉帐内，难受得动弹不得，我知道时间快到了，死去元知万事空，天家富贵也不过花开一季。

充元元年五月初六，我起了个大早，让蓉儿为我梳洗装扮，今天难得轻松，我便不顾宫人们的劝阻，来到荷花池边坐坐。

当年，我在这里遇见过吴王，遇见过韩放，如今有谁还在？正当我有些出神，一声"太后娘娘"从身后传来，是当朝丞相齐云羡。

"太后娘娘，您病体未愈，怎么就出来了？"齐丞相问道。

"今日精神好，出来走走，这不就遇上齐相了。"我勉强答道。

"不如微臣扶娘娘去廊下坐坐。"齐丞相提议道。

"甚好。"我摆摆手，让左右都退出几米远，独独让丞相陪着。

"云羡，你还记得你少年顽劣，跪在坤宁宫时的场景吗？"我笑着问道。

"当然，那时微臣正跪在坤宁宫里被姐姐责骂。"齐丞相难得流露出些不好意思。

"是呀，哀家还记得那时你与那工部侍郎家的儿子争个花魁，哀家想这么个好色的不孝子，真是齐家家门不幸呀。"我道出当年心中所想。

"哈哈，微臣却被宁嫔娘娘惊为天人的气质所折服，这一心动就是一辈子。"齐丞相突然说出一句大不敬的话。

"凭你刚刚这句僭越之言，哀家就可以赐你死罪，你不明白吗？"我打住他。

"微臣当然明白，兹事体大，所以微臣从来不敢宣之于口，但是如今微臣怕再不说就来不及了。微臣盼着娘娘赐微臣死罪，微臣也好先为娘娘去探路，免得日后娘娘一人路上孤寂了。"齐丞相并未止口，继续道。

"你这又是何必，哀家比你大这么多，又是先帝妃子，难道你就是因为这个才多年未娶？"我叹了一口气。

"微臣爱了太后一辈子，正如司马兄爱了姐姐一辈子，爱从来就是一个人的事，无关其他。"齐丞相定定地看着我。

"你真是太傻了。"我笑道，心底却泛出一片哀凉。

"微臣一直不来看太后，一是怕流言蜚语影响了太后清誉，但更重要的是，微臣不敢来见太后，没有勇气送太后最后一程。所以，微臣每次进宫都只是在慈宁宫外远远望去。"齐丞相说完舒了一口气。

突然我开始拼命地咳了起来，一口一口的嫣红浸染了胸前的白衫。我无力地倒在了他的怀中，齐丞相刚想叫人，我努力拉住他道："莫要声张，让哀家安静地走吧，哀家累了。"

"娘娘，微臣舍不得呀，"齐丞相的眼泪一滴滴落在我的脸上，"微臣斗胆，有一事相求，望娘娘恩准。"

我点点头，示意他说下去。

"微臣想为娘娘系上一根红绳，红绳者缘也，来生好与您相认。"云羡说这话的时候，我突然想起司马长空手腕上也有一根佩戴多年早已褪色的红绳。

云羡见我笑着没说话，轻轻在我的手腕上系上一根红绳，绳子绕了三股，最后汇成一朵桃花状，果然和司马手上的一模一样，原来这才是齐家的孩子送给心上人的特

别信物。

"不要悲伤，若有缘，我们自会再相见。"我疼得已经看不清他的脸了。

迷糊间听得他在耳旁说了句："太后，微臣能唤您一声本名吗？"

我努力点点头。

"清浅，别怕，我会找到你的。"丞相深情唤道。

"我，我，十四岁，入宫，我命中注定要侍奉先帝，但是，我，没，没想到，送我走的最后，最后一个男人是你，是你。"我渐渐喘不过气来，挣扎间，我伸手努力握紧他，用最后的力气看了眼我爱过、恨过、笑过、怨过的尘世，茫然间一股荷花的微甜扑面而来。

尾声

"陶儿，你在干吗，宋监正让你拟的文都弄好了？"方女史突然从背后拍了下我。

"是，奴婢写完了，正在理这些旧文。女史，你看这篇《凤凰吟》才情横溢，奴婢自惭形秽。"我笑着回道。

"《凤凰吟》？我看看，"方女史接过旧文看了看道，"这是当年一篇入内侍监的冠首之文，不过传闻这是柔佳皇后生前所写。"

"柔佳皇后，奴婢很是佩服她呢！"

"是呀，正是这位皇后对后宫进行了整治，让没有背景却有才华的宫人有机会被选上官职，若你早出生二十年，未必能以冠首的身份进入内侍监。"方女史道。

"奴婢记得六年前初入宫时，正赶上柔佳皇后大葬，皇室贵戚无不哭得极伤心，奴婢永生难忘。"我有些感慨。

"陶儿，你要记住，表面越是风光无限，背后就越可能步步为营，"方女史语重心长道，"时候不早了，你快把拟好的文送去叶尚宫那儿吧。"

"是，奴婢去了。"我放下手中的活儿，走了出去。

六月的御花园里，荷花争奇斗艳，我急急穿过回廊，不料却径直撞在一个人的怀中，我抬头望去，是个绿袍玉带、身份贵重的男子，忙下礼道："奴婢胡陶一时心急，冲撞了大人，望大人见谅。"

"胡陶，真是有趣的名字，起来吧，"男子温柔地扶起我，"没撞到哪儿吧？"

"没，没有。"我有些心猿意马。

"没事就好，本官先告辞了。"男子笑着离开。

良久，我才回过神来，正准备赶去尚宫局，却见一物落在了廊下，拾起一看，竟是一块精美无比的玉牌，定是刚刚那位大人遗落的。

突然之间，我竟生出一种莫名的感觉。无论如何，都要好好收着，以后有机会还给他。

番外一：天仙错

话说我得道也快一千年了，以前做人的感觉早已记不真切。只记得一千年前我的俗名叫白茉，当时本有了相好的，后来不幸被乡绅选中去伺候河伯。可惜，再貌若天仙的姑娘被捆得像猪一样，河伯都看不上。

于是，我没死成，一个路过的道姑把奄奄一息的我捡了回去，之后我洗净前尘，跟着救我的师父专心修道，没想到居然死后得以飞升，飘到了天庭。

一开始，我很是庆幸，天庭和人间可是大大地不同，这边云上来了赤脚大仙，那边"八仙"正在下棋逗乐。本来我的仙职很低，是百花宫里的花圃小仙，百花宫里住着十二花仙和百花仙子，她们个个争奇斗艳。与我最相熟的是荷花仙子，不过她是天庭的第二位荷花仙子，第一位是在人间立了大功而位列"八仙"之一的何仙姑。可是日子一天一天地过去，我越发觉得提不起劲儿。

直到我也记不得是哪一天，我在九重天阙上看见了紫薇星君。话说我能走桃花运的时候，怎么就没遇到这么个可心人儿。他那一颦一笑充满着仙风道骨，比仙子还精致的五官透出诱人的风采，哎，怎么偏偏我成仙了才动了凡心。

紫薇星君是上仙，我等了一百年都只是假装路过见了两三回，连搭话的机会都没有。这可不行，虽然仙规不可违，但让我时时见一面也好呀。我凡间的师父曾说我的悟性极高，又是过目不忘之人，所以别人修行三年，我修一年便可。

爱情的力量真是伟大，怪不得玉帝不让我们碰，我日夜苦修，广结善果，终于在七百年后成了月华仙子，得以以上仙之名在凌霄宝殿上偶尔瞟一眼我的心上人儿。

月华宫的职责是替王母撰写仙文仙旨，除了一众小仙童，就只有我和月华老儿两个上仙，本仙宫所以还是清闲得很。

那天，好像是织女刚织完云彩的时候，天边一团团红彤，月华老儿乐呵呵地摇进月华宫："仙子，仙子，你为上仙也快两百年了，在天庭凡是上仙都要经历情劫的，你可想好什么时候去了吗？"

说这话的时候，我正无聊地逗着小仙童们玩："我知道呀，但是天规也规定在成为上仙后一万年内历完情劫就可以了，我才成为上仙两百年，不急不急。"

"听说这次是紫薇星君去历情劫，仙子不感兴趣就算了。"月华老儿的爱好之一就是说话留一半，然后故意逗你个乐呵。

"紫薇星君，"我顿时来了兴趣，挥手遣散了小仙童们，"其实，情劫总要历，本仙子考虑不如早去早了事。"

"哎，不过紫薇星君本是邀请百花仙子共历情劫。"老儿对着我挤眉弄眼。

我干咳了一声道："那你还说什么？"

"可惜王母娘娘的瑶池仙宴要开始了，百花仙子抽不了身，正好老儿我在场，就推荐了你去，反正月华宫向来清闲得很，紫薇星君也没有反对。"我心里一阵暗笑，老儿越来越会办事了，不枉我们相交百年。

那两天我可忙坏了，把月华宫的各类事务都向老儿交代清楚。忙里偷闲的时候，我还想着要不要先去紫薇宫正式拜见下紫薇星君，毕竟要共历情劫。

终于我还是没憋住，悉心打扮后，飞到紫薇宫前小心翼翼地敲了敲宫门，一会儿小仙童来应门，我尽量笑得和蔼可亲："本仙是月华仙子，特来拜会你家仙君。"

小仙童皱了皱眉道："星君昨日就下凡去了，仙子不知道吗？"

啥？我和紫薇星君手牵手共跳南天门的美好场景轰然坍塌。

"老儿，老儿！"我烦躁地寻着月华老儿。

老儿正坐在月华树下品着美酒，我一把抢过酒杯问道："紫薇星君昨日就下凡了，怎么回事？"

"哦，对了，仙子，玉帝刚刚让仙使来宣旨，让你准备准备，明日亥时准时下凡。"老儿不急不缓。

"明日？一天一日，地上一年，那我不是比仙君小三岁，不错，正好。但是，我与星君都未曾相识，他就一个人先下去了，真是……"我有些愤愤。

"哈哈，下界你们认识的时间可不短。"老儿又开始不真不假了。

我还畅想在情劫的美好幻境中，迎面荷花仙子面色沉重地飞了过来。

我忙唤她："荷花，荷花，我明日要下凡了。对了，我估计能在王母娘娘瑶池仙宴前回来，记得给我留一个蟠桃。"

荷花听了这话，面色更冷了，一把把我搜到云阁上，悄悄道："我刚刚去问了司命星君，说你这次下去凶多吉少，命运多舛。"

好吧，我向来是个急性子的人，于是立马冲到司命宫外。

司命星君看了看我，又看了看荷花，猜到了我的来意，引我到观尘井前："仙子，如今下界是李魏王朝大历十年，你便是投入此处，历经皇室之苦，情劫之痛。"

"那我是个公主吗？"我心里有些小涟漪。

司命咋了咋舌："不是，紫薇星君将投身皇室，仙子只能投身山野草民之家。"

我直瞪瞪地看着他道："说下去。"

"月老正打造一块合欢玉牌作为情劫之证，若你俩其中一人砸了玉牌，便可结束轮回之苦，返回天庭。"司命星君边说边看着我的脸色。

"如果没人砸这玉牌会怎样？"我追问。

"玉牌是你俩生生世世牵绊之始，如果不砸，你们就只能堕入下世，再历轮回。并且一旦你俩真心相爱，其中一个就会死于非命。直到你们能认清情爱虚无，大彻大悟。"司命星君露出了他一贯温文尔雅说教的样子。

"不就是块玉牌，我砸了便是。"我说话时明显没有底气了。

"仙子你可要处处小心，下界可不比天庭，情劫更不是轻易能过的，你不会忘了东华上仙和牡丹仙子的事儿吧，牡丹仙子可差点儿灰飞烟灭。"司命不轻不重地说。

听了这话，我那叫一个心里憋屈，为何要动凡心，如果不遇到紫薇星君，我就不会想做上仙，那如今还是天庭里自由自在的小仙。哎，想回头已来不及。

临走了，我还不忘问司命星君道："星君告诉我这么多，不怕玉帝怪罪？"

司命星君终于露出了同情的脸色："仙子明日便会忘记前尘，今日说过什么都是过眼云烟了。"

"这事月华老儿知道吗？"我最后问道。

司命星君笑笑，没有作答。

我做神仙时法术也学了不少，但其实我畏高，抱着南天门的天柱，这次是真的两行清泪掉了下来，大有当年喂河伯时的悲壮。老儿和荷花，还有些交好的仙友都来送我。

我用极尽深情的表情悄悄对老儿说："老儿，我被你诳苦了，你可一定要下来提醒我，砸了那玉牌。"

"非也非也，仙子你贵为上仙，情劫是定要历的。这玉牌可是天机，天机不可泄漏。"老儿摆了摆手。

我又挤出了几滴眼泪："那你就去等个万儿八千年吧，我不在仙宫，看你怎么去和南极仙翁下棋。"

老儿脸色复杂了些，想了想："那老儿我试试吧，仙子到时候可千万别自甘堕落，万劫不复才是。"

我转身又对荷花仙子道："荷花，蟠桃还是给我留一个，反正也不会坏。"荷花点点头，向我挥挥手，不再说话。

前世债今生缘，我也算是自作孽。反正以前也是个人，不怕再做回人。紫薇星君，这回我可真是来了。一眼从天阙上望下去，晴空万里，一碧无痕，看了许久我还不敢跳。

赤面天将看不下去，前来扶我道："上仙，时辰到了，小仙扶您下凡去吧。"说是扶我，其实就是强架着我。

我满面泪痕，对着守天门的灵虎道："本仙是月华上仙，等本仙回来，你可记得本仙？"灵虎舔了舔爪子，扭过头去，悠闲地望着天外天。

重重的一脚，我从九重天阙上飘然而下。唉，一朝出了南天门，一个鼻子两个眼。

番外二：入画

　　姑苏城外，最是那温柔风流之乡，有一幢三出三进的大院子，门口的牌匾上写着"白府"，我便是白府里的二小姐白香浮。我爹共生了三个女儿，大姐持重，将来负有招赘女婿当家的重担，小妹是万姨娘所出，亦得父亲喜爱，我便是那大家族里最没存在感的老二。

　　江南多水，四月的太湖边正是野樱开得正盛的时候，大片大片的，仿若花海锦团一般。我天生有些木讷，却不喜待在家中，便时常带着贴身丫鬟双喜偷偷跑到湖边赏樱。

　　打渔人家的船星星点点般停在太湖边上，我对着船只喊道："阿克，阿克。"见一个瘦高个子的男孩从船舱里笑着钻了出来，虽然他已经比我高了整整一个头，其实在年岁上也就比我长上一岁。阿克家从小给我们家供鱼，我们便是打小熟识的。

　　"二小姐。您怎么又偷偷跑了出来？老爷知道了，定要说你的。"阿克跑到我跟前。

　　"家塾先生授课实在无趣，我听闻城郊百子坡有位齐先生学识渊博，每月逢五的日子，都会给人授课，不如我们也去看个热闹。"我提议道。

　　"今可赶巧，我晚些还要给你家送鱼，去不了了。"阿克有些为难。

　　"没事，让双喜陪着我去，记得等我回来再走。"我笑道。

　　我同双喜一路沿着太湖赏着漫天樱花，只走了大半个时辰就到了百子坡，一座垂花门头大院子前立了个小门童，小门童笑着问："贵客是来听学的吗？请里面西厅就座，先生的课已经开始好一会儿了。"

我笑着点点头，并不作声，带着双喜大摇大摆地走了进去，大门处的天井边有一棵松树，沿着弯弯曲曲的风雨连廊径直向前走便到了齐府花园。水池里种植着一些荷花，可惜尚未到花期，还看不到满池竞放的美景。

穿过中堂，我并没找到西厅，不远处一股淡淡的清香若有似无，这香我好像在哪里闻过，却怎么都想不起来。不行，我要去找找。

寻香经过一道宝瓶门，一栋小筑映入眼帘，我不自觉地走了进去，堂中香案上焚的就是这个香。目光上移，我惊得差点儿叫出声，供奉的先人画像居然是我。

"小姐，我们快走吧，这里有鬼。"双喜显然也是吓得不轻。

"这供奉先人的香案上，怎么会是我的画像？双喜，这是个故去的人啊。"我一时也失了方寸。

我着急地抓起双喜的手准备离开，却不慎踩到了她的裙角，复又撞倒了墙边案几，整个人重重摔倒在地，连带着放在案几上的梅瓶也碎成了几片，也不知何时碎片已然划破了我的右手背，血直直淌了出来。

"小姐！"双喜惊叫一声。

"你没事吧，姑娘？"门外传来声音，我回头望去，一个四五十岁的青衫男子正站在门口看着我们。

"这里有鬼。"我指了指画像。

"她不是鬼，是在下的故人。"男子的声音意外的温柔。

"你是，齐先生？"我一时有些茫然。

"在下齐柳，正是这宅子的主人，"男人颔首道，"小姐是来听学的？"

我这才想起此行的目的，有些不好意思："晚辈冒昧，本是听闻先生之名来听学的，不料被这奇香吸引，误入小筑，请先生原谅。"

四目相对时，他显然也惊了一下，随即恢复了平静。"像，真像，姑娘与在下的故人的确长得相似，"齐先生问道，"这香若有似无，一般人极少会被吸引，姑娘怎

么会这么在意？"

"不瞒先生，我总觉得在哪里闻过，却怎么都想不起来了。"

"此香名宁神香，是我这位故人生前最喜欢的香。你若喜欢，我可送一些给你。"齐先生道。

"谢先生美意，是晚辈唐突了。"我这才稍稍安心，仔细端详起他的长相，他的五官很柔和，虽然上了些年纪，却依然透着俊美。更重要的是，我总觉得似乎在哪里见过他。

"你的手在流血，"齐先生注意到了我的手背，"快些包扎起来。"

我这才觉得自己的手背刺疼，还流着血。齐先生命下人拿来金创药和细麻布，轻轻抬起我的手，先用药止住血，再小心包扎。突然他注意到什么，有些慌张地问道："这，这是什么？"

我看了看手腕，笑道："先生不必吃惊，这是我自娘胎里就带来的胎记，年岁越大就越明显些。只是这胎记生来就怪，就像是用绳子系了三圈，中间还成了个桃花状。"

"原来如此，"齐先生抬头看向画像，仿佛竟有些泪光，"原来，你真的答应了。"

"先生，你怎么了？"我有些好奇。

"无事，姑娘的手这两天千万不能碰水，好好把伤养好，"他已恢复平静，"在下冒昧，敢问姑娘芳名？"

"晚辈白香浮。"我打心底里喜欢这样温文尔雅的人物。

"好名字啊，疏影横斜水清浅，暗香浮动月黄昏，"齐先生说道，"在下有一物，想请姑娘一观。"

我点点头，他将香案上画像下面的紫檀木盒子拿来，轻轻打开，竟是一条造型奇特的红绳，红绳绕了三股，最后汇成一朵桃花状，居然和我的胎记印子丝毫不差。

这红绳，这清香，还有这位齐先生，我一定在哪里见过，可是我怎么都想不起来，心底里却有似曾相识的熟悉。

"小姐，该回去了，老爷知道了会责罚您的。"双喜见天色不早，催我该走了。

"哦，对，我该走了。下次我定早些来听先生讲学。"我向齐先生告别。

双喜扶着我走出小筑，我转头对他说道："晚辈一定见过先生，只是实在想不起来了。"

齐柳依然温柔地笑着："没关系，终有记起的一日。"

一阵微风拂过，两树樱花似雪如雨般飘落，庭前有景，窗下有香，旧物皆是今情，故人也终将回来。

真是江南好风景，落花时节又逢君。